KB251517

구선모 新무협 판타지 소설

호열지도

號熱之道

호열지도

號熱之道

호열지도 15

구선모 新무협 판타지 소설

초판 1쇄 찍은 날 § 2005년 11월 23일
초판 1쇄 펴낸 날 § 2005년 11월 30일

지은이 § 구선모
펴낸이 § 서경석

편집장 § 문혜영
편집책임 § 김민정
편집 § 장상수

펴낸곳 § 도서출판 청어람
등록번호 § 제1081-1-89호
등록일자 § 1999. 5. 31
어람번호 § 제2-0750호

주소 § 경기도 부천시 원미구 심곡1동 350-1 남성B/D 3F (우) 420-011
전화 § 032-656-4452 팩스 § 032-656-4453
E-mail § eoram99@chollian.net

ISBN 89-5831-839-2 04810
ISBN 89-5505-427-0 (세트)

구선모 新무협 판타지 소설

호열지도
號熱之道

15 인생지도(人生之道)
완결

도서출판 청어람

목

차

제1장

머리보다 가슴이 먼저 부처의 마음을 아는 첫 걸구먼

 머리보다 가슴이 먼저 본좌의 마음을 아는 것 같구먼

빽빽하게 자리하고 있는 나무들 틈새로 붉게 타오르는 하늘이 보이는 계곡.

조금씩 어둠이 드리워지기 시작하는 계곡엔 광천뢰와 천뢰구의 폭발로 인해 자욱했던 작약 냄새가 어느새 바람에 의해 날아가 버렸는지 완전히 정화가 되어 있었다. 그러나 만물의 영장이라 불리는 인간을 고깃덩어리로 만들어 버렸던 흔적만은 위대한 자연의 힘으로도 어쩔 수 없었는지, 당시의 처참한 흔적은 이곳저곳에 고스란히 남아 있었다.

그러나 폭발의 흔적과 다소 떨어진 곳.

그나마 인간이라 불릴 만한 존재의 흔적을 찾을 수 있었다. 처음엔 어떠했는지 모르겠지만 온몸이 검게 그슬린 채 넝마가 되어버린 의복을 걸치고 있는 사람이 바닥에 쓰러져 있었다. 그 위에는 어느새 새들 몇 마리가 앉아서 부리로 쪼아대고 있는데도 그 사람은 숨을 쉬는지

기복은 있었지만 기절한 듯 일체의 움직임이 없었다.

"컥! 끄으으~."

푸득, 푸드득.

"으으으~."

적막을 깨는 소리가 지금까지 쓰러져 있던 인영의 입에서 울려 퍼졌다. 마치 지옥으로 향하는 다리에 한쪽 발을 내밀었다가 힘겹게 빼는 듯한, 힘겨운 소리처럼 들렸다.

신음 소리가 들린 지 얼마 지나지 않아서 땅바닥을 향해 코를 박고 있던 인영이 힘겨운 몸짓을 여러 번 반복했다. 그 노력이 하늘을 감복시켰는지 하늘을 향해 돌아누울 수 있었다.

'아직 살아 있구나.'

"아무리 생각해 보아도 정말 명(命)이 질긴 것 같군. 후후."

정신을 차린 후 한동안 허공을 바라보던 현원덕호의 입가에 자조적인 미소가 짙게 걸렸다. 그러다 아직 자신의 삶이 끝나지 않았다는 생각에 현원덕호는 정신을 가다듬고는 빠르게 자신의 몸 상태를 살펴보았다. 광천뢰의 폭발로 인해 몸이 많이 상하지 않았나 하는 우려가 있었지만, 다행히 심각하지는 않았다. 하지만 예전에 비해 그렇다는 것이지, 만약 의원이 현원덕호의 상세를 살폈다면 심각한 고민을 해야 할 정도였다.

현원덕호는 이리저리 요동치는 진기로 인해 처음엔 내상을 다스리기 힘들었다. 그러나 차분하게 마음을 다스리면서 내상 치유에 전념하자, 조금이나마 안정을 찾을 수 있었다. 그렇지만 완전히 정상으로 회복된 것은 아니었다. 임시방편으로 행한 치유일 뿐, 앞으로도 최소한 칠일 정도는 요양을 하면서 다스려야 할 정도의 심각한 상세였다. 그나마 사지가 멀쩡한 것이 다행이라면 다행이라고 할 수 있었다.

어느 정도 몸을 움직일 정도가 되었다 판단한 현원덕호는 크게 숨을 들이켠 후 두 손에 힘을 주었다. 그렇게 차가운 땅바닥에서 힘겹게 몸을 일으킨 현원덕호는, 나무에 몸을 기댄 후 왼손으로 가슴 언저리를 문지르고 오른손으론 승천용혈검으로 체중을 지탱하면서 주변을 살펴보았다.

"크흠."

자신의 몸 상태가 어떠한지 확인할 때부터 짐작은 하고 있었지만, 현원덕호의 눈에 보이는 광경은 너무도 처참했다.

"훗, 그나마 다행이군. 그나저나 광천뢰에 당한 것이 이번이 두 번째인가? 세상일이란 정말 우습구나. 본좌로 인해 세상에 다시 나온 마물이, 이처럼 본좌의 앞길을 가로막다니. 휴~."

마치 무거운 업보를 한 짐 가득 이고 있는 것처럼, 현원덕호의 입에서 나오는 한숨이 천근만근 무거웠다.

내상을 회복하는 동안 현원덕호의 입에선 끊임없이 한숨이 새어 나왔다. 시간이 흐르면서 붉게 빛나던 하늘은 서서히 사라지고, 숲은 한 치 앞을 분간할 수 없을 정도로 어두워지고 있었다. 계속된 현원덕호의 내상 치료는 다소나마 운신이 가능할 정도로 몸을 회복시켜 주고 있었다.

약간의 운신이 가능해지자, 현원덕호는 자리에서 일어선 후 호열이 있었던 곳으로 천천히 걸음을 옮겼다.

"흐으음."

현원덕호의 입에선 절로 한숨이 새어 나왔다. 불과 몇 시진 전만 하더라도 수려한 경관을 자랑하던 절벽 한 귀퉁이가 대부분 허물어져 있었다. 호열이 서 있었던 곳으로 추정되는 자리는 현원덕호의 눈에 보이지도 않았다. 광천뢰에 의해 절벽이 완전히 허물어진 것이다.

그 와중에 호열은 지옥의 입구처럼 암흑밖에 보이지 않는 절벽 아래로 추락했었다. 현원덕호는 정신을 잃고 쓰러지기 직전 놀라움이 가득한 시선으로 자신을 바라보던 호열의 눈빛을 기억하고 있었다.

"허망한 인간의 욕심이 아까운 사람을 세상 밖으로 쫓아낸 것인가? 임호열… 백팔십을 살아오면서 처음으로 마음이 맞는 사람이었는데……."

호열의 얼굴이 떠오르자, 현원덕호는 운신이 힘든 상태임에도 불구하고 절벽 아래를 향해 시선을 주었다. 절벽 아래에선 싸늘한 바람이 불어와 헝클어져 있는 현원덕호의 머리카락을 휘날렸다.

"만약 살아 있다면 조만간 볼 수 있겠지. 암! 본좌가 마음으로부터 인정한 인물이 겨우 이 정도로 쓰러진다면 말이 안 되지."

호열의 실력을 스스로 인정했기에, 현원덕호는 호열이 살아 있을 수도 있다는 생각이 들었다. 호열의 능력이라면 어떠한 상황에서도 살아남을 수 있었다. 과거 자신보다 우위에 있었던 천마 혁무량조차 인정하지 않았던 그였지만 임호열은 달랐다.

한동안 허물어진 절벽 끝자락에 서서 하늘과 절벽 밑을 번갈아 보던 현원덕호는 깊은 한숨을 남기고 천천히 산을 내려갔다.

휘이이잉~

시간은 묘시를 훌쩍 넘어 진시 초에 이르고 있었지만, 나무들로 빽빽한 숲은 아직 태양의 숨결을 느낄 수 없었다. 더구나 태양의 손길이 다가서지 못하는 계곡 밑은 어둠이 항상 짙게 깔려 있어 한 치 앞을 분간할 수 없을 정도였으며, 이따금씩 불어오는 바람은 가을이라고 해도 음습한 습기를 지니고 있었다. 더구나 아직 겨울도 되지 않았건만, 싸늘한 바람이 계곡을 휘감고 지나가며 망자의 귀곡성과 같은 귀음(鬼音)을 만들어냈다.

"끄으으~."

그 가운데 신음소리가 울려 퍼졌다.

"끄으응~ 내가 그래도 살아 있긴 한가 보군. 그나저나 이곳은 어디인가?"

정신을 차리자마자 호열은 전신을 엄습하는 고통에 살아 있음을 느낄 수 있었다. 호열은 광천뢰의 폭발과 절벽에서 떨어질 때의 충격을 어의심기가 자연스럽게 완화시켜 주었다는 것을 알 수 있었다.

자연스럽게 편안한 자세를 취하고자 몸을 살짝 움직이려 했는데, 그것은 호열의 생각처럼 쉽지가 않았다. 생각 밖의 고통도 인상을 찡그리게 만들었지만, 무엇보다 자신의 의지대로 움직여지지 않는 팔다리 때문에 호열의 이마엔 잠시나마 깊은 골이 세 개나 생겨났다.

"아무래도 절벽으로 떨어지면서 꽤 다친 것 같군."

마비라도 된 듯 손가락 하나 의지대로 움직여지지 않자, 호열은 어쩔 수 없이 누운 상태로 몸 상태를 점검할 수밖에 없었다. 우선 내상의 정도부터 파악하고자 하였다. 다행히 호열의 생각대로 대부분의 충격은 어의심기가 방어를 해준 것 같았다. 그러나 생명을 건졌을 뿐이지 내상이 완전히 없는 것은 아니었다. 근접해서 폭발한 광천뢰로부터 어의심기가 적절히 방어를 해주었지만, 절벽 아래로 추락하면서 이곳저곳에 부딪친 충격과 마지막에 바닥으로 떨어지며 가해진 충격은 아무리 어의심기라 하더라도 모두 해소할 수는 없었던 것이다.

만약 절벽 아래로 떨어지는 와중에 호열이 정신을 차리고 있었다면, 혹 지금과 같은 내외상을 입지 않았을 수도 있었다. 아니, 어의공을 제때 시전만 하였어도 지금과 같은 난처한 상황은 있을 수도 없는 일이었다.

"이거 참, 어이가 없군. 정말 심하게 다쳤구만. 그나마 살아 있다는 것을 천운으로 생각하고 고마워해야 하는가?"

자신의 몸 상태를 확인한 호열의 입에선 연방 한숨이 새어 나왔다. 아무리 치료에 전력을 다한다고 해도 하루 이틀에 완치할 수 없을 정도였기 때문이다. 그나마 이삼 일 정도 전력으로 치료에 신경을 쓴다면, 불편하지만 조금이나마 운신을 할 수 있을 것 같았다. 문제는 그동안 아무런 위해 요소가 발생하지 않아야 한다는 것이었다. 막상 이러한 것을 생각하자, 호열의 의지와는 상관없이 인상이 찡그려지고 절로 한숨이 나왔다.

그러다 호열의 머리 속에 자신을 향해 돌진하던 악남수의 얼굴이 떠올랐다. 이것은 차분하게 가라앉았던 호열의 가슴에 불보다 더욱 뜨거운 분노를 치솟게 만들었다. 더불어 분노의 불길은 연합맹 전체에까지 이르렀고, 호열은 주체할 수 없는 분노와 더불어 피 냄새가 풀풀 날리는 살심을 내뿜어댔다.

"죽일 놈들! 내가 자신들과 뜻을 함께하지 않겠다고 하니까 이따위 함정을 계획했단 말이지. 좋다! 이곳에서 나가는 즉시 연합맹을 중원에서 영원히 사라지게 만들겠다. 조금만 기다려라, 위선자들……."

호열은 연합맹의 성벽을 넘으면서 마지막으로 보았던 다섯 명의 얼굴을 한 명씩 천천히 떠올려 보았다. 그들 중 가장 먼저 얼굴이 떠오른 사람은 연정 장문인이었다. 그 다음으로 담현 방장이었으며, 마지막은 독고 맹주와 송 군사의 얼굴이었다. 그러나 시간이 지나면서 불꽃처럼 활활 타올랐던 분노는 서서히 가라앉았고, 그와 더불어 호열은 서서히 냉정을 되찾기 시작했다. 하지만 호열의 냉정함은 조금씩 연정 장문인과 담현 방장이 이와 같은 계략에 동참했는지에 관한 방향으로 이동하기 시작했다.

"현검선생 제갈현이 아무리 비상한 지혜를 지니고 있다 하더라도, 이처럼 치졸한 짓을 하지는 않을 것이니… 훗, 그렇다면 이 모든 계략이 송 군사로부터 나왔다는 것인데…… 차도살인지계인가? 이거 참, 어이가 없군. 나와 현원덕호가 그들이 원했던 대로 생사를 결하지 않았으니, 차선책으로 악남수가 어쩔 수 없이 나섰겠지. 아니지! 어쩌면 연정 장문인이나 담현 방장 역시 사전에 알고 있었을 수도 있지 않은가……? 그들의 동의를 얻지 않고는 아무리 연합맹의 맹주가 독고후라 하더라도 이처럼 대담하게 일을 추진할 수 없지. 그래, 암……! 그들 모두가 암묵적으로 동의를 했기에 이번 일이 가능했을 것이다. 훗! 그렇다면 정말로 나와 현원덕호를 한꺼번에 죽이려고 했다는 말인데… 송 군사, 정말 대단한 자로군."

자신을 위험에 처하도록 만든 당사자가 송 군사뿐만 아니라 연합맹을 지휘하고 있는 사람들 모두라는 생각이 들자, 호열의 입가엔 비릿한 미소가 자연스럽게 만들어졌다. 현 상황을 만든 인물들에 대한 조소와 함께, 조만간 그들이 감당해야 할 자신의 분노를 생각한 것이다.

그러나 호열은 얼마 지나지 않아 생각을 정리하고 현실로 돌아와야만 했다. 통쾌한 복수를 생각하기보다는, 우선 현실적인 위험에서부터 벗어나야 하는 것이 우선이었기 때문이다.

"휴~ 어쩔 수 없구나. 방법이 없어, 방법이……."

아무리 생각해 보아도 호열로서는 당장 위기를 벗어날 방법이 없었다. 가장 좋은 방법은 누군가가 절벽 아래까지 내려와 호열을 구해주는 것이지만, 호열 스스로 생각해 보아도 그러한 것을 기대한다는 것은 마치 개미가 강물을 헤엄쳐 건너는 것을 기대하는 것과 마찬가지로 불가능한 일이었다. 설령 호열의 바람이 하늘을 감복시켜 절벽 아래로 사람이 내려온다고 해도, 그 사람이 반드시 호열을 구해주고자 온 사람이란 보장도 없었다. 아니, 오히려 일부러 절벽 아래까지 내려온다는 것은, 호열에게 좋지 않은 목적을 지닌 자라 할 수 있었다. 그에 호열은 자신이 처한 상황을 절감하고는, 더 이상 주저하지 않고 온 신경을 치료에 집중하기 시작했다.

이미 자연과 공명하기 시작하면서부터 의식의 끈과의 연결을 끊어놓고 있었던 어의심기였다. 모든 심력을 어의심기로 모으자, 자연스럽게 자연과 공명하며 자신만의 길을 가던 어의심기가 한 차례 크게 요동을 치면서 호열의 의지를 거부하는 움직임을 보였다. 그러나 단 한 차례의 거부 반응이었을 뿐, 더 이상의 거부 없이 호열의 의지를 순순히 받아들였다. 마치 호열의 어려움을 아는 듯, 호열의 의지에 전심전력으로 협조를 하면서 회복에 필요한 기운을 끌어 모으기 시작한 것이다.

꾸우우우웅~

호열이 어의심기를 자신의 의지로 움직이기 시작한 후 이각이 지나면서, 굳어 있던 호열의 몸에서 조금씩 생명의 기운이 느껴지기 시작했다. 하지만 생각과는 달리 금방 회복할 수 없었다. 아무리 내상이 생명에 지장을 주지 않을 정도라 해도, 다른 사람들 같았으면 즉사를 면하기 어려운 상태였기 때문이다.

어의심기를 통해 보다 정확하게 자신의 상세를 확인한 호열은, 한순간의 방심과 자만이 얼마나 나쁜 결과를 보여줄 수 있는지 뼈저리게 절감할 수 있었다. 내상을 치유하는 것도 며칠이 필요할 뿐만 아니라, 외상까지 완전히 치료하려면 족히 보름은 걸릴 것 같았다. 아니, 넉넉 잡아서 한 달가량은 쥐 죽은 듯이 절벽 밑에서 보내야 할 형편이 된 것이다.

'이거 참, 이거 아무래도 올겨울은 이곳에서 보낼 수도 있겠군. 너무 시일이 걸리면 안 되는데……'

금방 회복할 수 없다는 생각이 들자, 호열의 머리 속엔 순간적으로 예쁜 딸과 소호 공주의 얼굴이 스쳐 지나갔다.

'그래! 어차피 지금으로서는 이곳을 벗어날 방법이 없으니 상세를 치료하는 데 온 정신을 집중하는 것이 옳은 일일 것이다. 더구나 부인과 아기 옆에는 건문제와 천명회가 있지 않은가. 그들이 잘 보살펴 줄 것이다. 그러니 지금은 차분해지자. 너무 서두르지 말고……'

마음 같아서는 당장이라도 장사로 달려가고 싶었지만, 지금은 그러한 바람을 이루기 요원하다는 것을 알고 있기에 호열의 마음은 더욱더 답답했다. 그러나 답답한 마음은 답답한 대로 정리할 수밖에 없었다. 이에 호열은 조급해지려는 마음을 스스로 달랬다. 또다시 헤어져 있어야 한다는 현실에 마음이 찢어지도록 아팠지만, 지금은 그것이 최선이었고 호열은 현재 자신이 해야 할 일을 알고 있었기 때문이다. 무엇이 우선인지 구분하지 못할 정도는 아니었다.

또한 무림의 일에 관여하지 않으려고 하는 자신을 굳이 끼어들게 만든 연합맹에 대해 반드시 그에 상응하는 응징을 하리라 결심했다. 지금으로서는 현원덕호가 먼저 움직일 것이 뻔했지만, 그렇다고 해서 연합맹을 이끌고 있는 수뇌부들 모두를 죽이지는 못하리란 생각이 들었다. 아니, 반드시 그들만은 살아 있기를 바랐다. 그래야 호열이 복수를 할 대상이 있음으로……

＊　　　　＊　　　　＊

움직이기 힘든 부상을 입었음에도 불구하고, 현원덕호는 옛 명성이 결코 허명이 아니었음을 증명이라도 하듯 홀로 본진이 주둔하고 있는 곳으로 돌아왔다. 현원세가를 탐탁지 않게 여기는 불순한 무리가 많았기에 쉽지 않았지만, 아무리 부상을 입었다고 해도 그러한 것을 두려워할 현원덕호가 아니었다. 하지만 무리를 한 것은 어쩔 수 없었는지, 본진에 도착하자마자 현원덕호는 정신을 잃고 쓰러졌다.

"끄응~."

"아버님, 이제 정신이 드십니까?"

"승이구나. 휴~ 그래, 얼마나 이렇게 누워 있었더냐?"

"오늘로 이틀째입니다. 그나저나 어찌 된 일입니까, 아버님?"

"허허……."

현원덕호는 현원승의 물음에 그저 허탈한 웃음만 나왔다.

"승아, 좀 일으켜 주겠느냐."

"예, 조심하시지요. 아직 완쾌되신 것이 아닙니다."

"알았다. 휴~."

현원승의 도움을 받아 간신히 자리에서 일어선 현원덕호는 주변을 한차례 둘러보았다. 세가의 중심인 현원덕호가 부상을 당해서 누워 있는 곳인지라, 현원세가의 중심적인 역할을 하고 있는 사람들이 한자리에 모여 있었다.

'이것, 참……'

현원덕호는 자신만을 주시하고 있는 사람들을 보면서 자신도 모르게 한숨이 입 밖으로 나왔다. 처음엔 왜 한숨이 나왔는지 자신조차 의식하지 못할 정도였다. 하지만 현원덕호는 이내 자신의 행동에 이유가 있음을 금방 알 수가 있었다. 그에 절로 의미없는 웃음이 입가에 걸렸다. 다소 자조적인 의미가 포함된 미소였다.

'그런가? 그랬던가……? 지금까지 앞만 바라보고 달렸는데, 그런 삶이 지금에 와서는 허무하게 느껴지는 건가? 허허, 머리보다 가슴이 먼저 본좌의 마음을 아는 것 같구먼.'

체력이 회복되고 정신을 차린 현원덕호가 눈을 뜨자마자 처음 생각난 사람은 호열이었다. 자신의 쾌유를 위해 온 힘을 다하고 있는 아들 현원승이나 후손들, 그리고 수많은 문인들이 아니었던 것이다.

'하지만 본좌는 결코 후회하지 않는다. 자신들이 세상의 중심이라고 생각하는 자만심으로 똘똘 뭉친 멍청한 한족들! 그들의 자만심이 얼마나 허망한 것인지 깨닫게 한 본좌의 삶은 절대 헛되지 않았다. 조부이신 성길사한 철목진께서 한족들을 정벌했듯이 본좌의 손으로 한족을 다시 정복할 것이다. 그들이 길가의 돌멩이보다 하찮게 여겼던 우리, 그런 우리가 마음만 먹으면 얼마든지 한족들을 정복할 수 있다는 것을 보여주어야 한다. 그래야 후에라도 한족들이 들고일어나지 못할 것이다.'

현원덕호는 한족이 지니고 있는 자만심을 잘 알고 있었다. 비록 한족이 오랑캐라 여기는 민족들에게 몇 번의 침략과 정벌을 당했지만, 같은 민족에게 두 번이나 당하지 않는다는 오만이 그들 머리 속에 굳게 자리하고 있었던 것이다. 또한 황권이 바뀐다고 할지라도 무림은 영원하다는 것이 한족들의 생각이었다. 현원덕호가 부숴 버리고 싶은 것이 바로 이런 한족들의 자만심과 오만이었다.

형인 정종 구유크에게 밀려 무림에 뜻을 둔 이후, 지금까지 평생을 그 하나의 목표만을 위해 살아온 인생이었다. 황권은 포기했지만, 무림은 그럴 수가 없었다. 그러한 결심은 원나라가 한족들에 의해 북쪽으로 쫓겨난 이후 더욱 확고해졌다. 단 한 번도 이민족에게 정복당해 본 적이 없는 무림, 그 무림을 자신이 정복하고 싶었던 것이다. 그렇다고 무림을 자신의 마음대로 좌지우지할 마음은 없었다. 그저 한족들 위에 군림하는 것으로 만족할 뿐이었다. 그리고 지금은 그런 목표가 바로 눈앞에 있었고, 조금만 힘을 기울이면 매듭을 지을 수 있을 것만 같았다.

"흠! 가주와 총관은 상황을 보고해 보아라."

"아버님, 아직…….."

"태상가주님, 아직 상세가 깊습니다. 그러니…….."

"됐다. 아무리 본좌의 상세가 깊다고 해도, 그런 이유 때문에 큰일을 돌보지 않는다면 태상가주란 자리에 있을 필요가 없다. 그러니 본좌는 괘념치 말고 어서 상황을 보고하도록 해라."

"휴~ 알겠습니다, 아버님. 곽 총관, 태상가주님께 보고를 드리도록 하게."

"예, 가주님."

현원덕호의 말에 어쩔 수 없다는 듯이 현원승이 고개를 끄덕이자, 곽 총관은 현원승을 향해 고개를 숙여 보인 후 현원덕호의 앞으로 나섰다.

“태상가주님께서 장로들을 대동하고 떠나신 후, 다행히 지금까지 연합맹의 움직임이 크게 변한 것은 없사옵니다. 그러나 몇몇 수뇌부가 이틀 전 분주하게 움직인 적이 있었는데, 지금에 와서야 그들이 무슨 일을 하였던 것인지 알 수 있었습니다.”

“이상한 움직임이라? 그래, 도대체 무슨 일을 하였다는 것인가?”

“예, 다름이 아니라… 흠, 사실 이틀 전에 태상가주님께서 부상을 당하신 몸으로 오셨을 때 짐작은 하고 있었지만, 아마도 이번 일은 연합맹에서 꾸민 일인 것 같습니다. 그러한 증거로는 연합맹 수뇌부에서부터 퍼진 소문에 태상가주님께서 임호열과 겨루어 양패구상을 당했다는 내용이 있었기 때문입니다. 그리고… 그 와중에 광천뢰에 대한 소문도 있습니다.”

“광천뢰……?”

“그렇습니다, 태상가주님. 분명 광천뢰를 태상가주님께서 사용했다고…… 흠, 아무튼 그들이 저희도 아직 정확한 진상을 모르고 있는 일에 대해서 자세히 알고 있는 듯 소문을 내고 있으니, 어찌 저들이 꾸민 암계가 아니겠습니까.”

곽 총관은 광천뢰라는 대목에서 현원덕호의 눈치를 살펴야만 했다. 아무리 세가를 위하는 마음이 크다고 해도, 자신이 알기로 현원덕호는 일 대 일 대결에서 광천뢰를 사용할 정도의 악한은 아니었기 때문이다.

“허허, 그렇군. 광천뢰라…… 저들이 그런 소문을 냈던가?”

“예.”

“흐음… 알았다. 그럼 아직 연합맹에선 그 외에 다른 움직임은 없다는 말이냐?”

“예, 태상가주님.”

"알았다. 그럼 본좌의 몸이 완전히 회복할 때까지 주변 경계에 만전을 기하도록 하고, 혹시라도 연합맹에서 특별히 눈에 띄는 행동을 취하려 한다면 즉시 보고하도록 하라. 본좌의 몸이 회복되는 즉시 연합맹을 도륙낼 것이다."

"알겠습니다, 태상가주님."

"흐으음……."

현원덕호는 특별히 호열과의 만남에 대해서 설명하지 않았다. 현원승과 곽 총관을 비롯한 모든 사람들이 궁금해하는 듯했지만, 현원덕호는 그러한 것을 외면하며 다시 자리에 누웠다. 내상을 치유하기 위해선 한시라도 빨리 운기조식을 해야 했지만, 오늘은 그저 편안하게 쉬고 싶은 마음뿐이었다. 연합맹에서 자신을 막을 특별한 대안이 없다는 것을 확인한 이상, 현원덕호가 서두를 이유는 없었기 때문이다.

차근히.

그리고 철저히.

현원덕호는 서두르지 않고 마치 호랑이가 이리저리 날뛰는 멧돼지를 구석으로 몰듯, 다시는 일어서지 못하도록 철저히 파멸시키리라 다짐했다. 자신에게 반항해 보겠다는 생각 자체를 가질 수 없을 정도로…….

제2장

저… 북경은 어떤가요?

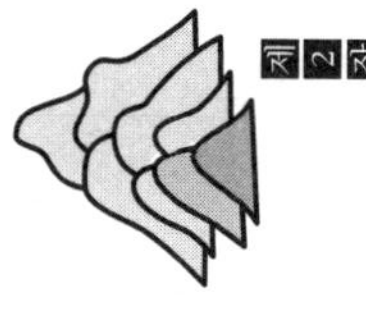

제2장 저… 북경은 어떤가요?

철혈검문이 무림에서 자취를 감춘 후, 이제는 철혈검황 임호열이란 인물에 대한 소문이 무림엔 들리지 않을 것 같았다. 더 이상 무림과 관계가 없는 인물이라 생각했기 때문이다. 그러나 강호인들의 생각과는 달리, 무림엔 다시 호열에 관한 소문이 급속하게 퍼지고 있었다.

현원덕호와의 대결.

광천뢰의 사용으로 현원덕호와 양패구상.

강호는 이 엄청난 사실에 아연실색했을 뿐만 아니라, 사실 여부를 확인하기 위해 모든 이목을 남창으로 집중했다. 소문의 진원지가 연합맹이었던 것이다.

아무리 연합맹이 급하다고 해도 아무런 근거도 없이 소문을 내지는 않았을 것이기에, 사람들은 소문의 진의에 대해 반신반의하면서도 연합맹의 말이 사실이기를 바랐다. 하지만 그런 바람은 현원덕호가 건재

함으로 인해서 모두 사라져 버렸다. 비록 크게 부상을 입었다는 소문
이 돌고 있었지만, 무림인들에게 중요한 것은 현원덕호가 살아 있다는
것이었다.

"현원덕호가 부상을 입었다는 것은 사실인 것 같습니다. 그렇지 않
다면 이렇게 가만히 있지 않을 것입니다."

"엽 문주, 하지만 그것은 소문일 뿐이오. 지금으로서는 확인되지 않
은 일에 무림의 안위를 논할 수는 없소. 자칫 잘못된 판단으로 인해 천
추의 한을 만들 수는 없지 않겠소?"

"제갈 부맹주, 임 대인의 일에 관한 것은 예외로 친다고 해도, 분명
악 장로는 자신의 몫을 충분히 했을 것이오. 세간에 떠도는 소문은 사
실일 것이니, 지금 저들을 공격하지 않는 것이 제갈 부맹주의 말대로
천추의 한이 될 것이오."

"하지만……."

"제갈 부맹주, 그만 하시구려. 본인이 생각하기에도 두 분의 판단이
틀린 것 같지 않소이다. 제갈 부맹주가 무림을 생각하는 것과 마찬가
지로 엽 문주 역시 무엇보다 무림의 안녕을 생각하지 않겠습니까? 그
러니 지금은 누가 옳은 것인지 판단을 하는 것보다는, 무엇보다 소문의
진상을 파악하는 것이 먼저라 생각됩니다. 그렇지 않습니까? 두 분께
선 어떻게 생각하십니까?"

독고 맹주는 제갈 부맹주와 엽 문주가 서로 언성을 높일 것 같아 보
이자, 얼른 끼어들어 화살을 담현 방장과 연정 장문인에게 돌렸다. 사
실 마음 같아서는 정파를 구성하는 인물들끼리 언쟁을 하는 것을 그대
로 두고 싶었지만, 지금은 그런 것보다는 회의를 이끌어가는 것이 급선
무라 판단되어 중간에 끼어든 것이었다.

　그러나 두 사람 역시 어떠한 결론을 내린 것이 아니었기에, 독고 맹주의 질문에 쉽게 대답할 수가 없었다.

"흐흠, 아미타불……."

"……."

"허허, 두 분께서도 묵묵부답이니 답답하군요. 좋습니다. 그럼 제가 한마디 하겠습니다."

"맹주께서는 무슨 복안이라도 있습니까?"

"……?"

"아닙니다, 무슨 복안이 있겠습니까. 다만……."

"다만……?"

"……?"

　독고 맹주가 말끝을 흐리자, 순간 대전 안에 있던 모든 사람의 이목이 독고 맹주에게 집중되었다.

　독고 맹주는 이런 분위기가 싫지 않은지, 다소 여유가 담긴 미소를 입가에 지어 보인 후 천천히 입술을 떼었다.

　"가만히 살펴보니, 어쩌면 현 시점이 본 맹의 향방을 가늠할 수 있는 중요한 자리라 생각됩니다. 우선적으로 엽 장로의 말대로 악 장로가 실패했을 확률은 그리 높지 않다는 것이 제 생각입니다. 아마도 자신의 목숨을 내놓으면서 광천뢰를 폭파시켰을 것입니다."

"매, 맹주!"

"맹주님!"

"아, 이런! 제가 그만 실수를 했군요. 죄송합니다."

　주변의 반응이 갑자기 변하자, 독고 맹주는 순간 자신의 실수를 깨닫고는 사람들을 향해 미안하다는 듯 고개를 가볍게 숙여 보였다. 그러나 대전에 진실을 알아선 안 될 인물이 없다는 것을 알고는 멋쩍은 웃음을 지어 보인 후 다시 말을 이어나갔다.

"흠! 조심한다고 했는데, 그것이 쉽지 않군요. 여하튼 악 장로는 자신의 목숨으로 임무를 성공시켰을 것입니다. 그렇다면 그 자리에 있던 현원덕호는 크든 작든 부상을 입었겠지요. 더욱이 아직 임 대인이 강호에 모습을 드러내지 않고 있다는 것만 보아도, 여러분 모두 그것은 능히 짐작하실 것입니다."

"……."

"흐으음."

"문제는 현원덕호의 부상 정도라 할 수 있을 것입니다. 부상을 입은 것은 확실한데, 그 정도를 파악할 수 없다는 것이 핵심이겠지요. 그렇지 않습니까?"

"맞는 말입니다. 저도 맹주의 말이 타당하다 생각됩니다."

독고 맹주의 말을 듣고 있던 제갈 부맹주가 고개를 끄덕이며 동조를 하자, 주변에 앉아 있던 사람들 역시 수긍하는 표정을 지었다.

"독고 맹주, 그렇다면 지금 공격을 강행해야 한다는 것입니까?"

"그렇군. 부상을 입었다면 지금이 절호의 기회가 아니겠는가? 당연히 공격을 해야겠지."

"허흠! 그것은 그렇지 않습니다, 궁 방주. 현재의 상황은 미묘하고도 복잡하다 할 수 있습니다."

"으잉? 송 군사, 미묘하고도 복잡하다니? 그것이 무슨 소리오? 정말 답답하군. 답답하게 하지 말고 어서 말해 보시오."

"그렇습니다. 이제 더 이상 시간 낭비하지 말고, 송 군사께서 무슨 복안이 있다면 얼른 말씀해 보시지요. 지금은 서로 간의 이해타산을 생각하는 것보다 닥친 현실을 극복하는 것이 먼저가 아니겠습니까.”

“빈도도 남궁 가주의 말에 찬성합니다. 그러니 송 군사께선 속 시원하게 말씀해 보시지요.”

“원시천존…….”

독고 맹주를 비롯해서 대전에 자리하고 있는 사람들 모두 한마음으로 송 군사에게 이러한 뜻을 전하자, 송 군사는 송구하다는 표정을 한 차례 지어 보인 후 자리에서 일어섰다.

“알겠습니다. 사실 맹주님과도 한 차례 이번 일에 대해 논의를 했었고, 나름대로 조사도 했었습니다. 그러나 심증만 있을 뿐, 그 이상은 확인할 수 없었습니다. 그러나 확실한 것은, 이미 맹주님께서 말씀했지만 현원덕호가 부상을 입은 것은 확실하다는 것입니다. 그러나 그렇다고 성문을 열고 공격을 강행할 수는 없는 일입니다.”

“그것은 왜 그렇습니까? 부상을 입었다면 우리가 원하던 것을 이뤘다는 말이 아닙니까?”

“맞습니다, 호 장문인. 그러나 이미 말했지만 부상이 어느 정도인가에 달려 있습니다. 만약 현원덕호가 입은 부상이 가벼운 상태에서 본 맹이 공격할 것을 역으로 기다리고 있다면, 그렇다면 정말 큰일이 벌어질 수도 있기 때문입니다. 아마도 저들 역시 지금 본 맹이 공격할 것인지 아닌지 주목하고 있을 것입니다.”

“흐으음…….”

“…….”

송 군사의 말에 일순간 대전은 무거운 침묵이 감돌았다. 비록 몇 마디 하지 않았지만, 모두들 상황이 쉽게 결론 내릴 수 없을 정도로 얽혀 있다는 것을 실감할 수 있었기 때문이다.

“기회인 것은 확실한데 본 맹이 공격할 수도 없고, 그렇다고 가만히 있을 수도 없는 상황입니다. 그에 이런저런 생각을 해보았는데, 지금으로서는 공격하지 않는 것이 좋지 않은가 합니다.”

“응? 그럼 이대로 두고 보자는 말입니까?”

“두고 보자는 말은 좀 이치에 맞지 않습니다. 분명 기회일 수도 있지 않습니까?”

“옳은 말입니다. 기회일 수도 있겠지요. 하지만 덫이 될 수도 있지 않겠습니까? 그에 저는 위험을 감수하면서까지 모험을 하기보다는, 비록 기회를 살리지 못한다고 해도 안전한 방향으로 추진해야 된다고 봅니다. 악 장로의 일은 본 맹이 현원덕호에게 보내는 일종의 경고라 생각하고요.”

“커흠, 어찌 그런……!”

“송 군사, 악 장로는 지금까지 우리와 생사를 같이한 사람입니다. 그의 희생을 그저 그런 경고로 치부를 하다니요!”

“그렇습니다, 그 말은 좀 지나친 것 같습니다.”

송 군사의 말에 조용히 듣고 있던 추성일검 반부형과 패도마군 진유정이 자리를 박차고 일어서며 반박을 했다. 약간의 다툼은 있었어도 의리를 지켜온 동료들이기에, 송 군사의 말은 동료의 목숨을 도구로 생각하는 것 같아 기분이 좋지 않았다.

“두 분께서 본인의 말에 역정을 내시는 것은 당연합니다. 사람의 목숨이 도구가 될 수는 없겠지요. 하지만 그 일은 악 장로가 원해서 행한 일임을 잊지 마시길 바랍니다. 어찌 되었든 악 장로는 자신의 의지대로 예 장로와 육 장로가 현원덕호에 의해 처참하게 죽임을 당한 것에 대한 보복을 한 것이기 때문입니다.”

“흐으음…….”

“헛흠!”

송 군사의 말에 반부형과 진유정은 자리에 앉을 수밖에 없었다. 분명 악남수는 자신이 원해서 행한 일이었기 때문이다. 하지만 그렇다고 경고로 치부하기엔, 그의 희생이 너무도 가벼워 보였다. 그러나 이미 강호에서 쟁쟁한 위명을 날리던 녹림삼천은 대전에 자리하고 있지 않았다. 다만 그들을 기억하는 사람들 몇몇만 조용히 앉아 있을 뿐이었다.

송 군사는 무겁게 가라앉은 분위기에도 아랑곳하지 않고 다시 좌중을 둘러보며 말문을 열기 시작했다.

“이미 말했듯, 본 맹은 안전한 방법을 택해야 할 것입니다. 비록 큰 희생이 있었지만, 그것에 연연한다면 큰 것을 놓칠 수도 있기 때문입니다. 그러나 한편으로는 본 맹에 유리할 수도 있습니다. 이저 조금만 있으면 본격적인 겨울이 됩니다. 아마도 조금만 기다리면 저들은 어쩔 수 없이 공격을 하던가, 아니면 철수를 할 수밖에 없을 것입니다. 저들은 혹한에서 전투를 벌일 정도의 준비를 하지 않고 이곳까지 왔을 것이기 때문입니다. 그렇다면 앞으로 열나흘입니다. 열나흘만 버틸 수 있다면 저들은 스스로 물러날 것이라 생각됩니다.”

“열나흘이라…….”

“그렇군요. 송 군사의 말대로, 열나흘만 버틴다면 굳이 본 맹이 무리를 하면서까지 공격하지 않아도 되겠군요.”

“그렇습니다. 또한 지금도 속속 뜻있는 무림인들이 본 맹에 협조를 하고자 남창 근교로 모여들고 있습니다. 이미 그들의 수가 오천 명을 넘어서고 있다 합니다. 비록 승패를 결정지을 정도는 아니지만, 그들이 배후를 노린다면 본 맹엔 적지 않은 도움이 될 것입니다.”

"이르다 뿐이겠습니까. 아직 강호에 정의가 사라지지 않았음입니다. 하하하."

"그렇군요, 원시천존……."

송 군사의 말이 계속될수록, 어두웠던 분위기가 조금씩 걷히면서 굳어져 있던 사람들의 표정도 한결 가벼워지고 있었다.

"그리고 무엇보다 정 대협이 완전하게 회복한 상황이므로, 현원덕호가 직접 공격을 한다고 해도 한번 부딪쳐 볼 정도는 된다 생각합니다. 정 대협과 여러분이 한마음으로 합심하여 공격한다면, 아무리 현원덕호라 해도 쉽게 승리를 장담하지는 못하지 않겠습니까?"

"하하, 송 군사의 말을 들으니 꽉 막혔던 속이 확 뚫리는 것 같습니다. 그럼 우리는 저들이 공격할 때를 기다리며 방어를 하는 데 중점을 두면 되겠군요."

"그렇군요. 그리고 보니 우리가 괜한 것을 가지고 왈가왈부한 것 같습니다. 현원덕호의 부상이 얼마나 되었든, 그것은 크게 상관할 것이 아니었습니다. 하하하."

"하하하~."

대전은 순식간에 웃음소리로 가득 찼다.

'도대체 신뢰(神雷)라 함은 무엇인가? 그것은 강함이지 않은가? 내가 생각하기에, 아마도 신뢰란 강함을 뜻하는 것이고, 그것을 생각하고 내가 직접 만들었지 않은가. 하지만 신뢰는 생각보다 강하지 않았다. 아니, 완전하지 못한 초식이니 강하다는 말이 어울리지 않겠지. 그렇다면 도대체 어떻게 하면 신뢰를 완성할 수 있다는 말인가? 아…….'

죽음의 문턱까지 갔다가 호열의 도움으로 간신히 기사회생한 운영은 지금 한 가지 고민에 휩싸여 있었다. 아니, 비록 한 가지라 해도 현재의 운영에겐 그 어떠한 것보다 큰 문제라 할 수 있었다.

현원덕호와의 재대결.

부상에서 회복한 운영이 가장 먼저 생각한 것은 현원덕호와의 세 번째 대결에선 기필코 승리해야 한다는 것이었다. 마치 그것이 자신의 사명처럼 느껴질 정도였다.

사경을 헤매다가 정신을 차린 운영은, 자신이 살아 있다는 것을 한동안 실감할 수 없었다. 자신의 부상 정도를 알고 있었기에, 아무런 상처 없이 멀쩡해진 자신의 몸을 보면서도 믿어지지가 않았다. 아무리 주변에서 영약을 먹이고 사람의 목숨을 살릴 수 있는 전설 속의 생사금침지술이 있어 시술을 받았다고 해도, 그러한 일이 자신에게 벌어진다는 것이 얼마나 허황된 일인지 알고 있기에 궁금증이 일었다.

하지만 운영은 얼마 지나지 않아서 한 가지 소문을 접할 수 있었다.

호열과 현원덕호의 양패구상.

이러한 소문을 들었을 때, 순간 운영은 자신의 귀를 의심하지 않을 수 없었다. 자신이 알고 있는 호열은 절대 현원덕호와 싸운다고 해도 질 수 없는 절대자였다. 그것은 호열이 아무리 방심을 하고 있다고 해도 마찬가지라 생각되었다. 그러나 들리는 소문은 운영이 생각하는 것과는 정반대였다.

하지만 운영은 소문을 통해서 한 가지 사실을 유추할 수 있었는데, 바로 자신의 목숨을 살린 사람이 호열이 아닐까 하는 것이다. 그에 운영은 바로 담현 방장과 연정 장문인을 찾아가 자초지종을 들을 수 있었는데, 자신이 사경을 헤매고 있을 때 호열이 찾아와 치료를 하였다는 것이었다. 물론 그 다음날 연합맹을 떠났으며, 그 후엔 소문처럼 현원덕호와 접전을 벌인 끝에 다시는 생각하고 싶지 않은 마물 광천뢰에 의해 처참히 생을 마감했다는 것이었다. 혹시나 하는 기대를 가지고 찾아간 것이었으나 담현 방장과 연정 장문인의 입을 통해 들은 것은 자신이 알고 있는 소문과 별반 다를 것이 없었다. 그에 크게 낙담하고 돌아섰었는데만, 삼 일 전에 호열과 겨루었다고 소문난 현원덕호는 살아서 돌아왔다는 소문을 들을 수 있었다.

그러나 정작 호열의 생사는 확인되지 않고 있었다. 양패구상을 당했다는 사람들 중 한 명은 당당히 살아서 돌아왔지만, 정작 원하는 사람의 행방은 미궁 속에 빠진 것이다.

하지만 소문이란 언제나 그렇듯 살아남은 사람 위주로 돌아가기 마련이었다. 어찌 되었든 살아남은 사람이 승자라 할 수 있었기 때문이다. 그러나 아무리 승자라 해도 명예스럽지 못한 승리는 결코 좋게 보일 수 없었다. 당연히 소문은 양패구상에서 현원덕호가 자신의 불리함을 극복하기 위해 광천뢰를 사용했고, 방심하고 있던 호열은 현원덕호가 사용한 광천뢰에 당했다는 것으로 변했다. 더욱이 무림인들 중 몇몇이 싸웠던 곳에 갔다가 왔는지, 현장에서 광천뢰가 폭발했던 흔적을 찾았다는 소문도 돌고 있었다.

물론 운영은 그럴 리 없다고 생각했지만, 광천뢰가 폭발한 흔적을 찾았다는 소문을 들으면서 지금에 와서는 그럴 수도 있겠다는 쪽에 무게가 조금씩 실리고 있었다. 또한 그와 더불어 운영은 호열에 대해 생각할수록 자신이 한심스러웠고, 그에 견딜 수 없는 자괴감이 들었다. 자신의 부족함으로 인해서 호열이 유명을 달리했다고 생각한 것이다. 그러나 운영 역시 강호에서 얻은 명성이 허명이 아니듯, 자신이 무엇을 해야 할지 금방 깨달았다.

복수.

지금 운영에게는 호열이 살아 있든 죽었든 상관없었다. 호열을 적대시했다는 것만으로도 운영에겐 현원덕호가 복수의 대상일 수밖에 없었다. 아니, 다른 무엇보다 가장 큰 이유가 되어버렸다. 자신을 두 번이나 패배시켰다는 것을 가지고 복수라는 말을 사용할 정도로 운영은 어리석지 않았다. 무림인으로 살아가다 보면 강자를 만날 수도 있고, 패배도 할 수 있는 것을 인정하지 못할 정도는 아니었다.

그러나 지금부터는 달랐다. 지금까지는 어쩔 수 없이 무림의 정의를 위해서 싸웠다면, 앞으로는 호열의 복수를 위해서 싸우는 것이었다.

회의가 끝난 후 운영이 조금씩 변하는 모습을 한동안 지켜보고 있던 담현 방장과 연정 장문인은, 누가 먼저라고 할 수 없을 정도로 극히 짧은 시간에 서로 얼굴을 쳐다본 후 아무런 말 없이 자리를 떴다. 어쩔 수 없이 동의를 한 일이었지만, 그렇다고 호열에 대한 일을 운영에게 사실대로 말해 줄 수는 없었기 때문이다.

"아~ 도대체 알 수가 없구나. 깨달음이란 정녕 요원하단 말인가? 아니지, 지금 이렇게 포기할 수는 없다. 암! 결코 포기할 수 없지."

한동안 자신의 앞에 버티고 서 있는 느티나무를 바라보고 있던 운영은 자신의 의지를 북돋으며 주먹을 꽉 쥐었다.

*　　　*　　　*

건문제로부터 호열의 사망 소식을 접한 소호 공주는, 처음엔 건문제가 무슨 의도를 가지고 그런 거짓말을 하는지 모르겠다는 표정을 지었다. 하지만 굳어 있는 건문제의 표정을 통해 상황이 자신의 생각처럼 간단하지 않다는 것을 깨닫고는 순간적으로 다리의 힘이 빠지며 주저 앉았다.

"저, 정말……?"

"그렇습니다, 누이. 그런 소문이 난 것은 며칠 되었지만, 아무래도 확인을 해야 했기에 지금에서야 누이에게 이야기를 하는 것입니다. 안타깝지만 공 부국주가 직접 확인했습니다."

"부국주, 정말입니까? 정말로 상공께서……?"

소호 공주는 건문제의 말이 끝남과 동시에 옆에 서 있는 공 부국주를 향해 시선을 돌렸다.

공 부국주는 소호 공주를 안타까운 시선으로 응시하며 아무런 말 없이 천천히 고개를 끄덕였다.

"아~."

한동안 세 사람은 아무런 말이 없었다. 가장 극심한 충격을 받은 소호 공주가 멍한 표정을 짓고 있었기에, 두 사람 역시 안타까운 시선으로 응시할 뿐 별다른 위로의 말을 할 수가 없었다.

약 반 시진이 흐르면서 소호 공주는 정신을 추스를 수 있었다. 그녀는 정확한 자초지종을 파악하고자 공 부국주에게 시선을 주었다.

공 부국주는 소호 공주의 눈빛을 통해 그 의중을 알 수 있었다. 그에 차분한 어조로 천천히 말문을 열었다.

"아무래도 현원세가의 전대 가주였던 현원덕호와 겨루었던 것 같습니다. 공주님께서 알고 계실는지 모르겠지만, 현원덕호는 한때 무림에서 삼성이마 중 천승검으로 불릴 정도로 대단한 인물입니다."

"……."

"하지만 소문엔 두 사람의 접전 중에 광천뢰가 사용된 것 같습니다."

“광천뢰요?”

“예, 공주님. 광천뢰는 대단한 위력을 지닌 폭발물입니다. 황궁이나 무림은 물론, 전 중원을 통틀어서 살펴보아도 광천뢰만한 위력을 지닌 것은 찾을 수 없습니다. 오죽하면 무림에서 마물로 취급하여 만드는 것은 물론 사용조차 꺼리겠습니까.”

“그럼 상공께선 그 광천뢰에……?”

소호 공주는 공 부국주의 설명을 통해 호열이 당한 것이 현원덕호의 검이 아니라 광천뢰에 의한 것임을 짐작할 수 있었다. 그러나 차마 말을 끝마칠 수 없었다.

“그렇습니다. 소문의 내용도 그렇고, 소인이 직접 접전이 벌어졌다는 곳을 둘러본 바로도 같은 생각입니다. 아무래도 임 대인께선 광천뢰에 당하신 것 같습니다.”

“그, 그렇군요. 정녕…….”

모든 것을 확인한 소호 공주는 자신도 모르게 품에 안겨 잠자고 있는 경민이를 꼭 껴안았다.

“흑! 흐흑~.”

“누이…….”

“…….”

“누이, 경민이를 생각해서라도 마음을 굳게 다잡아야 할 것입니다. 부국주, 우리는 그만 나가세.”

“예, 회주님.”

건문제는 공 부국주를 대동하고 방 밖으로 나갔다. 그러나 방문이 완전히 닫히기 전 흐느끼는 소호 공주를 바라보는 건문제의 눈엔 조금 전과는 비교도 안 될 정도로 안쓰러움이 가득 담겨 있었다.

건문제가 밖으로 나가자, 이미 밖에는 조재현을 비롯하여 호열을 주군으로 모시고 있는 사람들이 황망한 얼굴로 도열해 있었다. 이들 역시 밖에서 들려오는 호열의 소식을 접한 것이었다.

"회주님, 정녕 주군께서 광천뢰에 당하신 것입니까? 그 강건하시던 분이 말입니까?"

"흐으음."

"믿을 수 없습니다. 아무리 광천뢰의 위력이 경천동지할 정도라 해도, 현원덕호 역시 두 번이나 광천뢰에서 살아남았는데 그분께서 그리 되셨다니요. 무언가 잘못 아셨을 것입니다."

"그렇습니다. 부국주께선 다시 한 번 조사를 해보십시오. 저희가 알고 있는 주군께선 광천뢰에 당하실 분이 아니십니다."

조재현의 말에 사람들의 시선이 공 부국주에게 몰렸다. 그에 공 부국주는 약 이각의 시간 동안 자신이 조사했던 것을 차분하게 설명해 주었다.

사람들은 공 부국주의 설명을 들으면서 하나둘 분노의 눈빛에서 처연한 눈빛으로 바뀌어갔다. 공 부국주가 철저한 조사를 했기에, 그 말을 믿지 않을 수 없었던 것이다.

"여러분 역시 쉽게 믿지 못하실 줄 압니다. 그리고 힘드시겠지요. 하지만 여러분보다 더욱 힘든 분이 계시지 않습니까? 그러니 여러분은 공주님께서 안정을 찾을 수 있도록 만전을 기해주시기 바랍니다. 아마도 그것이 임 대인에 대한 여러분의 충정이 아닐까 합니다."

"휴~ 그렇겠지요. 그 점은 염려하지 마시고, 주변을 탐문해서라도 다시 한 번 조사를 해주실 수 있겠습니까? 부국주께서 철저하게 조사하셨다는 것은 어렵지 않게 알 수 있었습니다. 그러나 저희는 도저히……."

"그렇게 하지요. 그러나 만약 임 대인께서 생존해 계시다면, 스스로 이곳을 찾아오시지 않겠습니까? 그런데 상황은 그렇지 않으니 조사는 해보겠지만, 크게 기대할 정도는 못 될 것 같습니다."

"그, 그렇겠지요. 주군께서 살아 계시다면 이곳으로 오셨겠지요. 벌써 열나흘이 넘게 흘렀으니……."

"그럼 이만."

"흐음……."

"……."

조재현 등 모두들 건문제와 공 부국주가 모습을 감출 때까지 시선의 끈을 놓지 않았다. 하지만 이내 사람들은 서로의 얼굴을 바라보게 되었다. 쉽게 말을 꺼내진 못하지만, 조재현을 제외한 모든 사람들의 시선엔 앞으로 어떻게 해야 할 것인지 방향을 정하고자 하는 의도가 엿보였다.

호열의 죽음을 기정사실화한 건문제는 공 부국주에게 천명회의 이전에 대해 생각해 보라고 명했다. 대외적으로는 만리표국으로 알려져 있기에 지금처럼 중원에서 활동을 하는 데 크게 지장이 없겠지만, 앞으로 세월이 흐른다면 본점이 있는 장사 역시 마교의 활동 영역이 될 것이기 때문이다. 그에 건문제는 그전에 먼저 본국을 옮기고자 한 것이다. 더욱이 마교의 비밀 분타가 이미 장사에 자리를 잡고 있음을 알고 있기에, 건문제의 생각은 공 부국주를 통해 빠르게 처리되었다.

"회주님, 부국주님께서 오셨습니다."

"알았다. 안으로 모시거라."

“예……."

오랜만에 소호 공주와 함께 점심을 먹고 막 일어서려던 건문제는, 밖에서 들려오는 하녀의 목소리에 답을 한 후 품에 안겨 있는 경민이를 힘껏 들어 올렸다.

“까아~."

“헛, 이 녀석. 오랜만에 삼촌 품에 안기니 그리 좋더냐? 하하하~."

“……."

“누이, 이 녀석이 본인의 품이 좋은가 봅니다. 누이 눈에도 그렇게 보이지 않습니까?"

“그렇게 보이는군요. 그러나 부국주도 오고, 회주도 일을 해야 하니 이제 이리 주시지요."

“아니오, 누이. 괘념치 마시구려. 마침 부국주가 오면 누이도 함께 해야 하는 일이었습니다."

“예? 무슨 일이기에……?"

“그건……."

“소인, 공손추입니다. 잠시 안으로 들어가겠습니다."

소호 공주는 갑자기 건문제가 자신에게 합석을 요구하자 궁금한 표정으로 바라보았다. 그러나 막 건문제가 입을 열려고 할 때 방문이 열리면서 공 부국주가 안으로 들어와 말은 중간에서 멈췄다. 그에 소호 공주의 시선은 막 방문으로 들어오는 공 부국주에게 돌려졌다.

“마침 공주님께서도 같이 계셨군요. 그동안 별탈 없으셨습니까?"

“예, 그럭저럭 있었습니다."

“부국주도 이리 앉으시오. 마침 식사도 마쳤으니, 차라도 마시면서 이야기를 합시다."

"예, 회주님."

공 부국주는 건문제의 말에 따라 자리에 앉고는, 건문제의 품에 안겨 환한 웃음을 짓고 있는 경민이를 바라보았다. 너무나도 밝고 환한 얼굴이 마음에 걸렸지만, 애써 밖으로 내색하지 않고 자신을 쳐다보고 있는 소호 공주에게 시선을 돌렸다.

"안정을 찾으신 것 같아 다행입니다."

"어쩔 수 없으니까요. 그런데 회주의 말을 들어보니, 이 자리에 빈녀가 있어야 한다고 들었습니다. 대외적인 일에 관하여 아두것도 모르는 빈녀가, 도대체 무슨 일인데 합석을 해야 하는지요?"

"이런. 회주님께서 미리 말씀하신 줄 알았는데, 이렇게 공주님 말씀을 들어보니 아닌가 봅니다."

"예, 회주로부터 아무런 언질을 듣지 못했습니다."

"그러시군요. 흐으음……."

공 부국주는 소호 공주의 표정을 살핀 후, 이내 난처한 표정을 지으면서 아직까지 경민이를 안고 한쪽에 앉아 있는 건문제를 일별했다. 하지만 건문제는 살짝 고개만 끄덕일 뿐, 소호 공주를 향해 일체의 부연 설명을 하지 않았다. 그에 공 부국주는 어쩔 수 없이 자신이 말해야 한다는 것을 직감했다.

"흠! 사실 공주님 말씀대로 대외적인 일이라면 이런 자리를 가질 필요가 없겠지만, 향후 본 회의 거취를 논하는 자리이기에 아마도 회주님께서 합석을 요구하셨던 것 같습니다."

"본 회의 향후 거취라면……?"

"그렇습니다. 아무래도 회주님께서 임 대인의 일 때문에 공주님께 말씀을 드리지 않은 것 같은데, 사실 이곳 장사는 요즘 많은 변화의 조짐을 보이고 있습니다.”

“……?”

“공주님도 마교에 대해서 익히 들어 알고 계실 것입니다. 그런데 마교에서 이곳 장사까지 세력권을 형성한 것 같습니다.”

“마교가요?”

소호 공주는 공 부국주의 입에서 마교라는 말이 나오자 깜짝 놀랐다. 마교가 어떤 곳이고, 얼마나 엄청난 저력을 지니고 있는 곳인지 익히 들어 알고 있었기 때문이다.

“그렇습니다, 공주님. 사실 본 회에서는 장사에 마교의 비밀 분타가 있다는 것을 알고 있었고, 그들의 움직임을 놓치지 않고 감시하고 있었습니다. 그러던 차에 근래 들어서 마교의 움직임이 심상치 않게 변했는데, 아무래도 현원세가와 연합맹과의 접전이 계속되면서 감숙과 사천 일대를 벗어나 이곳까지 영향력 하에 두려는 것 같습니다.”

“그럴 수가…….”

소호 공주는 공 부국주의 설명을 들으면서 놀라움을 감추지 못했다. 장사는 그래도 전운의 회오리에서 안전하다 생각했는데, 공 부국주의 설명을 통해 그렇지 않다는 것을 알 수 있었기 때문이다.

“사실 장사 일대가 마교의 영향력 하에 들어간다고 해도 본 회의 활동에 큰 영향이 있는 것은 아닙니다. 그러나 대외적으로 본 회는 표국을 하고 있는 상가입니다. 당연히 마교와 접촉을 하지 않을 수 없게 될 것이고, 그렇게 된다면 회주님과 공주님의 안위에 막대한 위협이 될 것입니다. 그에 회주님과 상의한 끝에 본 회의 이주를 결정하지 않을 수 없었습니다. 더 이상 이곳에 있을 수 없게 된 것입니다.”

“아~.”

"지금 소인의 설명을 들으시고 공주님께서 무슨 생각을 하실지 잘 알고 있습니다. 혹시라도 임 대인께서 생존해 계시다면, 당연히 가장 먼저 이곳으로 오시겠지요. 하지만 그것은 크게 염려하지 마십시오. 본 회가 완전히 옮긴다는 것이 아니라, 이곳은 분점으로 남기고 본점을 이주할 것이기 때문입니다. 그러니 만에 하나라도 임 대인께서 공주님을 찾지 못하시는 일은 없을 것입니다."

"그, 그렇군요."

'아, 상공……..'

모든 상황이 호열의 죽음을 기정사실화하고 있었지만, 소호 공주는 그러한 것을 받아들이지 않고 있었다. 현원덕호도 살아 있으니, 당연히 호열도 어딘가에 살아 있을 것이라 생각하고 있는 것이다. 그리고 당장 자신에게 오지 못하는 이유는 광천뢰의 폭발 때문에 입은 부상이라 여기고 있었다. 아니, 분명히 그럴 것이라 하루에도 수십 번씩 스스로 다짐하고 있었다.

당연히 이러한 소호 공주의 마음을 달래주기 위해 주변에서도 호응을 해주고 있었다. 거의 희박한 가능성이라 생각하고 있었지만, 그러한 것은 별개의 일이었다. 그렇기에 건문제를 비롯한 사람들 모두 소호 공주를 대할 때면 호열이 건재할 것이라 말해 주면서 용기를 주고 있는 실정이었다.

그러나 소호 공주 역시 자신의 생각이 현실성이 없다는 것을 알고 있었다. 처음엔 혹시나 하는 바람이 컸고, 지금은 스스로의 마음을 다잡는 것으로 만족하고 있었다. 아직 소호 공주는 호열의 일에 대하여 이성적인 판단보다는 감성에 따르고 있었다.

"흠, 그럼 어디로 갈 것인지 정했는가?"

"아직 정확히 정하지는 못했습니다, 회주님. 다만 장로들과 논의를 했는데, 되도록 무림의 분쟁에서 자유로울 수 있는 곳으로 한정하면 어떤가 하는 의견이 나왔습니다. 그에 여러 곳을 살펴보았으나 서부보다는 동부 내륙 쪽으로 가는 것이 좋다는 의견입니다. 현재 몇 곳이 거론되고 있는데, 항주와 금릉이 가장 유력할 듯합니다."

"금릉……?"

건문제는 공 부국주의 입에서 금릉이 언급되자 미간을 살짝 찌푸렸다. 솔직히 좋지 않은 기억이 너무 많은 곳이라 마음에 들지 않았던 것이다.

"예, 회주님. 현원세가와 연합맹의 접전 결과가 어떻게 될지 알 수 없지만, 그들 모두 어차피 마교와 다시 한 번 자웅을 겨루게 될 것은 분명합니다. 그렇게 된다면 서부는 말할 것도 없고, 중부 지역 역시 안전한 곳이 못 됩니다."

"그렇군. 항주는 본인도 어느 정도 예상하고 있던 곳이지만, 금릉은 솔직히 예상 밖이라서 물어본 것이오."

"회주님께서 금릉에 대해 좋지 않은 감정이 있으신 것은 당연합니다. 하지만 금릉만큼 안전한 곳도 찾기 어렵습니다. 황제의 권력이 미치는 곳이기에 무림의 분쟁에서 자유로운 곳이기도 하지만, 현지 여건과 주변으로 잘 발달된 교통로가 본 회의 입지 조건을 충족시켜 주는 곳이기도 합니다."

"그렇겠군. 그러나 항주 역시 금릉 못지않을 정도로 번화한 곳이 아니오? 오히려 본인은 금릉보다 항주가 좋을 듯한데……?"

"회주님 말씀대로 항주 역시 본 회가 활동하는 데 충분한 곳이기는 합니다. 그러나 아쉽게도 그곳엔 이미 태평산장이 있습니다. 현 황제

의 일등공신 김소찬이 그곳을 장악하고 있는 상태라, 본 회가 활동하는
데 상당한 어려움이 예상되는 곳입니다."

"김소찬, 태평산장이라……."

건문제는 공 부국주로부터 김소찬에 관한 언급이 있자 인상을 찡그
렸다. 언젠가는 끝을 보아야만 하는 상대였지만, 지금은 그럴 형편이
아니었던 것이다. 더욱이 태조 주원장이 수많은 보물을 감추어둔 곳을
찾을 수 있는 추배도(推背圖)가 김소찬의 수중에 있는 이상, 무슨 수를
쓰더라도 반드시 회수해야만 하는 상황이었다.

"그렇다면 항주는 힘들다는 이야기군. 그렇다고 금릉은 좀……."

"그렇게 생각하지 않으셔도 될 것 같습니다. 등하불명(燈下不明)이
란 말도 있지 않습니까. 오히려 금릉이 회주님과 공주님의 안전에 도
움이 될 수도 있습니다. 더욱이 현 황제가 정화를 보내 남방 원정을 하
는 주목적이 무엇인지 잘 아시지 않습니까? 바로 회주님의 신변을 찾
고 있는 것입니다."

"흐으음."

"거기다 황궁에선 공주님께서 무림의 불손한 세력에 의해 납치를 당
했다 생각하고 있습니다. 따라서 황궁에서도 공주님을 찾고 있을 것입
니다. 공주님을 중심으로 사람들이 모이는 것을 꺼릴 것이기 때문입니
다. 그러니 안전을 생각한다면 이참에 금릉을 생각해 보시는 것이 어
떠할까 합니다."

"금릉이라… 그런데 금릉은 만금산장이 있는 것으로 알고 있는
데……?"

"만금산장이 있기는 합니다. 하지만 그들과 본 회가 적대적인 위치
에 있지 않으니, 크게 신경 쓸 것은 못 된다 생각됩니다. 더욱이 본 회

가 운영하는 것은 표국입니다. 따라서 만금산장과 크게 대립할 만한 것은 없습니다."

"그렇기는 하군."

"저… 북경은 어떤가요?"

"옛? 북경이요……?"

"북경……?"

조용히 건문제와 공 부국주 사이에 오고 가는 대화를 듣고 있던 소호 공주는, 금릉으로 결론이 날 듯하자 얼른 중간에 끼어들었다. 어차피 옮겨야 한다면, 금릉보다는 다른 곳으로 가고 싶었던 것이다.

"공주님, 갑자기 북경이라니요? 북경을 생각하신 이유라도 있으십니까?"

"그렇습니다, 누이. 북경을 거론한 이유라도 있습니까?"

"이유라… 솔직히 빈녀는 금릉이 싫습니다. 그렇다고 항주에도 만만치 않은 적이 있다면, 아예 적이 없는 북경으로 가는 것이 어떨까 해서 꺼낸 것입니다. 더욱이 지금 북경엔 황궁을 건립 중이라고 하더군요. 그렇다면 금릉에 있는 황제가 북경으로 간다는 것이 아닙니까? 그러니 이참에 우리가 먼저 북경에 가서 확고하게 자리를 잡는 것이 어떨까 해서요."

"누이, 황제가 북경으로 옮겨간다는 것은 본인도 들어 알고 있는 것입니다. 그렇기 때문에 오히려 금릉이 좋지 않겠습니까? 금릉에서 십 년 정도 버티면, 황제가 떠난 금릉은 자연스럽게 본 회의 거점이 될 것입니다."

"십 년은 결코 짧지 않은 세월입니다. 그런데 금릉에서 과연 십 년을 숨어 지낼 수 있겠습니까? 빈녀가 알기로 동창은 그리 만만한 곳이 아닙니다. 금의위는 제외한다고 해도, 앞으로 동창의 눈과 귀는 황제의 권력을 상징하는 것이 될 겁니다. 그러니 금릉에서는 활발한 활동을 할 수 없겠지요. 그렇지 않습니까, 공 부국주?"

"아마도 그렇게 될 것입니다. 하지만 북경은 본 회의 기반이 전혀 없는 곳입니다. 그렇다면 새롭게 시작해야 한다는 것인데, 그것은 쉬운 일이 아닙니다."

"흐으음……."

건문제는 소호 공주의 설명을 들으면서 적지 않은 고민을 할 수밖에 없었다. 이미 항주는 논의에서 제외된 상황이었다. 문제는 위험 부담을 껴안고 금릉으로 갈 것인지, 아니면 소호 공주의 말대로 아무런 기반이 없는 북경에서 새롭게 시작할 것인지 결단을 내려야 했다. 그것은 건문제로서도 결코 쉬운 일이 아니었다. 자칫 그동안의 노력이 모두 물거품이 될 수도 있는 중대한 사항이기 때문이다.

'북경이라, 북경……..'

"그리고……."

"누이, 할 말이 더 있으십니까? 있으시면 말씀해 보십시오. 그래야 후회하지 않는 결정을 내릴 수 있을 것 같습니다."

"휴~ 회주께서 그렇게 말씀하시니, 알겠습니다. 그럼 망설이지 않고 말하겠습니다. 솔직히 빈녀도 북경으로 옮겼으면 하는 마음뿐이지, 남부에 만리표국이라고 하는 확고한 기반을 잃어버리면서까지 북경으로 가야 한다면 망설여질 것입니다."

"……."

"빈녀도 그동안 무림에 있으면서 주변으로부터 많은 것을 접할 수 있었습니다. 그 이면에는 철혈검문에 있으면서 동창에서 수집된 정보들이 대부분이라 할 수 있는데, 그것은 모두 상공을 통해서 들은 것이지요. 듣기로는 여명산장이란 중원에서 가장 큰 상가가 있다 하지만, 그들이 강북 상권을 모두 운영하지 못하고 있습니다. 더욱이 강북은 구파일방과 오대세가를 이끌고 있는 큰 문파와 연줄이 있는 곳에서 대부분 운영하고 있다는 것도 들어 알고 있습니다.”

“공주님 말씀이 맞습니다. 여명산장은 제외하더라도, 강북 상권의 대부분은 소림사와 무당파, 그리고 사천당문을 제외한 오대세가에서 운영하고 있습니다. 그렇기에 아무런 기반이 없는 상황에서 상가를 운영한다는 것은 대단히 어려운 일입니다. 오히려 강남은 만금산장과 태평산장이란 큰 상가도 있지만, 군소상가들이 난립하고 있기에 강북보다 유리한 상황이지요.”

“무슨 말인지 알겠습니다, 공 부국주. 그러나 만약 구파일방과 오대세가가 강북의 상가들에게 신경 쓰지 못할 정도로 큰 타격을 받는다면 어떻게 되겠습니까? 부국주의 말대로 강북은 군소상가들이 별로 없습니다. 있다고 해도 강남의 상가들보다 크지 않겠지요. 그렇다면 빈녀는 차라리 만리표국의 본국을 금릉에 내고, 북경엔 다른 이름으로 상가를 내는 것이 어떨까 하는데요? 어쩌면 기회일 수도 있지 않겠습니까?”

“그럼 공주님 말씀은 금릉엔 표국을, 그리고 북경엔 표국과는 다른 상가를 운영하자는 말씀입니까?”

“그래요. 굳이 강남제일의 표국이 강북까지 영역을 확대한다는 것보다, 그와는 별개로 상가를 여는 것이 좋지 않을까요? 그렇다면 기존 세력과의 마찰도 없을 듯한데요. 참! 그리고 보니 상공으로부터 들은 말이 있어요. 장백검파에서 북경에 분타를 냈다고요. 그러면서 상공께서 장백검파 장문인과 잘 아는 사이였다고 하셨으니, 아마도 북경에 자리를 잡게 되면 많은 도움이 될 것 같네요.”

“옛? 그것이 정말입니까? 정말 장백검파 현운 장문인과 잘 아시는 사이라고 하셨습니까?”

“예, 분명 그렇게 말씀하신 것을 들었습니다.”

“아~ 그렇다면 장백검파의 지지를 받을 수 있다는 말인데, 그렇게만 된다면 북경도 그리 나쁜 조건은 아닙니다. 죄송하지만 사안이 사안인만큼, 공주님께 예의가 아닌 줄 알지만 다시 한 번 물어보겠습니다. 정말 임 대인이 장백검파의 장문인인 현운 도장과 잘 아시는 사이라고 했습니까?”

공 부국주는 소호 공주의 입에서 장백검파에 관한 사항이 나오자 굳어 있던 얼굴이 환하게 펴지며 되물었다.

“예, 상공께서 하신 말씀을 정확히 기억하고 있어요. 왜냐하면 상공께서 남창으로 가신 것이, 그곳에 계신 의동생을 한번 보아야 할 것 같다고 하시면서 가셨거든요. 그런데 그 의동생이 장백검파와 관련이 있었던 것 같았기에 기억하고 있었어요.”

“그렇습니까? 현재 남창에 장백검파에서 파견된 문인들은 없는 것으로 알고 있는데요? 그렇다면 의동생의 성함이 어떻게 되는지 혹시 아십니까……?”

“글쎄요, 그분의 성함은 잘 기억이… 아! 정운영, 정운영이라고 하신 걸 들었습니다. 맞아요. 분명 정운영이라고 했어요.”

소호 공주는 예전 호열로부터 하나밖에 없는 의동생이 있다면서 가르쳐 준 이름이 생각나자, 자신의 앞에 있던 탁자를 손으로 크게 치면서 일어섰다.

“정운영? 헛! 공주님, 정말 정운영이라고 하셨습니까? 임 대인의 의동생이 정말 유운검선 정 대협이 맞습니까?”

"유운검선은 잘 모르겠고, 분명 정운영이라고 하셨습니다."

"유운검선……?"

"아, 실로 천운이라고 할 수 있을 것 같습니다. 회주님, 일전에 무림을 진동시키고 있는 인물에 대해서 말씀드린 것 기억하십니까? 그때 소인이 무림 삼성에 버금가는 고수가 강호에 출현했다고 한 것 말입니다. 그 인물이 바로 공주님께서 말씀하신 유운검선 정 대협입니다."

"아~."

"하하, 정말로 유운검선 정 대협이 임 대인의 의동생이 확실하다면, 본 회가 북경에 자리 잡는 것은 결코 어려운 일이 아닐 것입니다. 그렇다면 차라리 위험 부담이 큰 금릉보다, 마음 놓고 활동할 수 있는 북경이 유리합니다."

"상공의 의동생이 그리도 대단한 인물이었던가요?"

"예, 현 무림에서 정 대협이 차지하는 비중은 상당합니다. 지금 현원세가를 이끌고 있는 가주가 누구인지 아십니까? 바로 전설이 되어버린 삼성이마 중 한 명인 천승검 현원덕호입니다. 하지만 현원덕호는 마교의 전대 교주였던 천마 혁무량과 삼풍 진인을 제외하고는 적수가 없다고 할 정도로 대단한 인물입니다. 그런데 그런 인물과 두 번이나 생사의 검을 겨루어 살아남은 사람이 바로 유운검선 정 대협입니다."

"아~."

"실로 대단한 인물이군."

"그렇습니다. 사실 장백검파는 그동안 중원에서 잊혀졌던 문파입니다. 그런데 그런 인물이 장백검파에서 나왔으니, 향후 장백검파의 입지는 북경을 넘어 북부 일대까지 영향력이 확대될 것이 분명합니다."

"그렇겠군."

"그러고 보니 매제는 정말 대단한 사람을 의제로 두었습니다, 누이. 하하하~."

"……."

'아, 상공…….'

건문제의 입에서 매제라는 말이 나오자, 소호 공주의 두 눈에선 맑은 눈물이 가득 고였다. 하지만 얼른 자신의 감정을 추스른 후 건문제를 향해 고마움의 시선을 주었다.

아직까지 호열을 향해 매제라는 표현을 쓰지 않고 있었던 건문제였다. 그렇기에 소호 공주로서는 건문제에 대한 고마움이 없을 수 없었다. 건문제가 호열을 매제로 불렀다는 것은, 이유야 어찌 되었든 앞으로는 마음으로 호열을 받아들이겠다는 표현이었기 때문이다.

"흠! 부국주의 표정을 보니 반대할 뜻은 없는 듯하니, 그럼 북경으로 하도록 합시다."

"알겠습니다, 상황이 그와 같다면 소인은 반대하지 않습니다."

"하하, 알겠소. 그리고 어차피 본 회는 지금의 황권에 반대는 하지만 봉기하지 않는 것으로 중지가 모인 상황이오. 그러니 이참에 황궁이 들어설 곳에 먼저 가서 민심을 수습하고 백성들의 삶을 배후에서 돕는 것도 의미가 있다 할 수 있으니, 부국주는 그와 관련된 사항들을 검토해 보기 바라오."

"그렇게 하겠습니다, 회주님."

가장 중요한 문제였던 이주 예정지가 북경으로 중지가 모아지자 그 후로는 모든 일들이 빠르게 진행되었다. 거의 소호 공주가 내놓은 의견대로 이루어졌는데, 기존의 만리표국은 장로들 중 한 명을 국주로 임명함과 동시에 본점을 장사에서 금릉으로 옮겨 만금산장과 동맹을 맺는 것으로 결론이 났다. 또한 천명회는 황궁이 건립되고 있는 현장과 약간 떨어진 곳에 자리를 잡기로 하였으며, 그 위치는 북경에 자리 잡고 있는 장백검파의 분타와 근접한 곳으로 정하기로 했다.

그러나 문제가 되는 것이 없었던 것은 아니었다. 가장 큰 문제는 언제 옮겨가느냐 하는 것이었는데, 그 일에 관한 것은 소호 공주의 의견이 반영되지 않았다.

소호 공주는 겨울이 지난 내년 삼월 중순경에 옮기자는 의견을 내놓았는데, 현원세가와 연합맹이 접전을 벌이는 혼란스러운 이때가 소리 소문 없이 옮겨가는 데 가장 적기라는 공 부국주의 의견에 건문제가 손을 들어준 것이다. 이에 소호 공주가 안 된다며 반대 의사를 분명히 했지만, 그것은 건문제의 중재로 인해서 소호 공주가 물러서는 것으로 마무리가 되었다.

사실 소호 공주도 공 부국주의 말이 타당하다는 것을 알고 있었지만, 태어난 지 얼마 되지도 않은 경민이를 데리고 북경까지 가야 한다는 것이 부담스러웠기 때문이다. 더욱이 따뜻한 봄도 아니고, 이제 본격적으로 추위가 시작되려는 시점이었기에 더욱더 우려가 되었던 것이다. 그러나 이미 결론이 났고, 소호 공주는 건문제의 의견에 따를 수밖에 없었다.

'상공, 경민이를 생각해서라도 꼭 살아 계셔야 합니다. 아니, 살아 계시다는 것을 알고 있습니다. 그러니 예전처럼 어서 소녀를 찾아와 주세요. 제발……'

제 3 장

내가 과연 이대로 되는 것일까?

◆제3장　내가 과연 이래도 되는 것일까?

십이월.

겨울에 들어선 후 처음으로 눈이 내렸다. 다른 해보다 조금 늦은 첫 눈이었지만, 그것을 보상이라도 하듯 천지를 백색으로 가릴 정도로 함박눈이 내렸다.

함박눈이 남창 일대에 내리면서, 긴장감에 몸부림치던 대지를 순백의 옷이 한 꺼풀 덮어주었다. 그래서 그런지 오랜만에 팽팽하던 긴장감이 많이 가라앉은 것처럼 느껴졌고, 연합맹의 사람들은 모두 겨울을 반기는 듯한 행동을 드러내 놓고 있었다. 더불어 성문을 굳게 걸어 잠그고 며칠 정도 더 버티기만 하면 된다는 생각이 가라앉았던 자신감을 북돋아주었다. 그와 함께 조만간 최후의 격전이 얼마 남지 않았음을 직감하게 했다. 어찌 되었든 한 번은 격전을 치러야 한다는 것을 알고 있었기에, 차분한 가운데 나름대로 준비를 하고 있었다.

"허허, 눈이 정말 많이도 오는구나."

"그렇습니다, 아버님. 밤사이 내린 눈의 양이 무척 많은데, 아직까지도 계속 눈이 내리고 있어 걱정입니다. 비록 문인들이 추위에 민감하지 않다고 하더라도, 그동안 누적된 피로로 인해 힘들어할 것입니다."

"힘든 것은 저들도 마찬가지일 것이다. 더욱이 본 가는 그동안 편안하게 쉬면서 체력을 보충하지 않았느냐."

"아버님 말씀대로 그동안 문인들의 체력과 사기는 최고조에 이르렀지만, 소자가 생각하기에도 겨울에 공격한다는 것은 쉽지 않은 일입니다."

"허허, 그렇게 생각하느냐? 하지만 이젠 그리 오래 기다리지 않아도 될 것이다."

"예? 그럼……?"

"그래, 오히려 승부를 내려면 이때가 좋지 않겠느냐?"

"이때라 하심은? 혹시 아버님, 그럼 눈이 멈춘 후에 공격을 시작하려 하십니까?"

현원승은 현원덕호의 말에 이미 마음속으로 결단이 내려졌음을 알 수 있었다. 오랫동안 기다리고 있던 것이지만, 그렇다고 불안감이 없는 것은 아니었다.

"그렇다. 어차피 저들은 기다리는 상황이고, 겨울이 지나가기 전에는 공격하지 않을 것이다. 그러니 저들의 바람대로 본 가에서 움직여 주어야 하지 않겠느냐?"

"그렇기는 합니다만… 아마도 불리한 싸움이 될 것입니다. 더욱이

눈이 내렸기에, 본 가의 비수라 할 수 있는 청랑군이 움직이는 데 힘들
수도 있습니다."

"허허, 가주는 지금 본좌의 말을 잘못 이해한 듯하구나."

"예? 잘못 이해를 하다니요? 그 무슨……?"

"분명 본좌는 공격을 할 것이다. 그러나 지금은 아니다. 눈이 녹기
를 기다려야 하지 않겠느냐? 홋, 순백의 대지에 혈화를 그릴 수는 없
지."

"그럼…….."

"남창이 비록 내륙 지역에 위치하고 있지만, 그렇다고 본 가가 위치
한 태원보다 겨울이 길거나 춥지 않은 곳이다. 그러니 눈이 내렸다고
해도 하루 정도면 녹을 것이고, 그렇게 된다면 습기를 담은 대지는 질
척해질 것이다."

"……."

"지금 본 가의 정면엔 연합맹이, 그리고 배후엔 연합맹을 돕기 위해
모여든 군웅이 있다. 따라서 배후에 적을 두고 공격한다는 것은 양공
을 받을 수 있으니, 우선은 청랑군으로 하여금 배후의 적을 도륙해야겠
지."

"아, 그렇군요. 비록 단단한 땅에서보다 청랑군이 움직이는 데 불편
하겠지만, 그것은 저들의 움직임보다 빠를 것이니 유리하다 할 수 있겠
군요."

"그렇다. 적절한 바람이 불어주면 더욱 좋고."

"무슨 말씀인지 알겠습니다, 아버님. 그럼 소자는 곽 총관과 함께 미
리 준비를 하도록 하겠습니다."

"그렇게 하도록 해라."

현원덕호의 의중을 파악한 현원숭은 바로 막사를 나섰으며, 그의 발걸음은 빠르게 곽 총관이 머물러 있는 막사로 향했다.

"어서 오십시오, 가주님."

"이런, 우승상도 함께 있었습니까? 마침 잘되었습니다. 그렇지 않아도 이곳으로 모시려고 했었습니다."

막사 안으로 들어서자 우승상 염상백이 곽 총관과 함께 자리하고 있는 것이 보였다. 그에 현원숭은 반가운 표정을 지어 보인 후, 곽 총관이 양보한 자리로 가서 앉았다.

"예, 아무래도 그냥 있기가 불편해서요."

"그렇습니까? 그러나 조금만 참으시면 될 것 같습니다."

"조금이라면……?"

"가주님, 표정이 밝아 보입니다. 혹시 태상가주님께서 무슨 언질이라도 주셨습니까?"

"역시 곽 총관의 눈치는 대단하구려. 그렇지 않아도 아버님께서 결단을 내리셨네. 눈이 녹으면 바로 공격할 생각이시네."

"눈이 녹으면요?"

"그렇네. 분명 그렇게 말씀을 하셨다네."

"아~."

"흐음……."

현원숭의 말에 염상백과 곽 총관은 일면 반가운 표정을 지었다가, 이내 무엇을 생각했는지 금방 어두운 표정으로 현원숭을 바라보았다.

"응? 우승상, 왜 그러십니까? 무언가 마음에 들지 않는 것이 있습니까?"

“글쎄요. 사실 태상가주님께서 공격하기로 정하셨다면 더 이상 할 말이 없지만, 그래도 눈이 녹는 시점에 공격한다는 것이 마음에 걸리는군요. 그렇게 되면 오히려 불리한 것은 우리가 아닙니까?”

“그렇습니다, 가주님. 우승상께서 말씀하셨듯이, 지금 본 가가 저들보다 유리한 것은 청랑군이란 기병이 지니는 기동성의 장점입니다. 그러나 그것은 대지가 건조할 때 유리하지, 대지가 질척이면 불리하지요. 소인이 생각하기에도 공격 시기가 좋지 않은 것 같습니다. 비록 보급 사정이 좋지 않아 보름을 버티기 힘들지만, 그렇다고 해도 지금에 와서 너무 서두를 필요는 없다고 생각합니다.”

“우승상의 우려가 무엇인지, 그리고 곽 총관이 하고자 하는 말이 무엇인지 알겠네. 곽 총관의 말대로 청랑군은 분명 본 가의 비수나 다름없지. 더욱이 비수란 모름지기 날카롭고 빨라야 하는 것이 아니겠는가. 아버님도 그에 대한 생각이 있으시네.”

“그럼 태상가주님께선 다른 계획이라도 있으시단 말씀입니까?”

“그렇다네. 본격적으로 연합맹을 공격하기 전, 우승상이 이끄는 청랑군으로 하여금 배후의 적을 치실 것 같네. 성문을 열기 전에는 청랑군이 발휘할 수 있는 힘은 그리 많지 않으니, 아마도 그리 생각하신 것 같네.”

“그렇군요. 더욱이 배후의 적은 아무리 본 가가 강하다고 해도 적지 않은 위협으로 작용할 것입니다. 당연히 그들을 먼저 치셔야지요.”

“하하, 옳은 말이네. 그러나 세세한 계획은 본인을 비롯한 우리가 세워야 할 것이네.”

“당연한 말씀입니다. 그 점은 염려하지 마십시오.”

"자, 이제 공격 시점이 얼마 남지 않았네. 그러니 조금만 더 힘을 내세나."

*　　　*　　　*

시야를 가득 메우던 눈보라가 그치고, 오랜만에 싸늘한 바람도 잦아들어 포근함을 느낄 정도였다. 그 덕분인지 대지를 덮고 있던 눈은 서서히 녹기 시작했고, 연합맹 한켠에선 아직 녹지 않은 눈을 한쪽으로 치우느라 정신이 없었다.

"맹주님, 저들의 동태가 심상치 않습니다. 아무래도 조만간 공격을 시작할 것 같습니다."

"제갈 부맹주의 말대로, 소인이 살펴보아도 곧 행동을 시작할 것 같습니다."

"송 군사가 보기에도 그러하오? 흐흠, 그렇다면 본 맹에서도 준비를 해야겠구먼."

"그렇지 않아도 준비를 마쳤습니다. 하지만 대지가 마르기 전에는 공격하지 않을 것입니다."

"그렇소? 그렇다면 다행이구먼. 제갈 부맹주, 요즘 정 대협의 거취는 어떻습니까? 요즘도 나오지 않고 있습니까?"

"아쉽지만, 아직 준비가 안 된 것 같습니다."

"그렇군요. 이제 결전이 얼마 남지 않았는데, 아직 그렇게 있다니 참으로 걱정입니다. 지금으로서는 현원덕호를 상대할 사람은 정 대협뿐인데, 이것 참……."

"그러나 지금으로서는 정 대협을 믿는 수밖에 없습니다. 다행히 정 대협이 현원덕호를 막아준다면 아무런 걱정이 없겠지만, 맹주께서도 아시겠지만 그것을 바란다는 것은 무리일 것입니다. 희박한 가능성을 바라는 도박일 뿐이지요. 그러니 우리도 나름대로 현원덕호를 막을 수 있는 방법을 모색해야 할 것입니다."

"흐으음……."

독고 맹주는 제갈 부맹주의 말에 동의한다는 듯 고개를 끄덕였다.

"하지만 현원덕호를 상대할 방법이 없습니다. 있다면 이곳에 있는 모두가 함께 협공을 해야 한다는 것인데, 솔직히 그것은 좋은 방법이 아닙니다. 하다못해 광천뢰라도 있었으면 좋았으련만, 광천뢰는 고사하고 천뢰구마저 남아 있는 것이 하나도 없으니……."

"당시로서는 어쩔 수 없었지 않습니까. 그러니 지나간 일은 접어두고, 지금은 중지를 모아야 할 것으로 압니다. 아미타불……."

"그렇습니다, 맹주. 어차피 정 대협 혼자서는 힘들다는 것을 알고 있으니, 맹주님과 담현 장로, 그리고 연정 장로께서 정 대협과 함께 협공을 하는 것도 좋을 듯합니다."

"흠! 송 군사의 말대로 하는 것이 좋겠습니다. 아니면 아예 독고 장로와 호 장문인, 그리고 진 장로와 남궁 가주께서도 함께하는 것은 어떻겠습니까? 다른 분들은 현원덕호를 막고 있는 동안 문인들과 함께하시고요. 오히려 이 방법이 좋을 듯합니다."

제갈 부맹주는 송 군사가 담현 방장과 연정 장문인을 언급할 때 장로라는 호칭을 사용하자 얼른 이를 장문인과 가주로 고쳐서 부연 설명을 했다. 아직 무림맹에 적을 두고 있었던 영수들은 장로라는 표현을 쓰지 않고 있었기 때문이며, 스스로 장로라는 호칭을 사용하다 보면 정말로 연합맹의 울타리 안으로 무림맹이 들어가는 것이라는 생각을 하게 할 수 있었던 것이다.

현 상황에서 어쩔 수 없이 연합맹이라는 구심점을 만들기는 했지만, 문제는 맹주가 정파의 인물이 아닌 데 있었다. 만약 정파를 대표하는 인물이 맹주에 올랐다면 장로라 부르는 것을 주저하지 않았겠지만, 현 맹주는 패혈맹의 맹주였던 검마왕 독고후였다.

이러한 일은 독고후나 송 군사 등 패혈맹에 몸담았던 장로들의 미간을 찌푸리게 만들었지만, 호칭 문제는 너무도 미묘한 문제였기에 일부러 갈등의 소지를 만들지 않으려는 노력을 보이고 있었다. 그저 자신들은 장문인이나 문주, 가주라는 표현을 쓰는 것에 상관하지 않고 장로라는 표현으로 일관되게 말할 뿐이었다.

"무량수불. 부맹주의 말은 일견 좋은 방안이라 할 수 있으나, 그렇게 된다면 많은 문인들이 다칠 수 있습니다. 더욱이 우리 모두가 현원덕호 한 사람에게 매달려 있는 동안, 과연 그들의 공격을 감당할 수 있겠습니까?"

"그렇습니다. 문제는 현원덕호 한 사람에 국한된 일이 아닙니다. 현원덕호의 목을 취할 수 있다고 해도, 큰 싸움에서 지면 아무리 작은 싸움에서 승리를 한다고 해도 지는 것이 아닙니까? 그것은 재고를 해야 할 것 같습니다."

"이거 참! 그럼 엽 문주는 어떻게 하자는 말인가? 이 노개가 생각하기로는 여덟 명이 한꺼번에 달려들어도 현원덕호 한 사람을 상대할 수 있을까 말까 하는 판국에, 작은 싸움이 무슨 대수인가? 차라리 노개는 우리가 모두 현원덕호를 상대하는 것이 좋다고 보네. 강호를 어지럽히는 원흉인 현원덕호가 쓰러지면, 자연히 현원세가는 물러갈 것이 아니겠는가? 아니면 검왕이라 불리는 엽 문주가 현원덕호를 상대하던가.

검왕과 검성이라, 좋은 대결이 되겠구먼. 그렇지 않은가, 엽 문주? 흠!"

접전의 시간은 다가오는데 아무리 기다려도 결론이 나오지 않고 안 된다는 말들만 오고 가는 것 같자 답답함을 참지 못하고 있던 궁여상이 자리에서 일어서며 자신의 주장을 이야기했다.

"뭐, 뭐라고요! 궁 방주, 어떻게 그런 말을……."

하지만 궁여상의 직접적인 공격을 받았다고 생각한 엽 문주의 얼굴은 순간적으로 붉게 타올랐는데, 옆에서 이 모습을 지켜보고 있던 일양자 현천 장문인이 얼른 자리에서 일어서며 좌중을 향해 말했다.

"원시천존! 빈도가 들어보니 엽 문주께서 하신 말씀도 일리가 있고, 또한 궁 방주께서 하신 말씀도 옳은 것 같습니다. 다만 두 분께서 의견의 차이를 보이는 것은, 무엇을 우선으로 해야 할 것인지 정하지 못한 상황이라 그런 것 같습니다. 그러니 빈도는 이참에 현원덕호인지, 아니면 저들의 공격을 막는 것이 먼저인지 결정을 해야 한다고 봅니다."

"빈승도 현천 장문인의 말이 옳다고 생각합니다. 그러나 지금 본 맹이 위기라고 생각하는 직접적인 원인이 어디에 있는지 알아야만, 그 문제를 풀 수 있을 것 같군요. 아미타불."

"빈도의 생각도 담현 방장과 같습니다. 무량수불."

"그렇군요. 흐흠……."

"옳으신 말씀입니다. 직접적인 원인이라……."

담현 방장과 연정 장문인이 현천 장문인의 말에 동조를 하며 나서자, 대부분의 사람들도 수긍을 하는 듯 저마다 한마디씩 하며 고개를 끄덕여 보였다.

"송 군사가 보기엔 본 맹이 어디에 중점을 두었으면 좋겠다고 생각하시오?"

"예, 맹주님. 솔직히 말씀드려서 본 맹이 지금처럼 위기에 몰린 직접적인 원인 제공자는 현원덕호라고 생각합니다. 만약 현원덕호가 없었다면 지금과 같은 상황은 일어나지 않았겠지요. 현원덕호가 없는 현원세가는 본 맹에서 충분히 감당할 수 있는 정도에 지나지 않습니다. 그렇기에 무리를 하면서까지 악 장로의 일을 추진했던 것이었고요. 그러니 이번에도 본 맹의 모든 힘은 현원덕호에게 집중이 되어야 한다고 봅니다. 현원덕호를 처리하지 않고는, 본 맹뿐만 아니라 무림의 안위에도 큰 위협이 될 것이기 때문입니다."

"아미타불. 그렇다면 송 군사는 본 맹의 힘을 현원덕호에게 집중하자는 것입니까?"

"그렇습니다, 담현 장로. 만약 그렇게 하지 못할 정도라면, 최소한 부맹주가 언급했던 분들만이라도 현원덕호를 막는 데 정 대협과 협력을 하는 것이 옳을 것입니다. 그렇게 된다면 최소한 연합맹이 어이없이 물러나는 일은 없을 것입니다."

"무량수불……."

"흐으음."

"……."

송 군사의 말이 끝나자, 대전에 있는 사람들이 모두 굳게 입을 다물었다. 그들 중에는 나름대로 고민을 하는지 눈을 지그시 감는 사람들도 여럿 있었으며, 현천 장문인이나 보타신니 일영처럼 도호나 법문을 외우는 사람들도 있었다.

한동안 송 군사의 의견에 이의를 제기하는 사람이 없었다. 그에 대전은 무거운 적막에 휩싸였고, 칙칙한 느낌마저 들 정도가 되었다.

"흠! 여러분, 이제 어느 정도 생각들을 정리하셨습니까?"

"아미타불."

"……."

"표정들을 보아하니 대강은 정리가 된 것 같군요. 그럼 본인이 의견을 밝혀도 되겠습니까?"

"그렇게 하시지요, 맹주."

"감사합니다, 담현 장로. 그럼 본인의 생각을 말하겠습니다. 본인은 송 군사와 제갈 부맹주의 의견에 따르는 것이 좋다고 생각합니다. 최소한 본인과 담현 장로, 그리고 연정 장로는 현원덕호가 움직이기 전까지 정 대협과 함께 움직이는 것이 좋겠습니다. 그리고 독고 장로와 호 장로, 그리고 진 장로와 남궁 장로는 현원덕호의 움직임이 있기 전까지 다른 장로들과 함께 적들을 막는 데 주력하되, 현원덕호가 움직이는 시점이 되면 본인과 함께 협조를 하는 것입니다. 현원덕호가 움직일 때가 되면, 어느 정도 싸움이 최고조에 이를 때일 것입니다. 그러니 승패를 결정하는 마지막 한 판이 되겠지요. 어떻습니까? 본인의 의견에 찬성하십니까?"

"허허, 그렇게 하십시다. 아미타불."

"무량수불. 빈도도 맹주의 의견에 따르도록 하겠습니다."

"그렇게 하지요."

"맹주님의 의견에 따르도록 하겠습니다."

"좋습니다. 그럼 현원덕호에 관한 일은 이 정도로 마무리 짓도록 하고, 앞으로 현원세가가 어떤 방향으로 공격을 할 것인지, 그 공격을 효과적으로 방어를 할 수 있는지에 관하여 논의하도록 하지요. 송 군사, 지금부터는 송 군사와 부맹주가 앞으로 나서서 회의를 주관하도록 하는 것이 좋을 듯한데."

“알겠습니다, 맹주님.”

“그렇게 하지요.”

제갈 부맹주와 송 군사는 독고 맹주의 의견에 따라 의자에서 일어나 앞으로 나섰다. 가장 큰 문제가 해결되었으니, 그 다음의 일은 크게 문제될 것이 없었다. 오히려 자질구레할 정도로 세세한 사항들이 많아 회의의 시간은 길어졌지만, 그렇다고 철저한 준비를 안 할 수는 없기에 모두들 안건이 나올 때마다 자신들의 의견을 피력하였다. 비록 철저한 대비를 하고 있었지만, 그래도 완벽한 것이 아니기에 보다 신중할 필요가 있었기 때문이다. 그렇게 이어진 회의는 장시간에 걸쳐서 이루어졌는데, 오시에 시작해서 술시가 다 지나갈 때에 이르러서야 굳게 잠겨 있던 대전의 철문이 열렸다.

*　　　*　　　*

남창과 얼마 떨어지지 않은 곳이었다.

겨울 날씨답지 않게 포근해서 그런지 나뭇가지에 걸려 있던 눈꽃 송이들이 물방울이 되어 흘러내리고 있었다. 가을에 떨어졌던 낙엽들도 눈이 녹으면서 생긴 물로 인해 축축해졌으며, 그 물은 덩달아 굳어 있던 땅까지 질척거리게 만들어놓았다.

“여보게, 정말 날씨가 좋구먼.”

“날씨가 좋으면 뭐 하겠나. 땅이 굳어지면 저들이 총공격을 할 것이란 소문이 나돌던데.”

“아마도 그렇겠지. 더 이상 저들도 기다릴 수는 없겠지.”

“암, 보급도 없는 상황에서 더 이상 기다릴 수 없겠지. 그러니 앞으로 삼 일 후 정도면 본격적으로 격전이 벌어지겠지."

"제발 그랬으면 좋겠네. 무림을 구하겠다는 일념으로 이곳에 왔지만, 이건 검 한번 휘둘러 보지도 못하고 얼어 죽던가 굶어 죽을 것 같네. 에잉!"

현원세가의 본진이 남창에 주둔하고 연합맹이 성문을 확고히 지키는 대치 상태가 시작되면서부터, 남창과 비교적 가까우면서도 주변 경계를 원활하게 살필 수 있는 낮은 구릉을 중심으로 하나둘 모여들기 시작한 군웅의 수는 오천을 넘어 육천 명 가까이로 늘어나 있었다. 모두 자기들 손으로 현원덕호라는 악마의 혈검에서 무림을 구해보겠다는 마음만으로 모인 사람들이었다. 상황이 이렇다 보니 싸늘한 바람을 피할 수 있는 막사 등 보급품이 문제가 되었다. 처음 한두 명 정도는 자체적으로 해결할 수 있었지만, 천 명이 넘으면서부터는 심각한 수준에 이르렀다.

그렇다고 연합맹의 사정이 넉넉해서 보급품을 지급해 줄 상황도 되지 못했다. 그저 힘든 날들을 보내며 현원세가와 연합맹의 접전이 벌어지기를 기다리고 있을 뿐이었다. 그러나 군웅의 생각과 달리 한 달이 넘도록 현원세가에서 공격을 하지 않고 있었다. 상황이 이렇게 되다 보니 군웅들은 추위와 싸우며 기다리는 형국이 되었다. 그나마 남창 일대와 몇몇 지방의 유지라 자처하고 있는 군소문파에서 자발적으로 내놓은 양식과 물품들이 며칠 전부터 보급이 되고 있어 어느 정도 안정을 찾았지만, 그것도 한계에 다다랐다.

"과연 이번 싸움에서 연합맹이 승리할 수 있겠는가? 괜히 나섰다가 제명에 죽지도 못하는 것 아닌지 모르겠네."

"예끼, 이 사람아! 할 말이 있고 못할 말이 있는 것일세. 어디 가서 그런 말 함부로 하지 말게."

"하하, 말이라도 못하나? 그저 답답하니까 그런 것이지. 그나저나 자네…… 응? 저건 뭐지……?"

"왜 그러는가? 뭐가 보이기라도 하나?"

"글쎄, 꽤 많은 사람이 오는 것 같은데? 또 어떤 곳에서 이곳으로 오는 것인가? 에이, 가뜩이나 보급품이 모자라 죽을 맛인데, 또 누가 사람들을 이끌고 오는 것이야?"

"사람들이 모이면 든든하고 좋지 않은가. 그러니 군소리 말게. 그나저나 어디서 오는 것일까?"

"글쎄. 또 사람들을 파견할 곳이 남아 있었던가……?"

주변 경계를 서고 있던 두 사람은 고개를 막 넘기 시작하는 일단의 무리를 발견하고 한마디씩 하면서 자세를 바로잡았다. 그래도 명색이 연합맹을 지원하기 위해 오는 사람들이니만큼, 첫 대면에서 꿀리고 싶지 않았던 것이다. 그러나 무리와 조금씩 가까워지면서 자신들이 생각하고 있던 모습이 아니란 걸 알았다. 무리의 손에는 중원의 것과 다른 낭아도가 들려 있었으며, 하나같이 기골이 장대한 것이 예사 인물들로 보이지 않았다.

"여보게. 저들… 호, 혹시……?"

"헉! 마, 맞네. 현원세가! 현원세가가 틀림없네!"

"이런! 어서 알리게. 경종을 울……."

쉬이이익~

퍼, 퍼퍽!

"크윽! 어, 어서……."

"끄아아, 적이다. 적이 나타났다~."

땡! 때에엥! 때엥~

두두두두두두.

쉬이이익~

"아, 안 돼~."

퍽, 퍼퍽!

"컥! 끄으으~."

두두두두.

"모두 돌격하라! 돌격~!"

"와~."

보초 두 명을 순식간에 저승으로 보낸 청랑군은 달려가는 속도를 배가시키면서 더욱더 힘차게 말 옆구리를 찼다. 기습의 장점을 최대한 살리기 위해서는 무엇보다 적들이 알아차리고 준비를 하기 전에 돌격하는 것이 유리했기에, 염상백은 목청을 높이며 부하들을 독려했다.

땡! 때엥! 때에엥~!

"적의 공격이다! 현원세가에서 공격을 시작했다~."

"뭐? 공격?"

"현, 현원세가⋯⋯?"

"이, 이런!"

아침을 먹기 위해 분주하게 움직이던 사람들은, 갑자기 울려 퍼지는 종소리와 경계병들의 외침에 깜짝 놀라며 먹던 음식들을 팽개치고는 분주하게 자리에서 일어섰다. 하지만 막상 자신들이 무엇을 해야 할지 알 수가 없었다. 분명 적을 막아야 하는 것은 알았으나 어떻게 막아야 하는지에 대해서 생각해 본 적이 없었기 때문이다.

"뭐 하고 있는가! 어서 적들이 오기 전에 전열을 가다듬어야 할 것이 아닌가!"

"전열? 전열이라니……?"

"모두 흩어지지 말고 한곳에 모이란 말이다! 모여야 적을 막을 수 있을 것 아닌가!"

"아, 그렇군요."

"자, 모두 앞으로 모이도록 하게. 어서!"

"모두 적들이 들이닥치기 전에 준비를 해라! 어서, 서둘러라~!"

한창 막사 안에서 따끈따끈한 음식을 먹고 있던 몇 명의 중년인이 모습을 보이면서, 주변에 어정쩡한 모습으로 돌아다니고 있던 사람들을 향해 소리를 질러댔다.

"모여! 어서 모이게~."

"빨리, 빨리! 어서 이곳으로 모이도록 하게."

"큭! 이런……."

"흐음."

군웅들의 움직임을 보면서 중년인들은 한심스럽다는 표정을 얼굴 가득 지었다. 그러나 그들도 현 상황에서 어디서부터 손을 써야 할지 모르고 있기는 마찬가지였다.

지금까지 어떻게 공격할 것인지는 여러 차례 논의가 되었으나 막상 공격을 받았을 때는 어떻게 행동해야 할지에 대해서는 아무런 말도 오고 간 적이 없었다. 그렇기에 혼란은 더욱 컸으며, 조금씩 적들이 가까워질수록 불안감과 공포가 군웅들의 가슴에 자리 잡기 시작했다.

하지만 중년인들은 자신의 수하들을 시켜 군웅들의 움직임을 독촉하는 데 총력을 기울였다. 조금이라도 흩어졌던 군웅들을 한곳에 밀집시킬 필요성이 있었기 때문이다. 그러나 군웅들은 병사들처럼 잘 조련

된 군사들이 아니었기에, 조직적인 움직임을 기대한다는 것 자체가 힘들었다. 아무리 많은 사람이 모여 있고 개개인이 뛰어난 무인들이라 해도, 어수선한 분위기가 확산되면서 혼란은 금방 극에 이르렀다.

두두두두두두.

군웅들이 혼란스러운 가운데, 이미 청랑군은 화살을 날릴 수 있는 지척에 이르러 있었다. 워낙 말들이 힘이 좋은 몽골말이어서 그런지, 질척이는 땅에서도 평소와 다름없는 속도를 내고 있었다.

쉬이이이이~

"헉! 화, 화살이다! 어서 피해~."

팟! 파팟!

팍! 파팍……! 파파파팍!

"끄아아아~."

"커윽! 끄으으."

"사, 살려줘~."

오천 명이 말에서 일제히 날리는 화살은, 맑고 청명하던 하늘을 시꺼멓게 만들 정도였다. 또한 그렇게 날아간 화살들은 열에 셋은 군웅들의 숨통을 뚫고 들어갔다.

쉬이이이이~

퍼퍽! 퍼퍼퍼퍽~!

"크아아악!"

"끄윽, 끄으으."

"헉! 제, 젠장~!"

청랑군이 군웅들과 조우하기 전, 이미 다섯 번 정도 활시위를 놓고 있었다. 사람들은 저마다 군데군데 위치한 막사를 방패 삼아 화살들을 피하는 데 여념이 없었고, 그나마 숲과 가까이 있던 사람들은 아예 나무 뒤로 몸을 숨기고 청랑군의 움직임을 살폈다.

두두두두두.

히이이잉! 히히잉~!

"돌격! 우리 청랑군의 무서움을 뼈저리게 느끼도록 해라! 죽어서도 잊지 못할 공포를 안겨주도록 해라~!"

"이랏! 공격~."

"죽여라~!"

창! 차창! 차차차창~

청랑군의 움직임은 거침이 없었다. 이미 본격적으로 병장기를 휘두르기 전 육천 명에 육박하던 군웅들의 숫자는 사천 명 정도로 줄어 있었고, 그나마 제대로 청랑군을 상대하는 사람들은 극히 일부에 지나지 않았다. 대부분의 군웅들은 청랑군의 조직적인 움직임에 제대로 대응조차 하지 못하고 땅바닥으로 나뒹굴기 시작했고, 후미에 있던 군웅들은 청랑군이 자신들을 향해 오기 전에 근처 숲으로 피신을 하느라 정신이 없었다.

"겨우 이 정도였던가? 이것은 싸움이 아니라 도륙이구먼."

염상백은 청랑군의 낭아도에 처참히 죽어가는 군웅들을 바라보며 눈살을 찌푸렸다. 대등한 접전은 아니더라도, 최소한 자신의 부하들을 막는 시늉 정도는 할 줄 알았다. 그러나 아무리 둘러보아도 자신의 부하들을 막는 곳은 보이지 않았다. 있다면 몇몇 사람이 화려한 검법을 자랑하고 있을 뿐이었다.

"어떻게 하시겠습니까, 우승상? 이대로 계속 공격하시겠습니까?"

"그럼 범 부총관의 생각은 어떠시오?"

"솔직히 이 정도는 아니라고 생각했는데, 저들이 연합맹을 도우려고 한다 해도 그저 인원수만 채울 정도밖에 되지 않을 것 같습니다. 아마도 본 가에서 연합맹을 멸문시킨다면, 저들은 별다른 저항 없이 본 가에 고개를 숙일 것입니다."

"범 부총관은 그렇게 생각하고 있었소? 후훗, 본인은 그렇게 생각하지 않소이다."

"그럼……?"

주변을 둘러보며 자신의 의견을 말하던 범 부총관은, 자신의 생각과 다른 염상백의 말에 의아해하며 고개를 돌렸다. 그에 자연스럽게 염상백과 시선이 마주쳤는데, 염상백의 눈빛을 본 범 부총관은 순간적으로 몸이 움찔했다.

"오합지졸이라고 해도, 그들이 휘두르는 검은 적을수록 좋은 것 아니겠소? 어차피 죽을 자리를 찾아왔으니, 그렇게 해주는 것이 도리겠지."

"알겠습니다. 그럼 잔당들 모두 처리하도록 하겠습니다."

"글쎄, 굳이 범 부총관이 나설 필요는 없을 것 같소."

"그렇군요. 이미 청랑군이 알아서 하고 있는 것 같군요."

범 부총관이 보기에도 청랑군은 숲으로 도망친 사람들을 일일이 찾아다니며 눈에 띄는 족족 낭아도로 목을 긋고 있었다. 더욱이 반항을 하는 사람들 중 무공이 뛰어난 사람이 있으면, 주변을 둘러싸서 도망치지 못하게 한 다음 뒤에 있는 청랑군이 화살로 마무리를 하는 모습이 보였다. 청랑군이 보여주는 행동은 전장에서도 쉽게 볼 스 없는 도륙이었다.

약 반 각의 시간이 흐르는 동안, 청랑군의 낭아도는 쉴 틈이 없을 정도로 바쁘게 움직였다. 군웅들 중 한 명이 숲 속으로 도망치면, 네 다섯 명의 청랑군이 그 뒤를 끝까지 추격하여 목을 베었고, 자신의 힘이 미약해 항복을 하는 사람이 있어도 받아주지 않고 서슴없이 목을 취하였다.

"어찌 이런 패악을 저지를 수 있단 말이냐! 너희는 사람도 아니란 말이냐? 항복을 하는데도 어떻게 죽일 수 있단 말이냐……!"

"우리에게 한인들의 항복이란 그저 죽여달라는 것에 지나지 않는다. 알았느냐? 무엇을 하고 있느냐, 어서 한 놈도 남겨두지 말고 모두 죽여라!"

"옛! 알겠습니다, 부대장님."

"뭐라? 어찌 그런 말도 안 되는……."

"컥! 끄어어~."

"크아아~."

"사, 살려줘! 살려줘~."

청랑군은 부대장 아린우스의 명에 따라 손에서 병장기를 내려놓고 있던 군웅들을 모두 쓸어버렸다. 군웅들은 청랑군이 추호의 인정조차 없이 낭아도를 내려치자, 저마다 살길을 찾기 위해 다시 도망을 쳐야만 했다.

"어찌 저런! 우승상께서 중지 시키셔야 하지 않겠습니까? 항복을 하는데도 죽인다는 것은……."

범 부총관은 아린우스의 행동을 보고는 미간을 찡그리며 자신의 옆에 서 있는 염상백을 향해 고개를 돌렸다.

"아니오. 저들에게 지금의 항복이란 기회를 달라는 것과 마찬가지일 것이오. 지금은 자신들이 불리하니 항복을 한 후에 힘을 기르겠다는 것이오. 알겠소? 예전 원나라가 그러했듯이, 한인들에게 기회를 제공하고서 얻은 것이 무엇이오? 그것은 한인들의 처절한 반항이었을 뿐이오. 한인의 속성이 그러하오. 당장 고개를 숙인다고 해도, 그들의 마음속엔 항상 타민족에 대한 멸시와 조롱만이 자리하고 있소. 그것이 밑바탕이 되어 지금의 명나라가 중원을 차지하게 된 것이오.”

“흐으음……..”

“따라서! 응징할 때는 다시는 일어서지 못하도록 공포심을 심어줄 필요가 있소. 아주 철저하게! 그렇게 하지 않으면, 또다시 그와 같은 일이 반복될 뿐이오.”

“무슨 말씀인지 알겠습니다. 하지만! 그, 그렇다고 해도 이건…….”

“훗! 본인이 지금 너무한다고 생각하시오? 하지만 이것은 어디까지나 전쟁이오. 전쟁은 냉혹하지. 아니, 냉혹해지지 않으면 전쟁에서 이길 수 없소이다. 오로지 승리와 패배밖에 없는 것이 전정이오. 승리한 병사들은 살아 있을 수 있고, 패배한 병사들은 죽는 것이 순리요. 그러니 살기 위해서는 승리를 해야 하지 않겠소?’

“휴, 알겠습니다. 제가 너무 안일한 생각을 하고 있었나 봅니다. 본가의 존망이 걸린 이때, 그런 생각을 하고 있었으니 부끄럽습니다.”

“…….”

염상백은 범 부총관이 더 이상 이의를 제기하지 않자 전장으로 시선을 돌렸다. 이미 웬만큼 정리가 되고 있었으며, 가끔가다 죽은 듯 숨어 있다가 눈치를 보며 도망치는 자들이 한둘 보일 뿐이었다.

‘휴, 내가 과연 이래도 되는 것일까? 나도 엄연히 한인이 아닌가…훗! 지금에 와서 무슨 생각을 하고 있는 것인지 모르겠군. 이미 그러한 것에 연연하지 않기로 했지 않은가. 같은 한인이면서도 조소와 멸시를

일삼았던 저들, 그것도 모자라 최후엔 부모님까지 처참하게 죽인 자들
이 저들이다. 어차피 저들도 살아남기 위해 원 조정에 아첨을 하고 뇌
물을 바치며 아양을 떨던 자들이 아닌가. 그런 자들이 과연 부모님을
욕하고 멸시하며 죽일 수 있는 권한이 있었을까? 아니다. 저들은 자신
들이 저지른 죄 값을 받는 것일 뿐이다.'

눈앞에서 수많은 목숨이 허무하게 쓰러져 가는 모습을 지켜보면서,
오랜 시간 동안 잊고 있었던 것들이 주마등처럼 머리 속을 스치고 지
나가기를 반복했다. 그러면서 자신의 행동에 대한 의문이 떠올랐고,
염상백은 한인인 자신을 기꺼이 받아준 황제 부니야시리에 대한 충정
을 되새겼다.

멀리 죽을힘을 다해 도망치고 있는 군웅들을 향해 힘차게 낭아도를
휘두르고 있는 염천검의 모습이 염상백의 시야에 들어왔다. 자신이 부
니야시리 황제에게 충성을 맹세하지 않고, 또한 자신이 청랑군을 만들
지 않았다면 인생이 완전히 달라졌을 아들이었다.

'훗, 나는 나 자신도 모르게 천검의 인생까지 결정지었던가? 아무래
도 이 업은 내 대에서 끝나지 않을 것 같구나…….'

염상백은 자신의 결정이 달라졌다면 아들의 손에 피를 묻히지 않아
도 되었을지도 모른다는 생각이 들었다. 마음 한편에선 살생의 도구인
검 대신 만인을 이롭게 하는 서책과 붓이 들려 있었으면 좋았을지 모
른다는 생각도 들었다. 온몸이 피로 얼룩진 아들 염천검의 모습에 가
슴 한구석이 메어졌다. 하지만 더 이상 나약한 감상에 빠져 있을 수는
없었다. 이미 아들은 청랑군의 실질적인 대장으로서 확고한 자리를 차
지하고 있었고, 청랑군은 그런 염천검을 추종하고 있었다. 타타르 국
의 영광을 자신들의 검으로 재현할 수 있다는 믿음과 함께…….

도대체 어떤 작전에 투입되기에……

 ## 도대체 어떤 작전에 투입되기에……

마치 자신들의 힘을 과시라도 하듯, 연합맹을 위협하는 행동들이 현원세가에서 나타나기 시작했다. 아직 공격 시점이 아닐 것이라 생각하고 있던 연합맹은 현원세가의 행동에 깜짝 놀라면서도 내부적으로는 문인들이 놀라지 않도록 바쁘게 움직였다. 물론 가장 바쁘게 움직이는 사람들은 각 문파의 장로들이나 당주, 그리고 세가의 총관들이었다.

"생각했던 것보다 빠른 움직임입니다, 맹주. 그만큼 저들이 힘들다는 것인지도 모르겠습니다."

"글쎄요. 본인도 부맹주의 생각과 같기는 합니다. 지금으로서는 그 이유 외에는 달리 생각나지 않는군요."

"그렇게 간단히 생각할 것이 아닌 것 같습니다, 맹주님. 이미 본 맹에서는 저들이 보름 정도는 보급에 문제가 없음을 확인했지 않습니까?

지금의 상황이 만약 총공격을 예고하는 것이라면, 아마도 보급 때문에 어쩔 수 없이 움직이는 것은 아닐 것입니다."

"응? 송 군사가 보기에 그러하오? 흐흠, 그렇다면 현원덕호가 결단을 내렸다고 볼 수 있겠구먼."

"아마도 그럴 것입니다, 맹주님."

"아미타불."

"무량수불……."

"허, 이거 참. 그럼 지금부터 시작이란 말이구려."

"흐으음……."

송 군사의 말에 독고 맹주를 비롯한 영수들은 한창 전열을 정비하고 있는 현원세가를 향해 시선을 집중시켰다. 일사불란하게 움직이는 모습이, 도저히 무림세가라는 것이 믿어지지 않을 정도였다. 마치 훈련이 잘된 군사들처럼 보일 정도로 군기가 확립된 것이, 무림인들이 가지지 못하는 일면을 보여주고 있었다. 그만큼 모두들 말은 자제하고 있었지만, 현원세가의 위세 당당한 모습에 위축되는 것을 느끼고는 소스라치게 놀랐다. 정작 본격적으로 싸우지 않았음에도 불구하고 기세 싸움부터 밀리고 있었다. 영수들은 얼른 자신들의 추태를 깨닫고는 평정심을 회복했다.

"흐흠! 실로 대단한 위세입니다."

"그렇긴 합니다. 그러나! 흠흠! 아무리 대단하다고 해도, 전 무림이 지금 현원세가를 몰아내기 위한 본 맹의 뜻에 동참해 합심을 한 상황입니다. 본 맹의 위세도 저들에게 전혀 뒤지지 않습니다."

"허허, 그렇구려."

"그렇습니다, 맹주님. 분명 본 맹은 저들을 충분히 감당할 수 있습니다. 그동안 문인들이 피나는 수련을 한 것이 무엇 때문이겠습니까? 한 번 본 맹의 문인들을 믿어보시지요."

"그렇습니다, 맹주. 반 장로의 말도 일리가 있습니다. 우리가 본 맹의 문인들을 믿지 못하면 누구를 믿겠습니까. 그렇지 않습니까, 여러분?"

"맞는 말씀입니다. 믿어야지요. 암요!'

"원시천존······."

"휴~ 그러나 쉽지는 않을 것 같습니다. 무량수불."

"흐으음."

독고 맹주는 담현 방장의 말에 다른 사람들과 함께 살짝 고개를 끄덕이며 동조를 하다가, 이내 연정 장문인의 말이 이어지자 침음을 삼켜야 했다. 아무래도 연정 장문인의 말에 더욱 무게가 실리는 듯했기 때문이다.

"연정 장로, 그렇다면 본 맹이 지기라도 한다는 말입니까?"

"반 장로, 빈도는 그런 뜻으로 한 말이 아닙니다."

"흥! 그렇다면 무슨 뜻입니까? 가뜩이나 문인들의 사기가 가라앉고 있는 마당에, 꼭 그런 말을 할 필요가 있습니까?"

반우해는 연정 장문인의 말에 주변에 도열해 있는 문인들이 저마다 술렁이는 모습을 보이자, 얼굴 가득 인상을 찡그리며 연정 장문인을 향해 따지듯 물었다. 가뜩이나 녹림삼천의 죽음으로 인해 연합맹을 구성하는 장로원에서 자신을 비롯한 패혈맹 장로들의 위상이 많이 약해진 상황이라, 이 기회에 건재함을 드러낼 필요성이 있다는 생각이 들었다.

"반 장로께서 빈도에게 무슨 말을 하고자 하는지 알겠습니다. 그러나 적을 정확히 알지 못하는 상황에서 접전을 치를 수는 없는 것 아닙니까? 당연히 싸움에 임하기 전에 먼저 적을 알아야 하기에 말을 꺼낸 것입니다. 무량수불……."

"적을 알아야 한다니요? 그럼 본 맹이 지금까지 적이 누구인지도 모르고 싸웠단 말입니까?"

"그럴 리가 있겠습니까, 반 장로? 무량수불……."

연정 장문인은 자신의 말꼬리를 트집 잡고 늘어지려는 반우해의 행동에서, 이미 무엇을 생각하는지 짐작하고는 도호를 외운 후 입을 닫았다.

"그렇다면 무슨……."

"허헛! 반 장로는 그만 하게. 지금 말꼬리나 잡아서 시비를 걸 정도로 한가한 상황이 아니지 않은가!"

"맹주님, 하지만……."

"그렇습니다, 반 장로. 가뜩이나 주변엔 문인들의 시선도 많습니다. 자중하시지요."

"그렇다, 우해야. 지금의 네 행동은 문인들의 시선에도 좋게 보이지 않을 것이다. 오히려 본 맹의 분열을 초래할 수 있으니, 어서 정중히 연정 장로께 사과를 하고 물러나 있거라."

"아, 알겠습니다. 형님. 죄송합니다, 맹주님. 흐흠. 연정 장로, 미안하게 되었소."

반우해는 독고 맹주가 미간을 찡그리며 자신을 향해 인상을 쓰고, 또한 송 군사까지 나서서 자신을 나무라자 얼굴이 잘 익은 홍시마냥 붉게 변했다. 그러나 자존심 때문에 쉽게 고개를 숙이지 못하고 있었는데, 반부해까지 나서서 자신을 나무라자 어쩔 수 없이 연정 장문인을 향해 고개를 숙여 보이고는 뒤로 물러났다.

"사실 본인도 연정 장로께서 하신 말씀에 동의합니다. 저들의 진영을 직접 눈으로 확인해 보니, 확실히 본 맹과 다른 점이 너무도 많습니다."

“송 군사도 그렇게 생각했소?”

“그렇습니다, 맹주님. 맹주님도 저들의 모습을 보고서 느끼셨을지 모르지만, 저들이 보여주는 행동은 현원세가가 단순한 무림세가가 아니라는 것을 본 맹에게 확인시켜 주는 것 같습니다.”

“확인시켜 준다? 그 말은 지금 저들의 행동이 힘을 과시하려는 것이란 말이오?”

“그렇지는 않습니다, 맹주님. 과시가 아니라 있는 그대로를 보여주는 것이겠지요. 더구나 연 장로께서 우려하고 있는 것이 바로 그 점일 것 같습니다. 그렇지 않습니까, 연 장로?”

“무량수불…….”

연정 장문인은 송 군사의 말에 조용히 도호를 외웠다. 송 군사의 말에 동의한다는 표시였다.

“그렇다면 송 군사는 어떻게 했으면 좋겠다는 것입니까? 지금은 한가한 상황이 아니니, 서두는 접고 본론을 말해 보시지요.”

“알겠소이다, 팽 가주. 허흠! 본인이 보기에 아마도 저들은 일반 무가와는 달리 혹독한 군사 훈련을 받은 것 같습니다. 일사불란하게 전열을 정비하면서도 행동 하나하나에 절제된 행동을 보이는 것이, 마치 오군도독부와 같은 황군의 진영을 보는 것 같습니다. 더구나 회남을 공격했을 때 활을 사용했다고 하니, 여러분도 이미 현원세가의 공격 방향을 짐작할 수 있을 것입니다.”

“흐으음…….”

“…….”

“그렇다면 저들의 첫 번째 공격은 회남에서와 마찬가지로 화살이란 말이군요. 하지만 이미 그에 대한 대비는 했지 않습니까? 차라리 저들이 공격할 때 방어하는 데 치중하는 것보다는, 오히려 본 맹에서 무림인들과 함께 양면협공을 한다면 크게 놀라 허점을 드러낼 것입니다."

"원시천존, 빈도도 팽 가주의 생각과 같습니다. 저들의 모습을 보니, 모든 전력은 본 맹을 향해 있는 것 같습니다. 그러니 무림인들이 후방을 공격해 준다면, 본 맹이 크게 불리한 것은 아니라고 봅니다."

"청운 장로께선 저들이 그들을 공격하지 않았을 것으로 생각하십니까?"

"……?"

"송 군사, 그럼 벌써 저들이 움직였다는 말입니까?"

팽 가주와 청운 장문인의 말에 동조하듯 고개를 끄덕이고 있던 사람들은, 한순간 송 군사의 말에 깜짝 놀라며 답변을 요구하는 눈빛을 송 군사에게 보냈다.

"현원덕호는 극강의 무공도 위협적이지만, 병법에도 뛰어난 인물입니다. 따라서 그런 인물이 배후에 적을 두고 공격을 시작할 일은 없겠지요."

"그렇다면 지금 그들이 공격받고 있다는 말인데, 그럼 그들을 도울 수 있는 방법은 없습니까?"

"그렇습니다, 송 군사. 그들이 공격받고 있다면, 본 맹은 동도의 입장에서 도와야 합니다. 원시천존."

"안타까운 일이지만, 현재 본 맹으로서는 그들을 도울 방법이 없습니다. 아니, 방법이 있다고 해도 여력이 없다는 것이 맞겠지요. 지금 그들을 돕기 위해 본 맹의 힘을 분산시킨다면, 그 후엔 본 맹의 멸망밖에 남는 것이 없을 것입니다. 그리고 지금쯤이면 그들에 대한 공격도 끝나 있을 것 같군요."

“아…….”

“흐으음.”

“아미타불…….”

“…….”

송 군사의 말에 모두들 파란 하늘이 노랗게 변하는 것 같은 심정이
되었다. 자신들을 돕기 위해 분연히 일어선 동도들, 그들의 죽음을 알
면서도 어떤 움직임조차 취할 수 없는 현실이 가슴 아파 견딜 수가 없
었다.

“맹주님, 지금은 그들을 걱정하고 있을 때가 아닙니다. 이제 본격적
인 공격이 시작될 것입니다.”

“…….”

“먼저 문인들에게 화살 공격에 대비하도록 해야 할 것입니다. 아마
도 저들의 공격은 무차별적으로 행해질 것 같습니다. 그리고 장로들은
틈틈이 저들의 기습 공격을 예의 주시해야 할 것입니다.”

“기습 공격……?”

“그렇습니다, 맹주님. 처음엔 모든 공격이 이곳을 중심으로 펼쳐지
겠지만, 대부분 화살 공격에 그칠 것이니 방어를 하는 데 큰 문제는 없
을 것입니다. 그러나 문제는 후문입니다. 조금 있으면 동도들을 공격
했던 자들이 본 맹의 후문에서 공격하게 될 것입니다. 아마도 오늘의
공격은 그들로부터 성문을 지켜내는 것이 관건일 것 같습니다.”

“그렇다면 지금 앞에 있는 자들은……?”

“저들은 그저 본 맹의 사기를 저하시키기 위한 과시용일 뿐입니다.
이번에 후문만 확실히 방어를 한다면 오늘 공격은 충분히 막아낼 수
있을 것입니다. 그런 일이 일어나서는 안 되겠지만, 후문이 뚫린다면

본 맹으로서는 최악의 상황을 맞이할 수 있습니다.”

“그렇구먼. 그렇다면 부맹주는 누가 이곳에 남아서 지휘를 하는 것이 좋겠는가?”

“글쎄요. 지금으로서는 딱히 누가 남아 있어야 한다고 정하기보다는, 우선 급한 곳이 후문이라고 했으니 맹주님과 송 군사가 장로들을 대동하는 것이 좋을 것 같습니다. 그리고 이곳은 담현 방장과 연정 장문인, 그리고 남궁 가주 등을 비롯한 무림맹 장로들과 함께 막아보겠습니다.”

“명령 체계 때문에 그런 결정을 내린 것입니까?”

“맹주님 말씀이 맞습니다. 다른 뜻은 없고, 지금으로서는 그렇게 하는 것이 좋을 듯해서 내린 결정입니다. 서로 뜻이 맞는다면 좋겠지만, 지금은 그런 것보다 본 맹의 안위가 먼저라는 생각에…….”

“부맹주가 무슨 생각으로 내리신 결정인지 잘 알겠습니다. 그렇다면 다른 장로들은 모두 본인을 따라오도록 하시오. 송 군사, 얼른 후문으로 향합시다.”

“잠시만 맹주님, 잠깐 제갈 부맹주께 부탁드릴 일이 있습니다.”

“부탁?”

“제게 말입니까……?”

“그렇습니다, 부맹주. 다름이 아니라 당 장로를 비롯한 사천당문 문인들을 저희에게 지원해 주셨으면 고맙겠습니다.”

“사천당문을요……?”

“예, 아무래도 암기가 필요할 것 같아서요. 괜찮으시겠습니까?”

“글쎄요, 그 문제라면 당 가주께 직접…….”

제갈 부맹주는 송 군사의 질문에 옆에 서 있는 당 가주에게 시선을 돌렸다. 아무리 자신이 부맹주라고 해도, 그러한 결정을 쉽게 내릴 수 없었기 때문이다.

"좋습니다. 그럼 제가 문인들과 함께 따라가지요."

"고맙습니다, 당 가주. 많은 도움이 될 것입니다."

"도움은 무슨, 그냥 요긴하게 써주면 감사하지요."

"그럼 당 가주께선 맹주님을 따라가시고, 다른 분들은 이곳을 방어하도록 하겠습니다."

"맹주님, 당 가주를 잘 부탁드립니다."

"흠! 그렇게 하시지요, 남궁 장로. 이제 됐으면 가세나. 송 군사는 본인과 함께 가도록 하지."

"함께 가시지요, 맹주님."

독고 맹주는 남궁 가주의 말에 살짝 미간을 찌푸렸지만, 이내 알았다는 듯 고개를 끄덕여 보이고는 송 군사와 다른 장로들을 대동하고 후문으로 신형을 날렸다.

*　　　　*　　　　*

"청랑군이 일을 잘 마무리한 것 같습니다. 지금 막 후문으로 향한다는 소식을 전해왔습니다."

"그런가? 곽 총관, 그렇다면 우리도 이제 시작을 해야겠구먼."

"알겠습니다, 가주님. 그럼 공격을 시작한다고 태상가주님께 말씀드리겠습니다."

"아니네. 아버님께는 내가 가겠네. 그러니 곽 총관은 천승뇌검전 문인들을 이끌고 공격을 시작하게."

"옛, 그렇게 하겠습니다."

　현원승은 곽 총관이 막사를 나가자, 바로 일어서서는 현원덕호가 머물고 있는 막사를 향해 걸음을 옮겼다.

"가주님을 뵈옵니다."

"수고가 많다. 흠! 아버님, 소자 승입니다."

　막사 문밖에서 경비를 서고 있는 문인들을 일별한 후 현원승은, 막사 안으로 들어가지 않고 살짝 허리를 숙여 보이며 현원덕호를 불렀다.

　이틀 전부터 현원덕호가 기거하는 막사는 철저히 출입이 통제되고 있었다. 아들인 현원승조차 들어가지 못하고 있는 것이다. 모두 현원덕호의 명에 의한 것이었으며, 문인들은 현원덕호가 부상을 회복하기 위해 내린 명령으로 받아들이고 있었다.

　그러나 현원승은 현원덕호가 막사 안에서 무엇을 하고 있는지 잘 알고 있었다. 죽음의 문턱에서 살아온 현원덕호는, 그동안 자신이 생각하고 있던 것을 재정립하고 있었던 것이다.

"공격을 시작하려느냐?"

"예, 아버님. 우승상이 후문으로 향하고 있다는 전갈을 받았습니다. 그러니 이제 공격을 하고자 합니다."

"알았다. 그럼 연합맹에서 별다른 움직임이 없으면 가주가 직접 지휘를 하도록 하고, 혹시라도 모르니 성 밖으로 빠져나가는 인원이 없도록 철저히 감시를 하도록 해라."

"그 점은 염려하시지 않으셔도 됩니다. 이미 적응철검단을 성 주변에 매복시켜 놓았습니다."

"잘했다."

"감사합니다, 아버님."

"……."

현원승의 말에, 현원덕호는 아무런 대답이 없었다.

약 일 다경 정도를 아무런 말이 없자, 현원승은 돌아가려고 했다.

"가려느냐……?"

"옛? 예, 아버님. 작전을 시작하기 전에 곽 총관과 할 이야기가 있습니다."

"곽 총관과……?"

"예, 아버님. 이번 작전에 투입된 문인들을 이끌 당주가 곽 총관의 자제입니다."

"오, 그러하냐? 곽 총관이 신경을 많이 썼구나."

"그런 것 같습니다."

"그럼 가서 말벗이나 해주거라."

"예, 그렇게 하겠습니다."

"그리고……."

"……?"

"지금부터 연합맹과의 싸움에서 이 아비는 손을 떼겠다."

"옛? 그 무슨……?"

처음엔 잘못 들었다는 생각에 현원덕호의 다음 말을 기다렸으나, 더 이상 이어지는 말이 없자 현원승이 반문했다.

"연합맹과의 일전은 현 가주인 네가 맡아야 하지 않겠느냐?"

"아버님, 그 무슨 당치도 않은 말씀이십니까? 어찌 소자가 그 중임을 맡겠습니까."

"아니다. 지금부터는 네가 알아서 하도록 해라. 그렇다고 완전히 관여하지 않겠다는 것은 아니다. 본 가와 연합맹과의 싸움에만 관여하지 않겠다는 것이다."

"옛? 그건 또 무슨 말씀입니까?"

현원숭은 현원덕호의 말에 정신이 하나도 없었다. 아니, 이해가 되지 않았다. 관여하지 않겠다고 하면서도 여운을 남기는 듯 말하니 정확한 의도를 알 수가 없었던 것이다.

"그렇게 의문을 가질 것 없다. 지금부터 이 아비는 본 가의 태상가주로서 싸움에 임하는 것이 아니라, 한 개인으로서 싸움에 임하고자 한다."

"개인… 으로서요?"

"그렇다. 아마도 이 아비를 기다리고 있는 사람들이 있을 것이다. 그들을 실망시킬 수야 없지 않겠느냐. 더욱이 그 녀석이 있으면 금상첨화고. 허허허."

"흐으음……."

"이제 이 아비의 말을 이해했느냐?"

"옛, 아버님."

"좋다. 그럼 지금부터 가주의 역량을 지켜보겠다. 어디, 본 가의 미래를 위해 네 역량을 최대한 발휘해 보거라. 그리고 지금의 일은 본격적으로 공격할 시점에 총관 등에게 알리도록 해라. 괜히 미리 알렸다간 좋지 않을 수도 있겠구나. 뭐, 늙은 아비의 노파심으로 치부한다면 상관없고."

현원덕호는 마치 남의 일처럼 말하며 두 눈을 감았다. 이제 할 말은 다 했다는 듯, 더 이상의 미동도 없었다.

"알겠습니다, 아버님. 소자를 믿어주셔서 감사합니다. 기필코 연합맹을 물리치겠습니다."

현원숭은 현원덕호의 말에 살짝 몸이 움찔거렸으나 이내 평정심을 회복하고는 허리를 숙여 예를 취했다.

“휴~ 아버님, 그럼 소자는 이만 물러가겠습니다. 편히 쉬십시오.”

현원승은 현원덕호의 마지막 말을 듣고 가려 했으나 기다려도 더 이상 대답이 없자, 현원덕호가 다시 좌선에 들었음을 알고는 곽 총관이 있는 곳으로 신형을 움직였다.

현원승이 곽 총관이 있는 곳에 도착했을 때, 이미 곽 총관의 명을 받은 천수도 답천훈은 천승뇌검전 문인들을 이끌고 연합맹을 향해 이동하고 있었다. 비록 지금은 많은 문인들이 희생되었지만, 그래도 삼천오백 명이 전열을 가다듬고 움직이기 시작하자, 장엄한 무언가가 느껴질 정도로 일대 장관을 보여주고 있었다.

‘이제 시작인가? 어려운 싸움이 될 수도 있겠지만, 본 가의 천년대계를 위해서는 반드시 이겨야만 하는 싸움이다. 지배도, 그렇다고 군림을 하고자 해서 시작한 싸움이 아니다. 생존을 위해서 시작한 싸움이다. 그러하기에 반드시 이겨야만 하다. 반드시……’

문인들의 행군을 바라보며, 현원승은 수중의 검을 꽉 움켜쥐었다. 승리하겠다는 의지가 현원승의 얼굴 가득 드러나 있었다. 현원덕호와는 달리 원하지 않았던 싸움을 시작했지만, 이왕 시작했다면 세가에 좋은 방향으로 끝나기를 바랐기 때문이다. 그러나 일면엔 불안감이 없지 않았다. 왜 그런지 스스로도 이유를 모르고 있었지만, 그래서 더욱더 답답한 마음이었다. 그래서 그런지, 현원승은 불안한 마음으로 인해 검을 잡은 손에 보다 더 많은 힘을 보태고 있었다.

척! 척! 처억……!
“멈춰라!”
처억……!

답천훈의 명이 떨어지자, 문인들은 연합맹과 백 장 정도 떨어진 곳
에 멈춰섰다.

"각 당주들은 주변을 정리하도록!"

"옛, 전주님."

답천훈의 명을 받은 천승뇌검전의 각 당주들은 분주하게 움직이며
문인들이 자유롭게 움직일 수 있도록 공간을 확보함과 동시에, 적의
공격으로부터 방어를 할 수 있는 엄폐물을 문인들 앞에 세우도록 지시
를 내렸다.

"모든 준비를 마쳤습니다."

"알았다. 그럼 당주들은 명령을 내리는 즉시 공격할 수 있도록 준비
하기 바란다."

"옛, 전주님."

"그런데 곽 당주가 아직 오지 않았습니다."

"곽 당주는 지금 총관님과 함께 있을 것이다."

"총관님이라면……."

"흐으음."

답천훈의 말에 몇몇 당주는 서로의 얼굴을 바라보며 미간을 찡그렸
다. 그렇지 않아도 곽현지는 총관의 자제라는 이유로 천승뇌검전 내에
서도 경원시되고 있었는데, 이번 전투에서도 후방으로 빠지는 것 같아
좋게 생각되지 않았던 것이다.

답천훈은 당주들의 표정을 보고 상황을 짐작할 수 있었다. 그에 답
천훈 역시 당주들과 같이 미간을 찡그렸는데, 답천훈이 좋지 않게 생각
한 것은 곽현지가 아니라 오히려 당주들이었다.

"자네들은 무언가 잘못 생각하고 있는 것 같구먼."

"옛? 아, 아닙니다. 저희는 그저…….."

"그만 됐네. 정확한 사정을 모르는 자네들이 곽 당주를 좋지 않게 생각할 수도 있겠지."

"……."

"죄, 죄송합니다."

"저희가 중요한 전투를 앞둔 상황에서 해서는 안 될 행동을 보였습니다. 죄송합니다, 전주님."

답천훈은 당주들이 무릎을 꿇고 반성하는 모습을 보이자, 이내 찡그렸던 얼굴을 펴며 천천히 말문을 열기 시작했다.

"잘 듣게. 지금에서야 자네들에게 알리는 일이지만, 지금 곽 당주는 수하들과 함께 모종의 계획에 따라 작전에 들어가게 될 것이네. 그 일은 연합맹을 공격함에 있어서 가장 중요한 작전이 될 것이고, 곽 당주를 비롯한 기랑추월당의 모든 문인들은 대부분 죽음을 면치 못할지도 모르네."

"아~."

"도대체 어떤 작전에 투입되기에……."

"흐으음……."

당주들은 답천훈의 말에 의문이 가득 담긴 눈빛으로 서로를 바라보았다. 자신들이 생각하기에 전력상으로 연합맹에 크게 앞선 상황에서 목숨을 내놓을 정도의 위험은 없었다. 만약 위험에 노출될 상황이라면 최후 돌격 때라 생각하고 있었기에, 당주들의 의문은 더욱 증폭되었다.

적막이 감도는 막사 안.

막사 안에는 오랫만에 가까이서 얼굴을 맞이하고 있는 두 사람이 있었다. 사적으로는 부자지간이고, 공적으로는 현원세가의 대소사를 관장하고 있는 총관과 일개 당주였다.

"현지야."

"옛, 총관님. 하명하십시오."

"흐으음."

곽 총관은 오랜만에 아들의 이름을 불러보았으나 돌아오는 대답은 메말라 있는 듯한 음성과 총관이란 차가운 호칭이었다.

곽 총관은 딱딱히 굳어 있는 아들의 얼굴을 보자, 차마 다음 말을 쉽게 이어나갈 수가 없었다. 그러나 어차피 해야 할 말이었고, 곽현지 역시 아버지인 곽 총관이 무슨 말을 하려고 하는지 알고 있었다. 그에 곽 총관은 나약해지려는 마음을 다잡은 후, 자신을 직시하고 있는 곽현지를 향해 말문을 열었다.

"흠! 곽 당주도 담 전주에게 들어서 알겠지만, 오늘은 곽 당주의 기랑추월당이 제대로 활약을 해줘야 할 것이다. 무슨 말인지 알겠는가?"

"옛! 그렇지 않아도 모두들 준비하고 있습니다."

"그렇다면 다행이다. 하지만 힘들 것이다. 아마… 성공하지 못할 수도 있다."

"염려하지 않으셔도 됩니다. 이미 세가를 위해 바쳐질 목숨입니다. 또한 오늘의 공격이 저희를 위한 공격임을 알고 있습니다."

"알았다. 그럼 지금부터 기랑추월당에 대한 기억을 머리 속에서 지워 버리겠다."

"……."

"살아남아서, 이번 일에 대해 본인에게… 이 아비에게 부당함을 추궁했으면 좋겠다."

“……”

‘어찌 이번 일에 대해서 아버님을 추궁하겠습니까. 이 모두가 세가의 앞날을 위한 일임을 잘 알고 있습니다.’

곽현지는 이번의 일이 곽 총관의 머리에서 나왔음을 잘 알고 있었다.

총관 곽성율.

곽현지가 알고 있는 곽 총관은, 아무리 아들의 목숨이 전장에서 사라진다고 해도 세가를 위해 죽으라고 할 사람이었다. 그만큼 세가의 안위가 인생의 전부였고, 또한 목표인 사람이었다. 하지만 곽현지는 곽 총관의 내심이 어떠하다는 것을 잘 알고 있었다.

‘어릴 때 원망도 많이 하고, 또한 반항도 했었다. 하지만 지금은 아버지의 행동이 얼마나 절박한 상황에서 나온 것인지 이해한다. 세가가 있어야 우리가 있고, 또한 내가 있음을.’

“휴~ 좋다. 곽 당주의 표정을 보니 준비가 된 듯하군. 그렇다면 어서 준비하도록.”

“예, 총관님. 그럼 저는 이만 가보겠습니다.”

“알았다. 그리고 기대해 보겠다.”

“…예, 기대를 저버리는 일이 없도록 최선을 다할 것입니다.”

곽 총관의 말에 순간 꾹 다문 곽현지의 입술이 천천히 열렸다. 하지만 곽현지의 입에서 나온 말은 아들이 아버지에게 하는 말이 아니라, 사나이의 힘이 흠뻑 느껴질 정도로 신념이 담겨져 있었다.

‘아버님, 소자는 지금 아버님께 마지막 인사를 올리지 않겠습니다. 아니, 올릴 수 없습니다. 아버님은 어떻게 생각할지 모르지만, 소자에게 오늘은 마지막이 아닙니다. 마지막이 아니기에, 소자는 그냥 가겠습니다.’

곽현지는 자신을 바라보고 있는 곽 총관을 향해 끝내 아버지란 호칭을 사용하지 않았다. 어쩌면 마지막이 될 수도 있는 위험한 작전을 준비하고 있음에도, 자신은 반드시 살아 돌아오겠다는 신념으로 임무에 충실하기 위함이었다.

곽현지가 자리에서 떠난 후 곽 총관은 얼마 지나지 않아서 막사 밖으로 나갔다. 밖에는 이미 이번 작전에 대해 부총관 범친두로부터 설명을 들은 지호패검단과 적웅철검단의 단주인 단혈천검(斷血天劍) 현원황(玄遠荒)과 철웅패검(鐵熊覇劍) 현원정(玄遠正)이 대기하고 있었다.

"준비는 다 되었습니까?"

"예, 총관님. 준비는 되었지만, 정말 실행에 옮길 생각이십니까?"

"그렇습니다, 총관님. 만약에 잘못되기라도 한다면……."

"어쩔 수 없는 선택입니다. 최소한의 희생으로 연합맹을 물리치지 못하면, 본 가는 승리를 취하고도 궁극에는 지는 싸움을 하게 될 것입니다."

"그렇다고 해도 곽 당주는……."

"두 분께서 신경을 써주는 것은 고마우나 이제 더 이상 곽 당주에 관해서 논하는 것은 그만 하셨으면 감사하겠습니다. 아무리 곽 당주가 사사롭게는 본인의 아들이기는 하나 엄연히 본 가의 한 축을 담당하는 당주입니다. 어찌 사사로운 마음으로 대사를 그르치겠습니까."

"……."

"흐으음."

현원황과 현원정은 곽 총관의 말에 더 이상 말을 할 수 없어 입만 다물 수밖에 없었다. 더 이상의 위로는 곽 총관의 마음을 달래주는 것이 아니라 아프게 하는 일임을 알고 있었기 때문이다.

"지금 그들은 어디쯤 위치해 있습니까?"

"예상대로 동쪽 성벽을 향해 움직이고 있습니다. 아마도 처음엔 후문 방향으로 움직일 것 같지만, 그곳이 청랑군의 거센 공격을 받기 시작하면 이곳으로 다시 올 것입니다."

"그렇다면 당초 우려와는 달리 쉽게 합류를 할 수 있겠군요."

"그렇습니다, 총관님."

"됐습니다. 이제 남은 일은 기랑추월당이 얼마나 자신들의 책무에 충실하냐에 달려 있습니다. 그러나 두 분께서 적극적으로 본 작전에 임해주셔야 할 것입니다. 이제 기랑추월당은 본 가에 없습니다. 아시겠습니까, 두 분?"

"흐흠, 알겠습니다."

현원황과 현원정은 곽 총관의 마지막 말에 침음을 삼키며 고개를 끄덕였다.

곽 총관이 현원황과 현원정에게 당부의 말을 전하고 있을 무렵, 답 전주 역시 곽 당주와 기랑추월당 문인들의 일에 관하여 당주들에게 앞으로 어떻게 행동해야 하는지 설명하고 있었다. 아직 당주들은 곽현지가 받은 명령이 무엇인지 정확히 알지 못했기 때문이다.

하지만 답 전주로부터 기랑추월당이 무슨 일을 하려고 하는지, 그리고 자신들은 무엇을 해야 하는지에 대한 설명을 듣고는 분연히 놀라는 표정을 지었다. 더러는 그렇게 할 수 없다며 곽 총관의 행동에 대해 부정적인 말을 하는 당주도 있었다. 아무리 세가의 명령이라고 해도, 자신들이 받은 명령이 쉽게 이해되지 않았던 것이다. 그러나 명령이 하달된 상황이라, 더 이상 답 전주의 명령을 거부할 수도 없었다.

"모두 힘들 것이다. 하지만 이미 명령이 내려온 이상, 최선을 다해주기 바란다. 이만 각자 자리로 이동하도록.”

“옛, 전주님.”

“명에 따르겠습니다.”

“호으음.”

답천훈은 고개를 설레설레 저으며 자신들의 위치로 향하는 당주들의 뒷모습을 보면서, 지금쯤 문인들과 함께 움직이고 있을 곽 당주를 떠올렸다. 곽 당주에게 작전에 대해 설명할 때의 모습이 생각난 것이다.

한동안 아무런 말도 없던 곽 당주.

그러나 얼마 지나지 않아서 살짝 벌어졌던 입술이 꾹 다물어졌고, 그와 더불어 얼굴 가득 자신만의 의지가 담겨졌다.

답 전주는 곽 당주의 얼굴 표정에 서렸던 의지와 신념이 얼마나 확고한지, 그리고 그것이 지니는 위력이 어떠한지 선명하게 뇌리에 남았다.

‘곽 당주, 오늘은 기랑추월당이 천승뇌검전에 편입된 이후 가장 힘든 하루가 될 것이다. 이번 작전을 성공시킨다면, 아마 총관님도 더 이상 곽 당주 때문에 가주나 다른 장로들의 눈치를 보지 않아도 되겠지. 부디 성공하길 바란다.’

답 전주는 서둘러 문인들을 향해 움직이는 당주들의 뒷모습을 한동안 바라보았다. 당주들의 얼굴에는 평소와는 달리, 전장으로 떠나는 사나이의 비장함이 얼굴 가득 자리하고 있었다.

당주들이 모두 자신들의 자리로 이동하고 문인들 역시 준비를 마친 것 같자, 답천훈의 손이 천천히 하늘을 향해 움직이기 시작했다. 당주들뿐만 아니라, 천승뇌검전 모든 문인들의 시선 역시 답 전주의 손에 집중됐다.

“준비됐느냐~!”

“옛! 전주님.”

“좋다! 모두 공격~!”

“전주님의 명이 떨어졌다. 모두 공격하라!”

“공, 격~!”

“화살을 날려라! 아끼지 말고 모두 날려라!”

팅, 티팅! 티티티디잉~!

쏴아아아앙~

삼천오백 명이 일제히 활시위를 놓자, 마치 악사가 악기를 연주하는 듯한 음향이 대지에 울려 퍼졌다. 더불어 하늘 높이 솟아오르기 시작한 화살들은 연합맹의 하늘을 수놓기 시작했는데, 도저히 성 밖으로 얼굴을 내밀 수 없을 정도로 빽빽하게 날아갔다.

탁! 타타탁! 타탁, 타타타타이악~!

“당주님, 공격이 시작된 것 같습니다.”

“알았다.”

‘이제 시작인가? 훗, 그렇다면 슬슬 움직일 때가 되었군.’

곽현지는 문인의 말에 고개를 살짝 끄덕여 보인 후, 자신을 주시하고 있는 수하들과 한 명 한 명씩 눈을 맞추었다. 그에 수하들은 곽현지의 마음을 짐작하고 있다는 듯, 눈빛이 자신을 향할 때마다 입가에 살짝 미소를 지어 보이는 것으로 화답을 했다.

“좋다. 아직 우리 기랑추월당이 죽진 않았군.”

“당연한 말씀을 하십니다, 당주님.”

“그렇습니다, 언제 우리 기랑추월당이 이런 일을 마다했었습니까? 가장 최전방에 섰지요. 그렇지 않은가?”

"맞습니다, 당주님."

"…알았다. 더 이상 말은 하지 않겠다. 각자 지시를 받은 대로 움직이도록!"

"알겠습니다, 당주님."

"모두들, 살아서 다시 만날 수 있기를 바란다. 몸조심하도록. 알겠나?"

"염려하지 마십시오. 당주님도 조심하시길."

"그럼 살아서 보자."

"당주님이나 저승이 좋다고 먼저 가지 마십시오."

"훗훗, 알았다."

"……."

곽현지를 비롯한 삼십 명의 기랑추월당 문인들은 서로 얼굴만 바라보며 한동안 아무런 말도 하지 않았다. 아니, 더 이상 다른 말은 필요 없었다. 어쩌면 오늘이 마지막이 될 수도 있는 자리였기에, 백 마디 말보다 단 한 번의 눈웃음이 서로의 가슴을 매만져 주기에 충분했다.

침묵을 깨고 제일 먼저 움직인 사람은 곽현지였다. 곽현지가 움직이자, 그 뒤를 이어 사람들이 각자 명령받은 방향으로 움직이기 시작했다. 빠르지도, 그렇다고 느리지도 않은 움직임이었다. 죽음의 고비를 수없이 넘긴 백전노장들이라고 해도 어쩔 수 없었는지, 평정심을 유지하려고 해도 긴장감에 어쩔 수 없어 약간 경직된 모습을 보이고 있었다.

마음이 훤훤뚫구먼. 무량수불

◆제5장 **마음이 허허롭구면. 무량수불**

쏴아아아~

탁! 타타탁! 타탁~!

"크윽!"

"컥! 끄으으~."

"으악! 화, 화살에 맞았다. 좀 도와줘!"

마치 소나기처럼 쉴 새 없이 퍼붓는 화살비에, 나무로 만들어진 방
패는 더 이상 화살이 박힐 곳이 없을 정도로 빽빽했다. 그나마 방패라
도 만들어놓은 문인들은 위기를 모면할 수 있었지만, 아무 것도 준비하
지 못한 문인들은 피할 곳을 찾느라 이리저리 바쁘게 움직여야만 했다.

"빨리빨리 움직여라!"

"방패가 있는 사람들은 가만히 서 있지만 말고, 없는 사람들이 피할
수 있게 화살을 막아! 그리고 무슨 일이 있더라도 자리에서 벗어나선

안 된다~!"

　제갈 부맹주를 비롯한 영수들은 자리를 이탈하는 문인들이 보이기 시작하자 목청을 높였다. 그러나 금방 그칠 것이라 생각하고 있던 화살비는, 좀처럼 그칠 줄 몰랐다. 금방 지나가는 소나기가 아니라, 모든 것을 쓸고 지나가는 태풍 같았다.

　"아미타불, 이러다가는 제대로 서 있는 문인들이 없을 것 같습니다."

　"무슨 방법을 강구해야 하는데, 도저히……."

　가랑비도 많이 맞으면 옷깃이 젖는다는 말이 실감날 정도였다. 처음엔 어느 정도 막는 것 같더니, 시간이 지날수록 부상자뿐만 아니라 사망자 수도 늘어나고 있었던 것이다.

　"조금만 버티면 될 것입니다. 저들이라고 화살을 무한정 만들지는 못했을 것이 아닙니까?"

　"그렇습니다. 이제 얼추 반 시진이 지나고 있으니, 조금 후면 잦아들 것이 분명합니다."

　"흐음, 무량수불……."

　연정 장문인이 보기에도 남궁 가주의 말이 맞는 것 같았다. 처음과는 달리, 조금씩 날아오는 화살의 양이 적어지고 있었던 것이다.

　'그렇다면 이제 본격적으로 공격할 때가 됐다는 것인가? 아니면 송 군사의 말대로 후문이란 말인가? 무량수불…….'

　연정 장문인은 아직 어떠한 움직임도 보이지 않고 있는 현원세가를 바라보았다. 아무리 보아도 후속 공격을 준비하는 것 같지 않았다. 다만 본진과 떨어진 곳에서 약간의 소요가 일어나는 것 같았는데, 그 움직임은 미미할 정도였다. 그러나 아무리 작은 일이라 해도 대세에 영향을 미칠 수 있는 만큼, 연정 장문인의 시선은 자연스럽게 소요가 일어나는 곳으로 향했다.

"아미타불, 연정 장문인도 보셨구려."

"예, 보기는 봤는데… 빈도의 생각이 맞는지 모르겠습니다. 무량수불…….."

"그들이길 바라고 있지만, 상황을 보니 큰 도움은 못 될 것 같습니다."

"아마도 그렇겠지요? 괜히 아까운 인명만 늘어나는 것이 아닌가 모르겠습니다."

"아미타불…….."

"흐으음."

'모든 준비를 한 것 같은데, 후문은 괜찮을지 모르겠구나. 무량수불…….'

연정 장문인은 이미 현원세가의 작전에 끌려가고 있다는 것을 느낄 수 있었다. 또한 그 흐름을 끊어야 한다는 것도 알 수 있었으나 특단의 조치를 취하지 않는 한 어려웠다. 사실 특단의 조치라고 해보았자 성문을 열고 돌격하는 것이 전부였지만, 그것은 현실적으로 볼 때 생각할 필요조차 없는 조치였다.

"맹주님, 아무래도 저들의 발을 묶어놓는 것이 먼저일 것 같습니다."

"발이라면? 적의 말을 말하는 것이오, 송 군사?"

"그렇습니다, 맹주님. 저들의 말이 너무 빨라 대처하기 어렵습니다."

두두두두두.

쏴아아아~

탁! 타타타탁!

히이이잉~

독고 맹주가 보기에도 삼십여 명씩의 기마 무리가 공격을 하는 통에, 문인들이 방어하는데도 힘들어하고 있었다. 그에 송 군사에게 고개를 끄덕여 보이고는 아직 움직이지 않고 있는 본진으로 고개를 돌렸다.

"당 가주, 사람을 향해 암기를 날리지 말고 말을 향해 날려주십시오."

"알겠습니다, 송 군사. 모두들 말을 향해 폭우이화정을 발사하라!"

"저쪽부터 발사하라, 발사~!"

팡! 파아앙~!

픽! 퍼픽!

히이이잉~

"좋아! 문 장로, 계속 발사하시오! 너희도 어서 발사해라."

파앙! 팡! 파아앙~

당 가주의 명에 따라 사천당가 문인들은 지니고 있는 폭우이화정을 쏘기 시작했다. 그러나 처음과 달리 몇 번 위력을 발휘한 후부터는 청랑군이 화살을 쏘고 빠르게 회피를 하는 바람에 별 소득이 없었다.

"가주님, 이제 폭우이화정도 얼마 남지 않았습니다."

"뭐라? 벌써 다 사용했다는 말이오?"

"그렇습니다, 가주님."

"문 장로, 그렇다면 다른 암기를 사용하면 되지 않소!"

"다른 암기라, 허~ 가주님, 다른 암기들은 저곳까지 날아가지도 않습니다.”

“아…….”

당 가주는 문 장로의 말을 듣고는 자신이 실수했음을 깨달았다. 상황이 너무도 급해 암기의 특성조차 잊어버린 것이다. 특히 무림이라는 특성상 이처럼 대단위로 공격당하는 일이 극히 드물기에 더욱 그랬다.

“그, 그렇구려. 그렇다면 지금 남아 있는 폭우이화정은 얼마나 되오, 문 장로?”

“이제 열다섯 개가 남아 있을 뿐입니다.”

“열다섯 개라…….”

“아니! 그럼 더 이상 저들을 공격하지 못한단 말입니까?”

“아마도 그렇게 될 것 같습니다, 송 군사. 만들기가 어려운 관계로 양이 얼마 없었던 것인데, 이번에 모두 쓰게 되는군요. 이제부터는 좀 아껴 써야 할 것 같습니다. 꼭 필요할 때 사용할 분량밖에 없습니다.”

당 가주 옆에서 문인들을 지휘하고 있던 송 군사가 깜짝 놀라며 돌아봤다. 하지만 당 가주의 입에서 나온 말은 송 군사의 기대를 저버리는 말뿐이었다.

“그렇다면 저들이 한꺼번에 공격할 때를 기다렸다가 사용해야겠군요.”

“예, 그렇게 해야 할 것 같습니다.”

당 가주는 송 군사의 말에 고개를 끄덕여 보이며 계속 돌진해 들어오고 있는 청랑군을 쳐다보았다. 폭우이화정의 쓴맛을 보아서 그런지, 삼십 명씩 뭉쳐 돌진하던 모습은 이제 볼 수가 없었다. 기껏해야 세 명에서 다섯 명이 무리를 지어 다닐 뿐이었다.

청랑군의 공격이 시작된 지 벌써 한 시진이 넘어서고 있었다. 그러나 화살만 날리며 이리저리 움직일 뿐, 성벽을 넘으려고 하거나 성문을 부수려고 하는 움직임은 없었다.

'저들은 모두 기마병들이다. 성벽을 넘기 위해 공격하는 것이 아니라, 본 맹의 이목을 이곳으로 집중하기 위한 움직임인 것 같구나. 그렇다면 정문이 주 공격 방향인가?'

"맹주님, 아무래도 제가 잘못 판단한 것 같습니다."

"응? 그게 무슨 말이오, 송 군사?"

"저들의 움직임을 살펴보니, 이곳보다 정문 방향에 공격이 집중될 것 같습니다."

"정문? 이거 참, 그렇다면 큰일이 아니오! 이럴 시간이 없구먼. 어서 정문으로 갑시다."

"잠시만 맹주님, 지금 우리가 정문으로 간다고 해도 크게 달라질 것은 없을 것입니다. 만약 이곳의 방어가 한순간에 약해진다면, 자칫 성문이 뚫릴 수도 있습니다."

"송 군사, 그건 또 무슨 말이오?"

"저들의 모습을 보십시오. 저들은 모두 예전 원나라 병사들의 복장을 하고 있습니다. 겨울이라 추운 날씨라고 해도, 우리 한인들은 저들처럼 온몸을 털로 뒤덮고 말을 타지는 않습니다."

"그, 그렇군. 송 군사의 말을 듣고 보니, 저들이 한인이 아니라는 것을 알 수 있구먼. 그렇다면 현원세가가 원나라에 구원을 요청했단 말인가?"

"그럴 가능성이 높겠지요. 아마 오이라트 국보다는 타타르 국에서 보낸 병사들일 것입니다. 그들이 현재 원나라의 황통을 이었다고 주장하니까요. 만약 저들이 타타르 국의 병사들이라면, 성문을 부술 정도의 화약을 지니고 있을 것입니다. 그나마 철화포(鐵火砲)가 없는 것이 다행입니다."

"철화포라, 휴~ 그렇다면 이건 무림에 국한된 일이 아니지 않소? 자칫 큰일이 일어날 수 있겠구먼."

독고 맹주는 송 군사의 말에 고개를 좌우로 흔들며 침음을 삼켰다. 지금까지 황제는 현원세가와 연합맹의 분쟁을 무림의 일로 규정하고 개입하지 않고 있었다. 그러나 철화포가 등장이라도 한다면, 자칫 황군의 개입을 불러올 수도 있는 상황이었던 것이다.

"황군의 개입은 무슨 일이 있어도 안 되오. 그러니 담현 장로와 연정 장로가 있는 정문은 더 이상 신경 쓰지 말고, 송 군사는 무슨 일이 있어도 저들을 막아야 할 것이오."

"알겠습니다. 그러나 최선을 다하겠다는 말밖에 할 수가 없을 것 같습니다, 맹주님."

"흐으음."

독고 맹주는 송 군사의 말에 알겠다는 듯 고개를 끄덕여 보였다. 그러나 마음 한구석은 더욱더 무거워졌다.

'점점 더 힘든 싸움이 되는 것 같구나. 아버님, 도대체 어디에 계신 것입니까? 이처럼 어려운 난국에 유랑을 떠나시다니요. 휴~'

독고 맹주는 모든 것을 자신에게 떠넘기듯 패혈맹을 떠났던 독고신검이 원망스러웠다. 독고신검만 함께 있었어도, 현원덕호를 상대함에 있어서 수세를 취하고만 있지는 않았을 것이기 때문이다.

창! 차창!

"죽어라!"

"으악~."

"받아라! 이 악마 같은 놈아~!"

"어림없다! 연합맹의 개들, 모두 죽어라."

연합맹으로 향하는 길목에선 청랑군의 공격에 간신히 살아남은 무림인들과 지호패검단 문인들이 뒤섞여 검을 휘두르고 있었다. 지호패검단의 공격을 막고 있는 무림인들의 수는 대략 백여 명이 넘고 있었는데, 모두 한군데 이상 부상을 당한 흔적이 보였다.

청랑군의 공격에서 간신히 살아남았지만, 사지를 완전히 벗어나지 못하고 발걸음을 연합맹 방향으로 돌려야만 했다. 처음엔 무림의 안위고 뭐고 생각조차 나지 않았다. 그저 살아야겠다는 일념으로 최대한 멀리 벗어나고자 했다. 그러나 도저히 벗어날 수가 없었다. 마치 올가미에 걸린 짐승처럼, 무림인들은 어쩔 수 없이 연합맹을 향해 길을 재촉하고 있는 것이다.

"저들을 막아라! 한 놈도 살아서 이곳을 벗어나지 못하게 하라~!"

"단주님께서 조금 있으면 오신다. 그러니 모두 최선을 다해 막아라!"

지호패검단 문인들이 사기를 높이기 위해 내지르는 소리에, 무림인들은 깜짝 놀라며 더욱더 검을 잡은 손에 힘을 주었다. 정말 올지 안 올지 모르지만, 온다면 최악의 상황에 직면하기 때문이다. 간신히 악마 같은 청랑군의 혈검에서 살아남았는데, 또다시 죽음의 수렁에 빠질 수는 없었다.

"모두 한곳에 집중하시오. 저들의 수는 얼마 되지 않소!"

"옳소! 저들만 뚫고 지나가면 바로 연합맹이 보일 것이오. 힘을 냅시다. 이야압!"

창! 차창창! 차아앙~

서로를 격려하며 눈앞을 가로막는 악마들을 향해 검을 휘둘렀다. 그러나 얼마나 많이 휘둘렀는지, 무림인들은 이제 서 있을 힘조차 남아 있지 않았다.

"조금만! 조금만 더~!"

까강! 까가가강~!

"크윽!"

"끄어어~."

"안 돼~!"

"죽어! 죽어! 죽, 어~!"

살아야겠다는 일념으로 검을 휘둘렀지만, 시간이 지나면서 한두 명씩 쓰러지고 있었다. 더러는 검에 찔려 죽고, 밟혀 죽고, 머리가 잘려서 죽어갔다. 그러나 살아남은 사람은 검을 잡은 손이 잘려 나가지 않는 한 끝까지 휘둘렀다.

처음엔 지호패검단이 압도적인 우세를 점하고 있었다. 그러나 시간이 지나면서 악에 받친 무림인들이 무서운 기세로 검을 휘두르자, 조금씩 뒤로 밀리면서 탄탄하던 올가미에 균열이 발생하기 시작했다. 처음엔 아주 미세한 균열이었지만, 얼마 지나지 않아 한곳에 생긴 균열로 인해 지호패검단이 급속도로 밀리기 시작했다. 특히 무림인들 중에 무공이 뛰어난 무인들이 일검을 날릴 때마다 지호패검단 문인들이 움찔하며 뒤로 물러서기 일쑤였다.

"뚜, 뚫었다, 뚫었어! 어서, 어서 앞으로~!"

"와! 살았다. 살았다~!"

"어, 서어~."

　지호패검단의 포위망이 뚫리자마자, 무림인들은 뚫린 곳으로 신형을 날리기 시작했다. 지호패검단은 무림인들이 빠져나가는 것을 보면서도 그 앞을 막아설 수가 없었다. 뚫렸다 생각되었을 때는 이미 대부분의 무림인들이 포위망을 벗어난 상황이었다.

　“쫓아라, 쫓아~!”

　“저들을 놓치면 안 된다. 어서 쫓아라!”

　“나, 나도 데리고 가줘~.”

　“어림없다, 죽어라!”

　“끄아아~.”

　“사, 살려줘~.”

　아직 포위망을 벗어나지 못한 무림인들을 모두 처리한 후, 지호패검단은 무서운 기세로 무림인들을 뒤쫓기 시작했다. 자신들이 책임지고 있던 곳이 뚫린 상황이라, 나중에 문책이 뒤따를 것이기 때문이다.

　하지만 이와 같은 상황은 적웅철검단에서도 일어나고 있었다. 워낙 넓게 포진한 상황이라서 그런지, 아무리 막고자 해도 구멍이 생긴 것이다.

　거의 동시에 지호패검단과 적웅철검단이 뚫리고, 무림인들이 숲에서 벗어나 확 트인 벌판을 향해 달렸다.

　“저기요, 저기가 바로 연합맹이오.”

　“아, 어서 갑시다. 조금만 힘들을 냅시다.”

　“적이 뒤따라오고 있소. 빨리~.”

　나무 하나 없는 벌판을 뛰고 있는 무림인들의 모습은, 성안에서 바라보는 사람들의 시야엔 장관으로 보일 정도였다. 쫓고 쫓기는 상황이었지만, 처음엔 정확한 상황 파악이 안 되어 현원세가의 본격적인 공격이 시작되는 것으로 알았을 정도였다.

"저들은……?"

"아마도 본 맹을 도와주기 위해 왔던 무림인들 같습니다."

"제갈 부맹주, 그럼 저들을 어서 도와줘야 하지 않겠습니까?"

"안 됩니다. 저들 때문에 성문을 열 수는 없습니다."

"아……."

"아미타불."

"그렇다고 어찌 저들을……."

연정 장문인은 차마 못 볼 것을 보았다는 듯, 말조차 끝다치지 못하고 고개를 옆으로 돌렸다. 지호패검단과 적웅철검단에 쫓기던 무림인들은 이미 벌판에 자리 잡고 있던 천승뇌검전에서 쏘는 화살에 의해 쓰러지고 있었기 때문이다.

하지만 화살을 피하며 성문 가까이 도착하는 무림인들도 있었다. 천신만고 끝에 도착한 성문이었지만, 연합맹의 성문은 그 어떠한 철문보다 굳게 잠겨 있었다.

"헉, 헉! 이보시오. 어서 성문을 열어주시오~."

"빨리, 빨리 여시오. 어서~!"

"으악!"

"컥! 끄으으~."

"무량수불, 어서 성문을 열어야겠습니다. 성문에 도착한 사람들이라도 살려야 하지 않겠습니까."

"그렇습니다. 빈도가 가서 열도록 하겠습니다. 원시천존."

"안됩니다. 절대 열어선 안 됩니다."

“어찌 안 된다 하시오, 부맹주. 저들은 본 맹의 위기를 돕기 위해 온 동도들이오. 그런데 어찌 성문을 열 수 없다는 것이오!”

“그렇소이다, 부맹주. 더 이상 저들의 죽음을 외면할 수 없소이다. 현천 장문인, 저와 함께 내려가시지요. 하앗!”

“원시천존……”

남궁 가주와 현천 장문인은 제갈 부맹주가 뭐라고 말하기 전에 성문으로 신형을 날렸다. 또한 팽 가주와 청운 장문인 역시 이들의 뒤를 따랐는데, 아직 남아 있는 영수들 역시 그 뒤를 따르려다가 멈춰야 했다.

“모두 내려가시면 이곳은 누가 있어 지킨다는 말입니까? 네 분이 내려갔으니, 남아 있는 분들은 모두 적들이 성문 가까이 오지 못하도록 하십시오.”

“아미타불. 알겠소, 부맹주. 하앗! 백보신권~!”

“건원지(乾元指), 오행지(五行指)!”

담현 방장과 연정 장문인은 제갈 부맹주의 말에 성문 밖으로 뛰어내리며 무림인들의 뒤를 따르고 있는 지호패검단과 적웅철검단을 공격하기 시작했다.

“소림과 무당의 절초들이다. 혼자서는 맞서 싸울 수 없으니, 합공으로 막아라!”

“뇌전팔검(雷電八劍)! 창룡십팔검(蒼龍十八劍)~!”

“기천무적검(起天無敵劍)~.”

“하엇! 악도들의 손에 검이 들리니, 어찌 천하가 어지럽지 않겠는가! 받아라~!”

연정 장문인은 수중의 검을 뽑아 들고는 자신을 향해 검을 휘두르고 있는 지호패검단을 향해 현허칠성검(玄虛七星劍)을 시전했다.

창! 차차창! 차창~!

"큭! *끄으으~*."

"커윽."

"구궁연환검(九宮連環劍)~!"

"*끄아악~*."

"*끄윽!*"

"할운쇄월검(割雲碎月劍)~!"

차창! 차아앙~!

"크윽!"

"헉! 이잇! 받아라~!"

연정 장문인의 손에 검이 들리고 이리저리 움직이자, 사방에서 검의 그림자가 난무하며 지호패검단을 압박하기 시작했다. 하지만 한두 명씩 상처를 입고, 주변 동료들이 쓰러지자 죽기 살기로 덤벼들었다. 마치 동귀어진이라도 하려는 것처럼, 지호패검단 문인들 모두 눈이 붉게 변하며 검을 휘둘렀다.

"악마로다, 악마들의 종이로다. 악마에게 영혼을 빼앗긴 그대들의 영혼을 깨끗이 씻어주겠다. 구혼탈백검(勾魂奪魄劍)~!"

"*끄아아아~*."

"크어억!"

"크윽, *끄으으~*."

쉬이이이이~

"헛! 무량수불."

탁! 타타타탁! 타탁~!"

지호패검단과 적웅철검단 문인들이 연정 장문인과 담현 방장의 손에 맥없이 쓰러지자, 이를 지켜보고 있던 담 전주의 명에 의해 화살이 집중되었다. 상황이 이렇게 되자, 연정 장문인과 담현 방장은 더 이상 적들을 상대할 수 없어 성문으로 피신을 해야 했다.

"성문이 닫히기 전에 돌진하라!"

"지호패검단과 적웅철검단이 성문으로 돌진하고 있다. 모두 성벽 위로 화살을 쏘아라. 저들을 엄호해라!"

쏴아아아앙~

탁! 타타타탁! 타타탁~!

"어서 성문을 닫으시오. 어서~!

제갈 부맹주는 아직 닫히지 않은 성문을 향해 고함을 쳤다. 무림인들의 부상이 워낙 심해, 아무리 빠르게 신형을 움직인다고 해도 평소보다 더딜 뿐이었다. 그에 성안에 있던 문인들이 밖으로 뛰어나가 부상자들을 부축하고 성안으로 옮겼다.

"이제 됐다. 성문을 닫아라!"

"성문을 닫아라~."

끼이이이이이익~ 텅!

"휴~."

"헉, 헉, 허어억~."

"사, 살았다. 살았어! 흐흐흐흐~."

"아~."

"끄윽, 이보시오. 나 좀 봐주시오."

"윽, 내 팔~."

"아미타불……."

담현 방장은 무림인들이 질러대는 소리에 연신 염불을 외웠다. 살아 있어서 질러대는 소리, 부상으로 인한 소리 등 모두 속세의 때처럼 느껴졌다.

'아미타불, 인세의 혈겁이로다. 어찌 이런 참사가 있다는 말인가. 아……'

"괜찮으십니까, 연정 장문인?"

"흐음, 빈도는 괜찮습니다. 그나저나 남궁 가주께서 제때 성문을 열어주어 다행입니다. 그렇지 못했다면 저들 중 반수 이상이 죽었을 것입니다."

"당연히 해야 할 일이었습니다. 아무리 본 맹의 안위가 중요하다고 해도, 강호의 동도들을 모른 척할 수는 없지 않습니까."

"무량수불……."

"빨리 저들의 부상을 살펴야 할 것 같습니다. 대강 살펴보아도, 모두 쉽게 움직일 수 없을 정도로 부상이 심합니다. 어떻게 저런 몸으로 이곳까지 올 수 있었는지 모르겠습니다."

"모두 살고자 하는 집념의 결과겠지요. 무량수불."

"그렇겠군요. 여하튼! 이제 저들은 문인들이 알아서 할 것이니, 연정 장문인과 담현 방장께서는 망루로 올라가시지요."

"그렇게 해야지요. 무량수불……."

"아미타불."

무림인들로 인해 한바탕 접전이 벌어진 이후 이각의 시간 동안 천승뇌검전에서 화살을 쏘아댔다. 그러나 더 이상의 움직임은 없었다. 이미 해가 서산 너머로 지고 있었기에, 더 이상의 공격 없이 본진으로 돌아간 것이다.

청랑군에 의해 공격당했던 후문 역시 해가 지기 시작하자 공격이 멈추었다. 하지만 본진으로 복귀하지 않았다. 그저 주변을 정리하고 모닥불을 지피는 등 내일을 준비하는 움직임을 보일 뿐이었다.

*   *   *

"무릇, 가장 강한 힘이 무엇이던가? 그것은 뇌(雷)가 아니던가……?"

'아니야! 뇌가 아무리 강하다고 해도, 그것은 자연의 힘이지 인간의 힘이 아니지 않은가. 그렇다면 신뇌(神雷)는 어디서 찾아야 한단 말인가? 아무리 마음속에 신뇌가 있다고 해도, 그것은 마음속에 있을 뿐 겉으로 표출되지 않는다. 문제는 신뇌를 시전할 수 있는 무언가가 필요하다는 것인데, 아…….'

"아무래도 장문사형이 한 말에서 해답을 찾는 것이 좋을 듯싶구나. 그것이 옳을지도. 그동안 내가 만든 초식에만 연연하고 있었던 것 같구나."

'장문사형께서는 인간 역시 자연의 일부분이라, 인간에 의해 시전되는 검 역시 자연의 검이라고 했다. 그 말의 의미는 내가 검이고 내 마음이 검이면, 그것은 자연의 검과 같은 것이라 하지 않았던가? 하지만 이해가 되지 않는다. 더욱이 검이 있어도 검이 없는 것처럼 보이고, 검이 없어도 검이 있는 것과 같다고 했으니…… 이것은 내가 검과 하나가 되어야 함을 의미하는 것이다. 신검합일. 그러나 내가 궁극적으로 추구하는 것은 신검합일이 아니지 않은가. 휴~ 신뇌 역시 신검합일이 이루어지지 않으면 시전할 수조차 없으니, 완전히 틀렸다고는 할 수 없겠지. 그렇다면 무언가 다른 것이 필요하다는 것인데… 이런, 또다시

원점으로 돌아와 버렸군. 모르겠다. 아무리 해도 신뇌를 시전할 수 없으니, 이 일을 도대체 어찌한단 말인가? 정녕 신뇌는 신의 무학이란 말인가……?'

밖이 아무리 소란스러워도, 운영은 방 안에서 나오지 않고 혼자만의 사색에 잠겨 있었다. 나가고 싶어도, 자신의 생각이 정리되지 않은 상황에선 아무런 도움이 되지 못할 것 같았기 때문이다.

'휴~ 아무래도 더 이상은 무리인 것 같구나. 형님이라면 모르지만, 이것이 내 한계인가? 훗, 그래도 금단(金丹)의 힘을 검에 실을 수 있게 되었으니, 현원덕호와 다시 겨루어도 쉽게 밀리지는 않겠군.'

운영은 현원덕호의 얼굴이 떠오르자, 입 안이 씁쓸해지는 것을 느꼈다. 뼈아픈 패배, 무인으로서 패배가 없을 수 없겠지만, 혼자만의 패배로 끝나는 것이 아닌 상황이었기에 마음이 아팠다. 자신의 패배로 인해 많은 사람이 목숨을 잃었기 때문이다.

"정 대협, 잠시 안으로 들어가도 되겠는가?"

'응? 연정 장문인이……?'

"예, 들어오셔도 됩니다. 아니, 제가 밖으로 나가지요."

드드득.

연정 장문인의 목소리가 들리자, 그렇지 않아도 일어서려고 했던 운영은 문을 열고 밖으로 나섰다.

"무량수불. 정 대협의 표정을 보니 완전한 깨달음을 얻지는 못한 듯싶구먼."

"그렇게 되었습니다. 제 인연이 아닌가 봅니다."

"무량수불……."

"그나저나 이곳까지 어쩐 일입니까? 밖이 소란스러운 것 같은데, 혹시 현원세가에서 공격을 시작했습니까?"

"그렇다네. 오늘로 삼 일이 되었네. 하지만 아직 본격적인 공격이 시작된 것은 아니고, 그저 본 맹의 방어가 어느 정도인지 확인하는 차원인 것 같네."

"그렇군요. 아마 그들로서도 쉽게 공격하지는 못하겠지요. 그나저나 삼 일이 지났다면, 이제 곧 본격적으로 공격을 시작하겠군요."

"아마도 그렇겠지. 무량수불……."

운영은 연정 장문인과 함께 잘 닦여진 화단으로 걸음을 옮기며 이야기를 나누었다. 주로 연정 장문인이 화두를 꺼내는 편이었고, 운영은 그에 화답을 했다.

어느덧 화단 앞까지 이르렀을 때, 연정 장문인이 걸음을 멈췄다.

"……? 왜 그러십니까?"

"무량수불, 사실 임 대인에 관해서 할 말이 있어서 왔네."

"형님에 관한 일이요? 호, 혹시 살아 계십니까?"

"그건 아니고……."

"아~ 아직 소식이 없군요. 그럼 무엇 때문에……."

"흐으음, …정 대협은 임 대인이 살아 있다고 생각하는가?"

연정 장문인은 자신을 뚫어지게 쳐다보고 있는 운영의 시선이 부담스러운 듯, 나직이 한숨을 쉬고는 천천히 말문을 열었다.

"당연히 살아 있고말고요. 형님이 어떤 분이시란 것은 제가 잘 알고 있습니다. 아무리 광천뢰의 위력이 대단하다고 해도, 또한 현원덕호가 강하다고 해도 형님은 살아 계십니다. 형님은 범인이 생각할 수 있는 분이 아니십니다."

"휴~ 그렇구먼. 정 대협이 그렇게 생각하고 있다면 임 대인이 생존해 있을 가능성이 높겠구먼."

"그것을 물어보기 위해 이곳까지 오신 것입니까? 혹 다른 이유 때문에 오신……."

"아, 아니네. 빈도는 그저…… 흐으음. 사실 임 대인의 일은 핑계고, 정 대협의 근황이 어떤지 알아보기 위해서 온 것이네."

"그렇군요. 이제 더 이상 방 안에 있을 필요가 없어졌습니다. 더 이상 진전이 없으니, 이젠 밖으로 나가야겠지요."

"그런가? 허허, 그거 잘되었구먼. 그렇지 않아도 정 대협의 힘이 필요한 시점이었는데. 사람들이 반기겠구먼."

"힘이 될지 어떨지는 모르겠지만, 그렇게 생각해 주신다니 감사합니다."

"감사는 무슨. 그런데 겨울이라 화단이 썰렁해서 그런가? 마음이 허허롭구먼. 무량수불."

'아~ 도저히 임 대인에 관한 일을 말할 수가 없구나. 나중에라도 그 전말을 알게 되면 어찌할꼬, 무량수불…….'

연정 장문인은 호열의 일에 관하여 담현 방장과 많은 대화를 나누었다. 그 결과, 아무리 피치 못한 사정으로 인해 암계를 쓰게 됐다지만, 더 이상 호열의 일을 운영에게 속일 수 없다는 생각을 하게 되었다. 그에 연정 장문인이 직접 운영에게 알리기 위해 온 것인데, 차마 말문이 열리지 않았다.

현원세가의 공격이 시작되었다는 소문은 온 무림을 급격하게 냉각시켰다. 더욱이 첫날 육천 명의 무림인 중 대부분이 힘도 써보지 못하고 목숨을 잃었다는 소문이 무림인들 귀에 전해졌을 때, 다시 한 번 현원세가의 저력에 몸서리를 쳐야만 했다.

현원세가가 이기든, 연합맹이 방어에 성공을 하든 금방 끝날 것 같은 분위기였다. 그러나 어찌 된 것이, 현원세가의 공격은 이곳저곳 찔러보는 식으로 이어지면서 칠일가량 이어지고 있었다. 마치 연합맹을 고립시키겠다는 생각처럼 느껴질 정도여서, 연합맹 내에서도 현원세가의 의도가 무엇인지 짐작조차 하지 못하고 있는 상황이 전개되고 있었다.

"도대체 짐작을 할 수가 없습니다."

"그렇습니다. 분명히 저들에겐 보급품이 없습니다. 이제 거의 바닥을 드러내고 있을 것입니다. 그런데 아직까지 버티고 있다는 것이 이해되지 않습니다."

"혹시 저들이 남창에서 보급을 조달하고 있는 것이 아닙니까? 아니면 무림의 다른 곳에서 지원을 하고 있을지도 모르지 않습니까?"

"글쎄요. 외부와 완전히 단절된 형편이라, 무어라 단정을 지을 수 없습니다. 그러나 무림에서 현원세가를 지원해 줄 곳이 있기는 있는 것입니까? 빈도가 알기에 아직 본 전투에 참여하지 않은 곳이 상당수 있기는 하지만, 그들은 관망을 할 뿐 직접적으로 지원하지 않는 것으로 알고 있습니다. 제갈 부맹주, 어떻게 생각하십니까?"

"청운 장문인의 말씀이 맞습니다. 아무리 현원세가라 해도, 중도 노선을 걷고 있는 그들을 끌어들이지는 못할 것입니다."

"그들이 무력을 동원한다면 충분하지 않겠습니까?"

"반 장로께선 아직 그들에 관해 모르는 것 같군요. 만약 그들을 무력으로 억압하려고 했다면, 현원세가는 지금 큰 곤경에 빠져 있을 것입니다. 그들은 무림의 세가들이라 하지만, 무림보다는 상가와 깊게 관련이 있는 곳입니다. 또한 자체적으로 상가를 운영하는 곳이 대부분이고요. 반 장로도 아시겠지만, 상가의 특성상 관하고 연관이 없을 수 없습니다. 그러니 그들을 잘못 건드렸다가는, 바로 황군이 움직이게 되는 계기가 되니 현원세가도 꺼릴 수밖에 없을 것입니다."

"허흠, 부맹주의 설명 잘 들었습니다."

반우해는 괜히 나서서 망신을 당했다는 생각에 얼굴이 붉어졌다.

그러나 제갈 부맹주의 자세한 설명은 반우해뿐만 아니라 다른 사람들에게 적지 않은 보탬이 되었다. 대부분 주변 정세에 무관심했던 사람들이었기 때문이다.

"송 군사의 생각은 어떠하오?"

"사실 그에 관해서 여러 생각을 해보았으나 지금으로서는 제갈 부맹주와 마찬가지로 짐작조차 되지 않습니다. 그러나 여러 정황을 살펴보니, 현원세가에서 암계를 꾸미고 있다는 느낌을 받았습니다."

"암계?"

"저도 송 군사와 같은 생각입니다, 맹주님."

"아니, 부맹주도 송 군사와 같은 생각이란 말이오?"

"그렇습니다, 맹주님. 그러나 정확히 어떤 것을 노리는지는 알 수가 없습니다."

"그렇다면 정말 큰일이로구먼. 저들이 무엇을 노리는지 알 수가 없다니, 이런 답답한 일이 있나. 송 군사는 무언가 짚이는 것이 있으시오?"

독고 맹주는 제갈 부맹주와 송 군사의 생각이 현원세가가 암계를 꾸미고 있다는 것으로 의견 일치를 보자, 가뜩이나 불편한 심기가 더욱더 어지럽게 느껴졌다.

“지금으로서는…….”

“흠, 사실 짐작이 가는 일이 있기는 합니다만…….”

“응? 부맹주, 지금 짐작 가는 일이 있다고 했소?”

“그렇습니다. 그러나 자칫 잘못 건드리면 오해를 불러올 소지가 다분해서 말하기가 꺼려지는군요.”

“무슨 일인데 오해가 생긴단 말이오? 지금은 오해가 생겨도 어쩔 수 없는 전시 상황이니, 부맹주는 그에 연연하지 말고 얼른 말해 보시구려.”

“그럼 그렇게 하지요. 흐음.”

제갈 부맹주는 독고 맹주의 말에 다른 사람들도 고개를 끄덕여 보이자, 이내 기다렸다는 듯이 말문을 열기 시작했다.

“지금까지 정황을 보건대, 가장 의심이 가는 것은 첫날 본 맹 안으로 들어온 사람들입니다. 저들 중에 현원세가에서 들여보낸 간세가 있을 수 있다는 것이지요.”

“아니, 그럼 그들 중에 간세가 끼어 있을 수 있다는 말입니까?”

“그렇습니다. 물론! 그날 죽음 직전에 본 맹에 의해 간신히 목숨을 부지한 사람들을 의심하는 것은 옳은 일이 아니지만, 그들 말고는 의심 가는 곳이 없습니다.”

“그들은 지금도 치료를 받고 있는 형편입니다. 그들 중 제대로 몸을 움직일 수 있는 사람이 없는데, 어떻게 그들 중에 간세가 있겠습니까. 그것은 제갈 부맹주가 너무 극단적으로 생각한 것 같습니다.”

“그렇습니다. 그날 제갈 부맹주도 함께 보시지 않았습니까? 우리가 성문을 조금만 늦게 열어주었더라면, 그들은 모두 화살에 죽음을 면하지 못했을 것입니다.”

"남궁 가주와 여러분이 무슨 생각을 하시는지 알겠습니다. 그러나 본인의 생각은 확고부동합니다. 그들 중, 분명 간세가 있습니다. 그리고 그들이 노리는 것은 성문일 것입니다. 송 군사, 본인의 생각에 대해 어떻게 생각하십니까?"

"흐으음."

제갈 부맹주는 자신의 의견에 남궁 가주를 비롯한 여러 장로가 반대를 표하자, 송 군사를 향해 의견을 제시해 줄 것을 요구했다. 엄연히 송심진은 연합맹의 군사였기에, 그의 의견에 따라 대화의 방향이 정해질 수도 있기 때문이다.

모든 사람들의 시선은 일순간 송 군사에게 집중되었다. 하지만 송 군사는 일 다경이 흐르는 동안 일체 말문을 열지 않았다. 그저 두 눈을 감으면서 무언가 생각에 집중하는 모습만 보일 뿐이었다.

"송 군사, 정말 그들 중에 간세가 있다고 생각하시오?"

"……."

"송 군사?"

"휴~ 아무리 생각해 보아도, 제갈 부맹주의 의견이 옳은 것 같습니다."

"그럼 송 군사의 생각도 부맹주와 같다는 말이구려. 이거 참, 그렇다면 큰일이로군. 그들 중에 간세가 끼어 있다면, 그들을 어찌 색출한단 말이오?"

"그, 그런……."

"아~."

"끄으으음."

독고 맹주는 송 군사의 생각 역시 제갈 부맹주와 같자, 이내 침중한 표정으로 좌중을 둘러보며 의견을 물었다. 그러나 아무도 의견을 제시하는 사람이 없었다. 무림인들 중에 간세가 있다는 것은, 대전을 끝없는 침묵의 공간으로 몰고 갈 수 있는 위력을 지니기에 충분했다.

"아무도 의견을 내주지 않으니, 부맹주나 송 군사가 말하는 것이 빠를 것 같구려. 부맹주, 송 군사. 생각해 둔 것이 있으면 얼른 말해 보시오."

독고 맹주가 제갈 부맹주와 송 군사를 번갈아 보며 대답을 촉구하자, 두 사람은 서로를 바라보며 살짝 고개를 끄덕여 보였다.

"그럼 제가 먼저 말하겠습니다. 우선 그들 중에 현원세가의 간세가 있다는 전제 하에, 그들의 정확한 신상 정보를 확보해야 할 것입니다. 그리고 그들이 성문 근처로 접근하는 것을 막기 위해 활동을 봉쇄해야 하며, 철저한 감시를 붙여두는 것이 어떨까 합니다."

"부맹주의 의견에 찬성합니다. 더불어 지금 부상에서 어느 정도 회복된 사람들 역시 한곳에 감금해 두는 것이 좋을 것 같습니다. 그들에게 자초지종을 이야기한다면, 그들도 큰 반발은 없을 것입니다."

"좋소. 그럼 제갈 부맹주와 송 군사의 의견을 여러분도 들었으니, 다른 의견이 있으신 분은 기탄없이 말씀해 주시기 바라오."

"아미타불. 빈승이 생각하기에도 제갈 부맹주와 송 군사의 의견에 따르는 것이 옳을 듯합니다. 그러나 너무 늦어지면 혹 곤란한 일이 발생할 수 있으니, 지금 당장 시행하는 것이 어떻습니까, 맹주?"

"그렇습니다. 지금 당장 시행하지요."

"빈도도 찬성입니다."

"좋습니다. 그럼 그 일은 제갈 부맹주가 알아서 해주시고, 이제 그동안 본 맹의 취약한 부분에 대한 보완책을 논하도록 하겠습니다. 본인이 생각하기에 가장 취약한 부분은 원거리 공격에 있다고 여겨집니다. 화살을 막는 것도 중요하지만, 그들을 위협할 수 있는 공격 수단이 본 맹엔 전혀 없습니다. 다만 저들도 그동안의 공격으로 화살이 다 떨어진 것 같지만, 언제 다시 만들어 공격할지 알 수 없지 않습니까? 송 군사, 그에 대한 대책은 있소?"

"죄송하지만, 본 맹엔 그들을 공격할 만한 무기가 없습니다. 더욱이 활이 있다고 해도, 활을 다루어본 사람이 없기에 문인들이 수거한 화살은 무용지물이나 마찬가지입니다."

"아니, 잠깐만!"

"옛?"

"송 군사, 말하는 중간에 끼어들어서 죄송합니다. 그러나 방금 화살을 수거했다고 했습니까?"

"예, 문인들에게 수거를 하라고 했습니다."

송 군사는 병법서에서 이르는 대로 유사시 사용하기 위해 현원세가에서 쏘아 올린 화살들을 모두 수거하여 사용할 수 있는 것과 없는 것을 분리해 놓았다. 이러한 것은 제갈 부맹주도 알고 있었으나 미처 챙기지 못하고 있었던 것인지라, 여간 반가운 것이 아니었다.

"그렇다면 됐습니다. 사실 회남에서도 현원세가에서 쏜 화살들을 수거해서 공격한 일이 있었습니다."

"오~ 그렇습니까? 활도 없었을 텐데, 어떻게……?"

"이곳에 있는 장로들 모두 무공이 뛰어난 분들입니다. 더욱이 공력을 사용해 화살을 던지는 것은 그리 어려운 일이 아니지요."

"아, 그럼 화살을 암기처럼 던진단 말입니까?"

"그렇습니다. 회남에서도 해보았는데, 활보다는 못해도 적들을 공격하는 데 지장은 없었습니다."

"그렇다면 안심이군요. 정말 잘되었습니다. 문인들이 수거한 화살의 양이 상당하니, 이젠 본 맹에서도 반격을 할 수 있게 되었습니다."

"송 군사, 정말 급할 때 큰일을 해주었소이다. 하하하~."

"아닙니다, 맹주님. 병법서를 읽은 자라면 누구나 알 수 있는 일이옵니다."

"그렇지 않소이다. 본인도 나름대로 병법서를 읽었다고 자부하지만, 그런 것은 생각조차 하지 못하고 있었소. 정말 제갈 부맹주와 송 군사의 지혜는 탁월하구려."

"하하하~."

성방으로 횃불을 밝혀라

  성 밖으로 횃불을 밝혀라

끼이이이~

"휴, 몸이 성치 않으니, 이것도 힘이 드는군."

"괜찮으십니까, 당주님?"

"움직이는 데는 지장 없다. 그나저나 부당주, 아직 오지 못한 이들이 많은 것 같구먼."

"……."

곽현지는 주변을 훑어본 후, 호리검(虎悧劍) 조영우(趙嶺禑)에게 마치 옆에 있는 사람 귀에 속삭이듯 작은 목소리로 말했다. 하지만 조영우는 곽현지의 물음에 말을 하지 못하고 고개를 숙여 보였다.

"왜 아무런 말이 없는가? 서, 설마 이 인원이 전부란 말인가?"

"그렇… 습니다."

"아~."

곽현지는 조영우의 대답에 침음을 삼켜야만 했다. 삼십 명이 출발했는데, 모인 인원은 곽현지 자신을 포함해서 고작 여덟 명밖에 되지 않았던 것이다. 참담했다. 피를 나눈 형제와 같은 수하들이 허무한 죽음을 당한 것 같아 가슴이 찢어지는 것처럼 아팠다. 또한 자신에 대해 분노가 일었다. 수하들의 안위조차 지켜주지 못한 것이 너무도 견디기 힘들었던 것이다.

곽현지는 반 각의 시간 동안 아무런 말 없이 밤하늘을 바라보았다. 별들이 너무나 예쁘게 반짝이는 것이, 마치 죽은 수하들의 영혼처럼 느껴졌다. 하지만 마냥 정신을 놓고 있을 처지가 아니었기에, 곽현지는 애써 정신을 수습하고는 수하들을 자신의 주변으로 모이게 했다.

"동료들의 죽음을 헛되이 하지 않으려면, 우리는 반드시 성공해야 한다."

"예, 저희는 이미 죽을 각오를 하고 있습니다."

"고맙다. 하지만 시간이 급하게 됐다. 아마 너희한테도 오늘 낮에 연합맹에서 신상에 대해서 묻고 갔을 것이다."

"맞습니다. 낮에 몇 사람이 와서는 이것저것 물어보는 것이, 마치 저희가 숨어든 것을 눈치채고 있는 것 같았습니다."

"그렇다. 오늘이 지나면 우리에겐 시간이 없을 것이다. 하지만 겨우 여덟 명, 더구나 부상까지 당한 몸으로 성문을 연다는 것은 결코 쉽지 않은 일이다. 그러나 임무를 위해서는 신속하고 빠르게 움직여야 할 것이다."

"명심하겠습니다, 당주님."

"염려하지 마십시오. 죽은 녀석들의 몫까지 해내야 하지 않겠습니까?"

"그렇습니다. 지금 이 목숨은 저희만의 목숨이 아닙니다. 죽은 녀석들이 하늘에서 지켜보고 있을 것이니, 나중에 만나도 부끄럽지 않도록 최선을 다하겠습니다."

곽현지는 수하들의 믿음직스러운 말이 이어지자, 힘차게 고개를 끄덕여 보이며 한 사람씩 어깨를 두드려 주었다. 곽현지의 행동은 일종의 믿음이었다. 수하들의 충성을 믿고, 더불어 자신의 마음까지 다잡는 계기가 되었다.

"좋다. 그럼 견초루(見椒屢)와 심득인(沈得寅)은 나를 따라오고, 소주두(梳紬頭)가 셋을 데리고 조영우를 따라가라. 조영우, 너희의 목표는 후문이다. 차질없이 실행에 옮기도록!"

"알겠습니다."

"그럼 부탁한다. 너희가 성공해야 정문을 열 수 있다. 그리고 시각은 정확히 인시정에 시작한다. 인시정, 잊지 말도록."

"그럼 저희는 이만 가보겠습니다. 조심하십시오."

"당주님, 몸조심하십시오."

"너희도……."

곽현지는 어둠 속으로 다섯 명의 그림자가 완전히 사라질 때까지 놓치지 않고 바라보았다. 어쩌면 마지막 모습이 될 수도 있기에, 한 사람 한 사람의 모습을 기억에 담기 위해서였다.

"우리도 자리로 이동하자. 조심해서 따르도록."

"옛."

사사사삭~

어둠은 순식간에 세 명의 그림자를 삼켜 버렸다. 그 어디에도 사람들이 머문 흔적을 찾을 수 없었다. 구름이 잔뜩 긴 날이라 달빛도 없어서 그런지, 세 명이 사라진 곳은 을씨년스러울 정도로 썰렁했다.

무림 역사에 있어서 가장 극적이면서도 사람들의 가슴을 철렁하게 만들었던 비화로 남을 대사건의 서막이 조금씩 모습을 드러내고 있었다.

휘이이이잉~

"으, 춥다. 확실히 새벽엔 근무를 서는 것이 아닌데, 괜히 내기를 해서 이 고생인지 모르겠네. 젠장!"

"크크, 그러게 내기는 왜 해서 이 고생인지. 자네를 볼 때마다 느끼는 것이지만, 왜 그렇게 내기에 목숨을 거는지 모르겠네."

"자네가 그 상희(象戲)의 매력을 몰라서 그러네. 한번 빠져들면 그 재미에서 헤어나지 못한다니까."

"나라고 상희를 안 해본 줄 아는가? 나도 다 해보았네."

"글쎄, 그건 자네가 아직 그 재미를 몰라서 그렇다니까 그러네."

"여하튼, 난 그건 잘 모르겠네. 하지만 아주 정확하게 아는 것이 있지. 그게 무엇인지 아는가?"

"뭘 안다고 그러는지 모르겠지만, 어디 들어보세."

"자네가 상희 때문에 지금 이 자리에 있다는 것이지. 크크크."

"에잇! 이 실없는 사람아. 지금 불난 집에 부채질하고 있나? 가뜩이나 추워 죽겠는데."

"추운가? 자네가 열을 내는 것 같으니까 식혀주려고 그랬지."

"후후. 하긴 자네하고 이렇게 농담이라도 해야지, 그렇지 않으면 추워서 못 견뎠을 것이네."

"그러니 어서 고맙다고 하게."

사내는 자신의 가슴을 두드리며 보란 듯이 가슴을 활짝 폈다.

"그래, 정말 고맙네. 내 눈물이 나는 것 같구먼."

"그럼 나중에 이곳에서 살아남으면 크게 한턱 쏘게. 알았는가? 홍등

가네. 그러니 지금이라도 내기 상회는 그만두고, 녹봉이 나오면 차근
차근 모아두게. 크크."

"알았네. 내 반드시 자네와 홍등가에……."

"……?"

"끄으으~."

"여, 여보게. 왜 그러……."

사내는 한창 웃으며 떠들던 동료가 갑자기 자신의 목을 잡으며 눈을
부릅뜨고 쳐다보자, 장난을 하는 줄 알고 자세히 들여다보았다. 하지
만 사내의 눈에 보인 것은 동료의 목을 뚫고 삐죽 솟아난 단도였다.

"헉! 으, 으악. 크윽~."

"휴~ 하마터면 비명 소리가 새어나가는 줄 알았네."

"정말 큰일 날 뻔했습니다."

"그래, 천운이 돕는 것 같구나. 이제 성벽은 어느 정도 정리된 듯한
데, 시간이 얼마나 남았지?"

"이제 시간이 다 되어갑니다. 조금 있으면 인시정이 됩니다."

조영우는 소주두의 말에 고개를 끄덕이며 주변을 둘러보았다. 이미
수하들에 의해 두 구의 시체는 깔끔하게 정리되고 있는 중이었다.

"알았다. 그럼 이제 남은 곳이 어느 곳이냐?"

"모두 정리할 수는 없을 것 같습니다. 어제보다 경비가 강화된 것
같습니다."

"아마도 그럴 것이다. 확실히 연합맹에서 우리의 존재를 알고 있는
것 같다."

"흐으음."

조영우의 말에 모두들 고개를 끄덕여 보였다. 확실히 며칠 전 염탐

을 했을 때와는 비교가 안 될 정도로 삼엄해져 있었다.

"빨리 서두르자. 모두 여섯 곳을 정리했으니, 청랑군이 접근하는 데 어느 정도 용이할 것이다."

"그럼 성문으로 가실 생각이십니까, 부당주님?"

"그렇다. 더 이상 지체하다가는 시간에 맞출 수 없을 것 같다."

"그럼 성문과 망루(望樓), 두 곳을 한꺼번에 처리해야 합니다."

"두 곳이라… 지금으로서는 어쩔 수 없다. 힘들긴 하겠지만, 청랑군이 성문 안으로 들어올 때까지만 버티면 된다."

"알겠습니다."

"좋다. 이야기했듯이, 이번엔 지금처럼 쉽지 않을 것이다. 더구나 동시에 공격하려면 다섯 명밖에 안 되는 인원을 두 조로 나눠야 한다."

"어쩔 수 없지 않습니까. 지금 우리의 목숨은 저승 문턱에 한 발 들여놓은 상황입니다. 반드시 성문을 열겠으니, 부당주님은 망루 쪽으로 가십시오."

소주두가 조영우를 향해 보일 듯 말 듯 희미한 미소를 지어 보였다. 하지만 조영우는 소주두의 말에 고개를 좌우로 흔들어 보이며 천천히 말문을 열었다.

"소주두, 망루는 자네가 가게."

"왜 이러십니까, 부당주님. 성문은 이미 제가 담당하기로 되어 있던 곳입니다."

"소, 주두……."

"그런 얼굴로 보지 마십시오. 그리고 체질적으로 벽을 타는 것은 별로입니다."

"휴~ 알았다. 그럼 소주두 자네가 둘을 데리고 가도록 하게. 앞으로 일각 후에 공격하기로 하세. 무슨 일이 있어도 소리가 나면 안 된다는 것을 염두에 두고 공격하도록."

"염려 마십시오. 두 손으로도 입을 틀어막지 못하면, 제 입으로라도 막겠습니다. 크크크."

"암요. 소 조장님 말대로, 입으로라도 막겠습니다."

"흐흐흐~."

소주두의 말에 함께 가기로 된 사람들 역시 음침한 미소를 흘리며 서로의 얼굴을 쳐다보았다. 다른 사람들이 본다면 실성한 사람들로 보이겠지만, 조영우의 눈에는 두려움을 떨치기 위한 안간힘으로 비추어졌다.

'청랑군이 제때 와준다면 좋겠구나. 이들의 희생이 제발 헛되지 않기를……'

"그럼 부탁한다."

"옛, 부당주님. 자, 가자."

"우리도 출발하자."

"예, 부당주님."

바람이 머물다 지나간 것처럼, 조영우 등이 사라진 곳엔 몇 방울의 핏자국만이 남았다. 더구나 핏자국을 쓸고 지나간 바람에, 그나마 흔적이라고 할 수 있는 비릿한 혈향도 조금씩 엷어지고 있었다.

"아직 망루의 경계병들이 사라지지 않았느냐?"

"예, 우승상님. 아직 공격하지 않은 것 같습니다."

"흐음, 벌써 묘시가 가까워지고 있는데……."

염상백은 수하의 보고를 받으며 고개를 끄덕이는 동시에, 이따금씩 좌우로 움직이는 망루의 그림자들을 바라보았다. 눈으로 확인 가능한 인원만 해도 어림잡아 열 명은 넘어 보였다.

'예상보다 많구먼. 기랑추월당이라고 했던가? 얼마나 살아남았을지.'

"우승상님, 저희도 이제 준비를 해야 하지 않겠습니까?"

"그래, 어차피 정해진 시간이 있으니 슬슬 준비를 해야겠지. 아린우스, 병사들은 준비를 마쳤느냐?"

"옛. 말발굽은 비단으로 감싸서 움직이는 데 소음이 나지 않을 것입니다."

"병사들은……?"

"모두 대기 중입니다. 명령이 떨어지면, 바로 움직일 수 있습니다."

"좋다. 그럼 일대는 염천검이 좌측으로 향하고, 이대는 아린우스가 이끌고 우측으로 가도록. 그리고 중앙은 본좌가 맡겠다."

"명을 받듭니다. 충!"

청랑군은 말고삐를 한 손에 틀어쥐고 연합맹을 향해 천천히 이동을 하기 시작했다. 하지만 몸을 숨길 만한 나무 하나 없는 허허벌판이라, 오로지 어둠에 의존하며 움직여야 했다. 다행히 구름이 짙게 깔려 있어 달빛을 가려주고 있었다.

마치 청랑군의 행보를 위해 성길사한이 도와주는 것처럼, 염상백은 구름이 달빛을 어루만지고 있는 것 같다는 느낌을 받았다.

터벅, 터벅, 터벅.

창! 차차창!

"누, 누구냐!"

"순찰당주다."

경비를 서고 있던 문인들은, 어둠 속에서 드러나기 시작하는 사람의 얼굴을 확인하고는 검을 거두었다.

"이상없느냐?"

"예, 이상없습니다. 그런데 오늘은 남궁 소가주께서 순찰을 맡으셨습니까?"

"그렇다. 그런데 자네는 누구인가?"

남궁호는 경계병의 말에 고개를 끄덕이다가, 이내 자신을 아는 듯하자 고개를 갸웃거리며 사내의 얼굴을 쳐다보았다.

"창궁당주님 문하입니다."

"아, 그렇군. 오늘은 본 가에서 이곳을 담당하는 날인가?"

"아닙니다. 원래는 제갈세가에서 경비를 서는 날인데, 화살을 다듬느라 시간이 없다고 해서 저희가 서게 되었습니다."

"그렇구먼. 추운데 고생들이 많다."

"아닙니다. 당연히 해야 할 일입니다."

"마음 자세가 좋군."

남궁호는 문인의 말에 흡족한 미소를 지어 보이며 고개를 크게 끄덕였다. 오랜만에 마음에 꼭 드는 말을 들었던 것이다.

현원세가의 공격이 칠일 동안 계속 이어지면서, 기개가 드높았던 젊은 문인들 사이에선 패하는 것이 아닌가 하는 우려 섞인 소문이 돌고 있었다. 그런데 본가 문인들의 정신이 바르고 곧은 것 같아 여간 기분이 좋은 것이 아니었다.

"이곳에 오다가 보니 자네들이 무언가 하는 것 같던데, 혹시 연무를 하고 있었느냐?"

"아, 아닙니다."

"괜찮다. 추운데 가만히 서 있기 힘들었을 것이니, 약간씩 몸을 움직여서 몸에 열을 내주는 것도 정신을 차리는 데 좋다. 그래, 무엇을 하고 있었느냐?"

"저, 그것이……."

문인들은 평소 엄하기로 소문난 남궁호가 자상하게 물어오자, 무엇 때문에 그런가 해서 정신을 차릴 수가 없었다. 그러나 나쁜 의도로 물어보는 것 같지 않자, 한 사내가 용기를 내서 말문을 열었다.

"대연검법(大衍劍法)을 수련하고 있었습니다."

"대연검법……? 자네들은 분명 창궁당의 문인들이라고 하지 않았느냐? 그런데 아직 대연검법을 익히고 있단 말이냐?"

"아닙니다. 대연검법은 이미 익혔습니다. 하지만 정신을 맑게 해주는 데 대연검법만한 것이 없는 것 같아, 추위를 이겨보고자 하는 마음에 해본 것입니다. 또한 창궁당주님께서 방어를 하는 데는 대연검법만한 것이 없다고 하셔서…….…"

"흐으음."

'공격을 하기 위해 검법을 수련한 것이 아니라, 방어를 하기 위해 검을 익히고 있었다는 말인가?'

남궁호는 문인의 설명을 들으면서 기가 막혔다. 좋은 기분으로 잠자리에 돌아갈 수 있겠다고 생각했는데, 그것이 여지없이 사라진 것이다.

"아무리 대연검법이 방어에 탁월하다고 해도, 방어만 해서는 상대를 이길 수 없다는 것을 모르느냐? 분명 창궁당주가 공격이 최고의 방어라고 가르쳐 주었을 텐데? 그렇다면 섬전십삼검뢰(閃電十三劍雷)나 천풍검법(天風劍法)을 연무하고 있어야 하지 않겠느냐?!"

"마, 맞습니다. 소가주님의 지적이 옳습니다."

"잘못했습니다, 소가주님. 소인들의 생각이 짧아서 그만……."

조용한 듯하지만, 남궁호의 한마디 한마디엔 서슬 퍼런 예기가 담겨져 있어 문인들의 간담을 오그라들게 만들었다. 그에 문인들은 얼른 무릎을 꿇고 남궁호에게 용서를 빌었다.

"좋다. 잘못을 뉘우치니, 더 이상 다른 말은 하지 않겠다."

"가, 감사합니다."

"고맙습니다, 소가주님."

"그럼 지금부턴 대연검법 말고 천풍검법을 연습해라. 알겠느냐?"

"옛? 천풍검법을요?"

"그렇다. 왜, 하기 싫으냐?"

"그것이 아니라… 저희는 천풍검법을 제대로 배우지 못했습니다."

"아직 천풍검법도 배우지 못했단 말이냐?"

"예. 워낙 본 가에 들어온 기간이 짧아 섬전십삼검뢰까지 배우긴 했지만, 마음먹은 대로 시전할 수 있을 정도로 완벽하게 배우지 못했습니다."

"그렇군."

문인들의 말에, 남궁호는 왜 대연검법을 열심히 연습하고 있었는지 이해가 되었다. 완벽하지 못한 검법을 연습하기보다는, 완벽하게 익힌 검법을 더욱더 다듬는 것이 오히려 좋을 수도 있겠다는 생각이 들었다. 하지만 오대세가의 수장이라 자처하는 남궁세가의 문인들이, 방어를 위해 검법을 수련한다는 것은 두고 볼 수가 없었다.

"좋다. 너희의 설명을 듣고서, 왜 대연검법을 연습하고 있었는지 짐작할 수 있었다. 아마 본인이었다고 해도, 너희 입장이었다면 같은 행동을 했을 것이다. 그러나 본인이 못 보았다면 모르겠지만, 본 가의 문인들이 치졸한 생각으로 검법을 수련하는 것은 두고 볼 수 없다."

"끄으음~."

"그래서! 본인은 본 가의 위명에 더 이상 너희가 먹칠을 하지 않도록 천풍검법의 오의를 가르쳐 주고자 한다."

"옛? 천풍검법의 오의요?"

문인들은 남궁호의 서슬 퍼런 눈빛에 창백한 표정을 짓고 있다가, 말이 이어질수록 놀라는 표정으로 변해갔다.

지금의 남궁세가를 만든 것은 천풍검법이 아니라, 제왕검법(帝王劍法)과 창궁무애검법(蒼穹無涯劍法)이었다. 그러나 이 무공들은 가주와 직계만 배울 수 있는 무공이었고, 문인들이 배울 수 있는 검법 중 최고는 천풍검법이라 할 수 있었다. 그만큼 남궁세가를 지탱시켜 주고 있는 무공인지라, 남궁호가 오의를 가르쳐 주겠다고 하자 멍한 표정이 될 수밖에 없었다. 더구나 오의라고 하는 것은, 직계가 아니면 알려주지 않는 것임을 잘 알고 있었기에 놀람의 강도는 더욱 컸다.

"지금 당장 깨달음을 얻을 수 없을지 모르지만, 나중에 깨달음을 얻는다면 상당한 도움이 될 것이다."

"가, 감사합니다. 소가주님께서 하시는 말씀, 한 자도 빠짐없이 이놈의 머리에 새겨놓겠습니다."

"알았다. 그럼 잘 듣거라. 흠! 본디 적과 싸움에 임할 때, 피하는 것에는 한계가 있는 법이다. 그리고 막는다고 해도 상대의 힘이 월등하면 막는다는 행위 자체가 소용없게 되기도 한다. 그러나 천풍이란 상대의 힘이 강하다고 해도 크게 영향을 받지 않는다. 그 이유는 바로 바람의 결을 타고 흐르기 때문이다."

'바람……'

"천풍은 말 그대로 주변에 흐르는 바람의 흐름에 역행하지 않는 것이다. 또한 천풍검법을 익혀서 대강이라도 초식을 알겠지만 그러한 초식은 겉모습에 지나지 않는다. 제대로 된 천풍검법은, 바로 검에 바람의 숨결을 집어넣었을 때 완성이 되는 것이다."

"아~."

"아무리 빠르고 또한 강력한 힘을 소지하고 있다 하더라도, 상대의 검은 바람의 흐름에 역행할 수도 있고 비스듬하게 흐를 수도 있다. 그러나 천풍은 바람의 흐름을 타는지라 빠르고 날카로우며, 순풍까지 도와준다면 강력한 힘까지 내포한 검법이다. 알겠느냐?"

"옛, 명심하겠습니다."

"그래, 하지만 천풍의 진정한 오의는 따로 있다. 상대가 공격해 들어오기 전에 어딜 공격할지를 미리 알아야 하고, 상대의 움직임이 멈추는 곳에 검을 찔러 넣으면 피하지 못하는 법이다. 이것이 의미하는 것이 무엇인지 아느냐? 그것은 상대의 흐름을 자신의 흐름에 맞추도록 해야 한다는 것이다. 이 말, 명심하도록!"

남궁호는 마지막 말에 힘을 주고는 어둠 속으로 사라져 갔다. 더 이상 머무른다고 해도 당장 문인들의 실력이 크게 향상되지도 않음을 알기에, 또한 아무런 노력도 없이 큰 대가를 얻을 수 없다는 생각 때문이었다.

하지만 문인들은 남궁호가 사라져 완전히 모습을 감출 때까지도 자리에서 움직일 줄 몰랐다. 자칫 걸음이라도 잘못 걷는다면, 힘들게 머리 속에 집어넣은 천풍검법의 오의가 사라질 것만 같았기 때문이다.

'아, 이건 천운이다. 다른 사람도 아니고, 소가주님께서 직접 지도를 해주셨으니 진정한 오의라 할 수 있을 것이다.'

'기억해야 돼. 한 자라도 잊어버리면 안 된다. 기연! 이것은 내 평생에 한 번 있을까 말까 하는 기연이다.'

"훗! 남궁호 때문에 좋은 정보도 얻고, 한결 일하기 수월해졌구먼."

“응? 누구… 컥! 끄으으~.”

“큭~. 으으~.”

“잘 가라. 남궁호가 가르쳐 준 것은 저승에서 열심히 익히도록. 후훗.”

‘아, 안 돼. 아, 안… 돼…….’

‘어떻게 얻은 기연인데…….’

털썩.

무엇이 그리도 한스러운지, 문인들의 눈은 금방이라도 튀어나올 것처럼 부릅떠져 소주두를 바라보고 있었다. 하지만 소주두는 이런 시선에 신경 쓰지 않고, 자신의 애도인 적성도(赤星刀)에 묻어 있는 피를 문인들의 옷에 깨끗이 닦았다.

“생각했던 것보다 일이 쉽게 끝났습니다.”

“그래, 남궁호가 큰 도움이 되었지. 후후후.”

“그러게 말입니다. 정말 큰 도움이 되었습니다.”

소주두 등은 청랑군이 들어오는 데 거치적거리지 않도록 시체를 한 곳으로 치운 후, 성문을 열기 위해 움직였다. 이미 망루도 깨끗이 정리가 되었는지, 잡음 하나 들리지 않았다.

“이곳은 내게 맡기고, 너희는 어서 성문을 열도록 해라.”

“예, 알겠습니다.”

“아직도 경계를 서지 않고 있… 너, 너희는 누구냐!”

“헉! 나, 남궁호……?”

“어떻게? 돌아간 것이 아니었던가……?”

소주두 등은 갑자기 들려온 목소리에 깜짝 놀라며 뒤돌아섰는데, 그곳에는 남궁호가 부릅뜬 눈으로 자신들을 쳐다보고 있었다.

남궁호는 순찰을 끝내기 위해 보고하러 들어가다가, 이내 자신이 오늘 문인들에게 한 일이 외부로 흘러나갈 것을 염려해서 한마디 하기 위해 돌아온 것이다. 다른 사람도 아니고, 자신으로 인해 문인들에게 청풍 검법의 오의가 퍼질 수도 있었기 때문이다. 해서 절대 다른 사람에게 알리지 말 것을 다짐받기 위해 온 것인데, 이제는 그럴 필요가 없어졌다. 이미 알리고 싶어도 그럴 수 없는 싸늘한 시체가 되어 있었기 때문이다.

남궁호는 조금 전까지 입을 함지박보다 더 크게 벌리고 들떠있던 문인들이 한쪽에 시체가 되어 뒤섞여 있자 분노가 치밀어 올랐다. 자신이 조금만 신경을 썼더라면 저런 모습으로 누워 있지 않았을 것이기 때문이다.

"모두 죽여주겠다. 하앗!"

"헛! 너희 둘은 어서 성문을 열어라. 어서!"

"옛, 조금만 버텨주십시오. 금방 열겠습니다."

"어림없는 소리!"

"이잇! 뭐 하고 있냐, 어서 성문을 열어!"

창! 차차창!

소주두는 남궁호의 매서운 공격에 방어조차 하지 못했다. 거침없이 파고드는 통에, 연신 뒤로 밀리며 방어에 치중하는 데도 정신이 없었는데, 남궁호의 호통 소리가 워낙 커서 어둠에 잠겨 있던 연합맹이 깨어나기 시작하자 다급한 마음만 더해갔다.

'제길, 정말 운없군. 그냥 돌아갔으면 좋잖아, 왜 다시 돌아온 거야?

창, 차창! 휘이잉!

"이크! 젠장, 아직도 멀었냐?"

"다 됐습니다, 이제 우리도 갑니다! 이얍, 받아라~."

"여기도 있다!"

카캉! 카카가캉!

"훗! 어림없다~!"

남궁호는 소주두를 상대함에 있어서 처음엔 금방 끝날 것 같았다. 더구나 세 명을 한꺼번에 상대하는 것도 아니었기에, 우두머리라 생각되는 상대를 처리한 후 나머지 둘도 단칼에 베어버릴 생각이었다. 그러나 상대는 몸을 잔뜩 움츠린 채 방어만 하고 있었고, 자신이 일부러 허점을 드러내면 같이 죽자는 식으로 공격을 하는 통에 쉽게 죽일 수가 없었다.

'큰일이다, 어서 성문을 닫아야 하는데. 그런데 이 정도 소란이면 사람들이 벌써 왔어야 하는 것이 아닌가? 모두들 어디……? 혹시 모두 저들에게 당했단 말인가? 이, 이런!'

병장기 부딪치는 소리와 호통 소리가 크게 울려 퍼지는 상황인데도 아무도 모습을 보이지 않자, 상황이 심각하다는 것을 느낄 수 있었다. 그에 남궁호는 지금까지보다 더욱 크게 목청을 높였다.

"죽어라, 이놈!"

"웃기는 소리! 차라리 같이 죽자. 이야압!"

"어서 신호를 보내라. 횃불을 밝히란 말이다, 어서!"

조영우는 성문에서 병장기가 부딪치는 소리가 나고, 사람들 고함 소리가 울려 퍼지자 일이 잘못되었다는 것을 직감적으로 느낄 수 있었다. 그에 성문이 있는 곳을 내려다보았는데, 직감대로 소주두가 검을 휘두르는 모습이 보였다. 그러나 다른 두 명이 성문을 급히 여는 모습이 보였기에, 조영우는 다른 사람들이 모여들기 전에 청랑군이 성문 안으로 들어올 수 있도록 수하에게 신호를 보내게 했다.

"옛, 부당주님."

탁, 탁, 탁!

“왜 이렇게 안 붙어?”

“조급하게 서두르지 말고, 차분하게 해라. 빨리!”

차분하게 하라고 하면서도, 조영우의 마음이 다급해서 그런지 빨리란 말이 자신도 모르게 나왔다. 하지만 자신이 무슨 말을 했는지도 모르는 채, 조영우는 어서 빨리 횃불이 활활 타오르기를 기다렸다.

“아직도냐? 어서 붙여라, 어서!”

“자, 잠시만.”

화르르르.

“됐습니다. 불이 붙었습니다.”

“그럼 어서 성 밖을 향해 신호를 보내라.”

“예, 알겠······.”

“뭘 꾸물거리고 있느냐! 한시가 급하다. 청랑군이 볼 수 있도록 어서 성 밖으로 횃불을 밝혀라. 원을 그리란 말이다. 어서~!”

“알겠습니다, 부당주님.”

“좋다. 넌 청랑군이 성문 안으로 들어올 때까지 이곳에서 횃불을 붙들고 있어라. 나는 지금 당장 아래로 내려가겠다.”

“옛! 조심······.”

조영우는 수하의 말도 채 모두 듣지 않고 신형을 날렸다. 자칫 청랑군이 도착하기도 전에 성문이 닫히면 모든 일이 수포로 돌아갈 수도 있는 상황이었기 때문에, 수하가 뭐라고 하더라도 뒤를 돌아볼 여유조차 없었다.

‘소주두! 내가 갈 때까지만 버텨라. 제발······.’

“아직 신호가 오지 않았느냐? 벌써 묘시 초가 되고도 남았겠다.”

"예, 아직 신호가 없습니다. 어떻게 할까요. 조금 더 기다릴까요?"

'어떻게 한다? 만약 안에서 아직 움직인 것이 아니라면, 자칫 섣부른 움직임은 큰 낭패로 이어질 수도 있는데……'

정확한 사정을 알 수가 없는 염상백으로서는 고민을 할 수밖에 없었다. 하지만 지금 움직이지 않으면 성문이 열린다고 해도 때가 늦음을 알기에, 빠른 기동력을 믿고 일제히 움직이는 방향으로 생각을 정리했다. 무엇보다 날이 점점 밝아올 기미가 보이고 있기에, 염상백은 위험을 무릅쓰고 전원 돌격이란 결정을 내릴 수밖에 없었다. 성문이 닫혀 있어도 어쩔 수 없었다. 이미 약속한 시간은 지났고, 성문이 닫혀 있다면 실패한 것이기 때문이다.

"전원 말에 착석해라. 바로 돌격한다!"

"옛, 우승상님. 전원, 말에 올라타라."

히이잉, 푸드드. 푸득.

"돌, 겨억~!"

"이리얏! 가자~!"

두두두두두두두.

염상백이 이끄는 본대를 시작으로, 좌측의 염천검과 우측의 아린우스도 뒤따라 말을 달리기 시작했다.

"우승상님, 신호입니다. 망루에서 횃불이 타올랐습니다."

"좋다! 모두 더 빨리 달려라! 달려~!"

"이럇! 달려라. 달려!"

히이잉! 두두두두두두!

제
7
장

이제 정말 나만의 씨움을 할 수 있겠구나. 아……

 # 이제 정말 나만의 싸움을 할 수 있겠구나. 아…….

후문에서 갑자기 들려오는 고함 소리와 병장기 부딪치는 소리에, 적막감이 감돌았던 연합맹은 어수선한 분위기에 휩싸였다. 처음엔 문인들 대부분이 무슨 소리인지 인지를 못한 가운데 호기심 때문에 밖으로 나왔는데, 상황이 자신들이 생각했던 것이 아니라는 것을 깨닫고는 부랴부랴 자신들의 무기를 챙기고는 고함 소리가 들려오는 곳으로 달려가기 시작했다.

"고, 공격인가?"

"나도 모르네. 하지만 무슨 일이 일어난 것은 틀림없네."

"잔소리하지 말고, 어서 달려! 어서~!"

순찰을 보던 조장들은 뒤에 처지는 문인들을 재촉하며 후문을 향해 신형을 날렸다. 그러면서도 자신들의 예감이 틀리기를 바랐는데, 후문에 가까워질수록 그러한 바람이 얼마나 부질없는 것인지 깨달을 수 있었다.

후문에선 치열한 싸움이 벌어지고 있었다. 불과 네 명에 지나지 않았지만, 그들은 마치 성문을 중심으로 배수진을 치듯이 사람들의 접근을 막고 있었다. 아직 당주급 이상의 고수가 도착하지 않은 상황이라, 오십 명이 넘는 인원임에도 불구하고 네 명의 방어를 뚫지 못하고 있었다.

"성문을 닫아야 한다. 어서 공격해!"

"죽어~!"

창! 차차창! 차아앙~

"큭! 어림없다! 이야얍~!"

두두두두두드~

"죽어도 지켜! 조금만, 조금만~."

조영우는 연신 검을 쳐내면서 소리를 질렀다. 온몸은 이미 자잘한 검상으로 인해 피 범벅이 되어 있어 움직이기조차 힘들 정도였는데, 오로지 뒤쪽에서 들려오는 우렁찬 말발굽 소리에 의지하여 악을 쓰고 있었던 것이다.

이러한 것은 조영우뿐만 아니라 소주두와 다른 이들도 마찬가지였다. 그래도 소주두나 조영우는 나은 축에 들었다. 다른 두 명은 한 팔이 잘리고 옆구리에 검을 찔리는 등 서 있는 것 자체가 기적처럼 보일 정도의 치명상을 입은 상태였다.

두두두두두두두.

"저들을 죽여! 성문을 닫지 못하면 끝이다. 어서~."

땡! 땡! 땡!

때에에엥~!

조영우 등의 혈검이 미치지 못했던 망루에선 청랑군의 등장으로 요란하게 종을 치고 있었다. 종소리와 말발굽 소리가 연합맹에 울려 퍼지면서, 공방전이 일어나고 있는 성문을 중심으로 긴장감이 팽배하게 자리 잡기 시작했다.

막던가, 아니면 뚫리던가.

"죽어~!"

"크윽, 제길! 이야압!"

"컥! 끄으으~."

조승우는 눈앞이 가물거리는 가운데 오른쪽 옆구리로 검이 스치고 지나가자, 이를 악물고 상대에게 검을 휘둘렀다. 다행히 내장까지 크게 다친 것은 아니었지만 계속해서 흘러나오는 피로 인해 다리까지 휘청거렸으며, 입고 있던 의복은 넝마가 되어 움직일 때마다 핏물이 뚝뚝 떨어졌다.

"커윽! 이잇, 으아아아~!"

"헛! 소, 소주두! 안 돼~!"

"조장님~."

"이놈들~!"

그동안 잘 버텨주던 소주두가 비명을 지르자, 조영우가 깜짝 놀라며 옆으로 고개를 돌렸다. 하지만 소주두의 가슴엔 세 개의 검이 깊숙이 박혀 있었고, 소주두는 손으로 검신을 쥐고서 빼지 못하도록 안간힘을 쓰고 있었다.

"죽어라! 죽어~!"

"이, 이놈! 놓아라!"

"끄아악!"

세 명은 소주두가 검신을 잡고 놓아주지 않자 적지 않게 당황하였다. 마치 악귀를 보는 것 같아 온몸에 소름이 돋았다. 하지만 자신들을 향해 다가오는 검을 보고는 검을 놓으며 뒤로 물러섰다.

"조장님, 괜찮… 아~."

"조, 조장님! 이런! 크아아, 모두 죽여 버리겠다~!"

소주두는 세 명이 뒤로 물러난 상황에서도 쓰러지지 않고 제자리에 서서 정면을 뚫어지게 응시하고 있었다. 하지만 그것뿐이었다. 마치 석고상이 된 듯, 소주두는 죽어서도 자신의 자리를 지키고 서 있는 것이다.

소주두의 죽음은 다른 세 명에게도 심적 고통으로 다가왔다. 아니, 심적 고통뿐만 아니라 육체적 고통까지 이어졌다. 한 명의 빈자리를 지키기 위해 더욱 분주하게 움직여야 했으며, 그러다 보니 계속해서 늘어만 가는 것은 검상이었고 성문의 반은 이미 닫혀 있었다.

"크어억!"

"컥, 부당주니임~."

"헛, 크으으~."

"한 놈 남았다. 모두 망설이지 말고 공격하……."

두두두두두두.

"헉! 서, 성문을 어서 닫아라! 어서~!"

"어림없다. 이야압~!"

창! 차차차창! 차창~

"치잇! 그래! 죽자, 죽어!"

남궁호는 조영우가 악착같이 성문을 붙잡고 놓아주지 않자, 조영우

를 향해 신형을 날렸다. 조영우가 동귀어진을 하려고 한다 해도, 성문
만은 닫아야 했기 때문에 어쩔 수 없었다. 그만큼 청랑군은 지척에 이
르러 있었고, 다급한 마음에 자신의 생명이 위험하더라고 끝을 볼 수밖
에 없다 판단한 것이다. 무엇보다 순찰당주의 책무를 소홀히 했기에
벌어진 일이란 생각이, 조영우에게 신형을 날릴 정도로 남궁호를 궁지
로 몰고 간 것이다.

"좋다! 같이 죽자, 이야압!"

캉! 카가가가각, 까강!

"큭! 끄으으으~."

"허훗! 으으~."

남궁호는 자신의 왼쪽 배에 박혀 있는 조영우의 검을 바라보았다.
마치 몸의 일부분처럼 보일 정도로 깊숙이 들어가 있었다. 하지만 자
신의 부상에 신경 쓸 정도의 여유가 없었다. 그에 남궁호는 얼른 조영
우의 상태를 살폈다.

조영우는 성문과 하나가 되어 있었다. 남궁호의 검이 조영우의 가슴
을 뚫고 지나가 성문에 박힌 것이다.

'죽었구나. 악귀 같은 놈.'

"흑, 어서 성문을 닫아라! 뭐 하고 있… 아~."

조영우의 상태를 확인한 남궁호는 얼른 문인들에게 성문을 닫도록
지시를 내리려고 했다. 그러나 성문을 향해 빠르게 다가오는 청랑군이
보였다. 콧김을 풀풀 날리며 바람처럼 달려오는 것이, 마치 지옥의 악
마들을 보는 것 같았다.

두두두두두.

"적이 성문을 뚫지 못하도록 해라, 어서~!"

쏴아아아아~

퍽! 퍼퍼퍼퍽! 퍼퍽~

"끄아아~."

"커윽! 끄으~."

"으아, 적이다! 적이 성문을 뚫었다~."

두두두두두.

"치잇! 결국 저들을 막지 못했던가? 이 일을 어이 할꼬, 아……."

남궁호는 자신의 실책으로 인해 연합맹이 바람 앞에 촛불처럼 풍전등화의 위기에 봉착했음을 직감적으로 느낄 수 있었다. 애초 처음부터 조영우가 동귀어진을 시도할 때 피하지 말고 받아주었어야 했다. 만약 그렇게 되었다면 자신은 죽었을지 몰라도, 성문이 뚫리는 건 막을 수 있었기 때문이다. 하지만 이미 지나간 상황이었고, 지금은 성안으로 들어온 청랑군을 막아야만 했다.

"모두 뒤로 물러서지 말아라! 저들이 들어올 수 있는 공간을 주어서는 안 된다. 몸으로라도 막아~!"

"아미타불~!"

"아~."

갑자기 들려온 소리에 자신도 모르게 되돌아보게 되었는데, 그곳에는 담현 방장을 비롯한 연합맹 장로들이 청랑군을 향해 신형을 날리고 있었다.

"이놈들! 모두 죽어라~!"

쾅! 콰르르르, 콰아앙~

히이이잉~

"크아아~."

"컥! 끄으으."

"커윽~."

영수들의 손이 움직일 때마다 악귀 같던 청랑군들이 말과 함께 나뒹굴기 시작했다. 거침없이 돌진하던 청랑군의 행보에 작으나마 제동이 걸린 것이다. 하지만 성문은 이미 모두 열려 있었고, 청랑군은 잇달아 들어오면서 화살을 쏘고 낭아도를 휘둘렀다.

"모두 안으로 파고들어라! 적의 심장부를 향해 돌진하라~!"

"돌진! 돌진하라~!"

"와~."

두두두두두두.

"크악!"

"컥! 끄어어어~."

"무량수불! 말을 먼저 쓰러뜨려라. 말들을 쓰러뜨려야 적의 예봉을 막을 수 있다~!"

"선두의 말을 잡아라, 어서~!"

히이이잉, 히잉~

두두두두두~

담현 방장을 비롯한 영수들이 이리 뛰고 저리 뛰며 청랑군을 죽이고, 또한 뒤로 물러서는 문인들을 독려해 보았지만, 성문을 통해 들어오는 청랑군의 거친 물결을 막을 수는 없었다. 아무리 말을 죽이고 길목을 차단하려고 해도, 청랑군은 동료들의 시체를 밟으며 계속해서 안으로 들어오고 있었다.

"아~ 이 일을 어이 할꼬, 이 일을……."

"무량수불……."

“늦었습니다. 이미 저들의 예봉을 꺾기에는, 너무도 많은 적이 들어왔습니다.”

“하지만 무슨 일이 있어도 막아야 합니다. 더 늦기 전에 성문만 닫으면 안에 들어온 적들은 물리칠 수 있습니다.”

“청운 장문인의 말이 맞습니다. 어서 성문을 닫아야 합니다.”

“원시천존. 빈도가 앞장을 서겠습니다. 하아압!”

“같이 가십시다.”

청운 장문인의 말에 남궁 가주를 비롯한 영수들이 성문을 향해 일제히 신형을 날렸다. 일대종사들이 한꺼번에 성문으로 향하자, 막 성문 안으로 들어서려던 청랑군들이 깜짝 놀라 활을 쏘며 저지를 하기 시작했다. 그러나 영수들은 화살을 쳐내면서 달려들었고, 청랑군들은 어쩔 수 없이 낭아도를 들고 막아서기 시작했다.

“원시천존~.”

“죽어라~.”

“크어억~.”

“컥!”

“끄으으으~.”

“막아라! 저들을 막아라~!”

히이이잉.

두두두두두~

성문을 중심으로 치열한 공방전이 전개되면서, 청랑군의 유입이 막히게 되었다. 하지만 이미 성문 안에 들어와 있는 청랑군의 숫자가 무려 천 명을 넘어서고 있었다. 그들은 눈앞에 보이는 사람에게 무조건 낭아도를 휘둘렀고, 건물에 불을 지르기 시작했다. 겨우 이각이

조금 넘었을 뿐인데, 청랑군에게 입은 피해는 이루 말할 수 없을 정도
로 컸다.

서서히 날이 밝기 시작하고 있었다. 이미 진시가 훌쩍 넘은 시각이
기에 짙게 드리웠던 어둠은 물러간 후였고, 붉게 타오르는 태양이 서서
히 자리하기 시작했다.

날이 밝으면서 드러난 참상은 참혹했다. 다행히 영수들의 활약으로
성안에서 날뛰던 청랑군들 대부분을 처리할 수 있었지만, 달발굽에 밟
히고 낭아도에 목숨을 잃은 주검들이 사방에 흩어져 있었다. 하지만
아직 전투가 완전히 끝난 것이 아니었다. 성문에선 청랑군들이 동료들
의 시체를 방패 삼아 영수들의 공격을 간신히 방어하고 있었는데, 그나
마 더 이상 돌격을 하지 못하고 있어서 연합맹에선 숨을 돌릴 여유를
찾을 수 있었다.

"휴~ 정말 다행입니다. 이 정도라도 막을 수 있었음은, 정말 천운
입니다."

"아미타불."

"그러나 아직 저들을 물리친 것이 아닙니다. 어서 저들을 뒤로 후퇴
하게 만들어야 합니다."

"그렇습니다. 언제 현원덕호가 들이닥칠지 알 수 없습니다."

"흐음, 무량수불……."

남궁 가주의 우려 섞인 말에, 영수들은 옳다는 생각에 고개를 끄덕
였다. 남궁 가주의 말대로, 만약 현원덕호가 나타난다면 간신히 우위
를 점한 상황이 재역전될 수도 있었기 때문이다.

"본인이 장로들과 저들을 마무리하겠으니, 제갈 부맹주는 담현 방장
등과 함께 현원덕호의 등장을 주시하시오."

"알겠습니다, 맹주님."

"좋소. 그럼 여러 장로는 본인과 함께 저들을 물리치러 갑시……."

"맹주님! 큰일 났습니다~!"

"응? 누구……?"

독고 맹주는 장로들과 함께 청랑군을 처리하기 위해 신형을 날리려고 하다가, 갑자기 자신을 찾는 소리에 멈춰야 했다.

"소인은 혈리호천단 문인이온데, 지금 정문이 뚫려 현원세가가 성안으로 들어오고 있다는 전갈을 받고 왔습니다."

"헉! 뭐라? 지금 정문이 뚫렸다고 했느냐……?"

"그렇습니다, 맹주님. 단주님의 명을 받고 왔습니다."

"아……."

"이, 이런 일이……."

"아미타불."

"허헛, 무량수불……."

독고 맹주를 비롯한 영수들은 순간 할 말을 잃었다. 너무도 엄청난 말이었기 때문이다. 후문이 뚫린 것도 모두 정리하지 못했는데, 현원세가의 본진이 정문을 통해 들어오기 시작했다면 더 이상 버틸 수 없었기 때문이다.

"아무래도 오늘은 현원덕호의 얼굴을 볼 수 있을 것 같습니다."

"그렇겠지요. 무량수불……."

"정말 보기 좋게 당했습니다. 후문을 먼저 공격해 우리의 이목을 이곳으로 향하게 한 후, 정문을 공격한다? 정말 어처구니없게 단순한 작전이었는데, 그것을 간파해 내지 못했다니……."

"그렇게 자책할 필요 없습니다, 제갈 부맹주. 우리 모두 저들의 암수를 예상했으면서도 이렇게 당하지 않았습니까. 지금은 어떻게 막을 것인가를 생각해야 할 때입니다."

"그렇습니다, 부맹주. 현천 장문인의 말대로, 지금은 자책이나 하고 있을 때가 아닙니다."

"흐으음. 좋습니다. 그럼 급한 대로 제 생각을 말하겠습니다."

"……."

"저들이 양쪽으로 공격해 들어 왔다고는 하나, 지금 이곳에 있는 자들은 본진이 아닐 것입니다. 더욱이 이미 지천에 깔린 시체들 때문에 말을 타고 넘기는 어려우니, 몇 분이 이곳에 남으셔서 저들을 상대하면 어렵지 않게 막을 수 있을 것입니다. 그리고 다른 분들은 송 군사가 있는 정문으로 가셔야 합니다. 그곳에서 승리하느냐 패하느냐에 따라 본맹의 운명이 결정될 것입니다."

"알겠소. 그럼 장로들께서는 흩어져 있는 문인들을 규합하여 정문으로 향합시다. 참, 혹시 정문에 정 대협이 가 있습니까?"

"글쎄요. 이곳에 올 때까지 보지 못했습니다."

"그렇습니까? 여하튼, 우리는 이만 가지요. 현원덕호가 우리를 무척 기다리고 있을 것 같군요."

"아미타불……."

"아마도 그렇겠지요. 무량수불……."

독고 맹주의 말에 담현 방장을 비롯한 영수들의 얼굴엔 그늘이 짙게 드리어졌다. 이미 기선 싸움에서 패한 것이나 진배없었기 때문이다. 하지만 오늘이 마지막이라고 해도 무림의 안녕을 위해 최선을 다하리라 다짐에 또 다짐을 했다. 지금으로서는 최선을 다하는 것밖에 할 수 있는 일이 없었고, 그 다음은 부처님이나 허황도군 및 하늘의 뜻에 맡길 수밖에 없었다.

*   *   *

　조영우가 후문에서 성공해서 그런지, 곽현지는 정문을 여는 데 한결 수월할 수 있었다. 비록 정해진 시간보다 늦은 시간까지 청랑군의 공격이 없는 것 같아 조바심을 내기는 했지만, 청랑군의 공격이 시작되자마자 위험인물들이 모두 후문으로 향하여 안전하게 성문을 열 수 있었다.
　곽현지는 성문을 열자마자 견초루에게 본진에 신호를 보내도록 했다. 더불어 혹시라도 발견될 것을 우려해, 주변을 살피는 데 최선을 다했다. 하지만 다행스럽게도 웃는 얼굴로 답 전주를 대할 때까지 아무런 일도 일어나지 않았다.
　성문을 무사히 통과한 천승뇌검전 문인들은 거침없이 연합맹을 휘젓고 다녔다. 눈에 보이는 자는 누구든 베어버렸고, 건물이 눈에 보이면 불을 놓고 지나갔다.
　천승뇌검전 문인들이 모두 눈앞에서 사라진 후, 그 뒤를 이어 현원세가의 주력이라 할 수 있는 사단인 천룡기검단과 지호패검단이 들어왔다. 또한 연합맹 주변을 경계하던 적웅철검단과 항상 가주인 현원승과 함께하며 내승전을 보호하던 현봉수검단까지 성문을 통해 연합맹으로 들어왔다. 이제 남은 인원은 현원덕호와 그의 주변을 경계하고 있는 원로원뿐이었다.
　처음 공격은 현원세가의 일방적인 우세 속에서 전개되었다. 정문이 뚫렸다는 것을 모르고 있던 연합맹으로서는 제대로 된 방어조차 하지 못하고 뒤로 밀릴 수밖에 없었는데, 다행히 송 군사가 합류하여 문인들을 다독이며 반격을 하기 시작하면서 대등한 양상을 띠게 되었다.

연합맹 문인들은 송 군사의 지시에 따라 평소 연습하던 진법에 맞추어 현원세가의 파상적인 공격에 대응하였다. 하지만 당주급 이상의 실력자들이 모두 후문으로 가 있는 상태라, 공격은 생각조차 하지 못했다.

그러나 현원세가의 공격이 시작되고 반 시진이 흐른 후부터는 독고 맹주를 비롯해서 영수들이 송 군사 진영에 합류를 하게 되었고, 사천당가에서 본격적으로 합류를 하면서부터 현원세가 역시 무작정 공격할 수 없는 힘든 싸움을 하게 되었다.

빈틈이라 생각되어 공격해 들어가면 여지없이 검과 함께 암기가 튀어나왔고, 상대 진영과 약간의 거리를 두게 되면 뒤쪽에서 공력이 실린 화살이 날아들어 많은 사상자를 내고 있었다. 그만큼 연합맹의 반격은 현원세가의 생각보다 거셌으며, 현원세가는 초반의 우세에도 불구하고 연합맹을 밀어붙이는 데 실패한 것이다.

"청운 장문인, 우측을! 오영 장문인, 좌측이 위험합니다."

"알았소, 부맹주. 하압!"

"원시천존……!"

창! 차차차차창! 차창~

"끄아아아~."

"살려줘~."

"컥! 끄으으."

"죽어라! 죽어~!"

"크하하, 피! 피다. 피야, 내 몸에서 핏물이 흐른다. 크크크~."

아비규환.

인세의 지옥이 따로 없을 정도로, 수많은 사람이 땅에 머리를 처박고서 숨을 헐떡이고 있었다. 또한 살려달라는 비명 소리가 울려 퍼졌고, 지옥의 악귀나찰처럼 피를 그리워하며 이곳저곳을 뛰어다니는 자도 있었다.

대지는 이미 핏물로 인해 붉게 변해 버렸다. 얼마나 많은 핏물이 대지를 적셨는지, 이미 피를 흠뻑 들이마신 대지는 질척거려 발을 움직이기 힘들 정도였다.

"아미타불……."

"휴~ 인세의 지옥을 보게 되는구려. 이곳이 지옥이 아니면, 어디가 지옥이겠는가? 무량수불……."

"맹주, 아직 현원덕호의 모습은 보이지 않습니까?"

"그렇습니다. 하지만 조만간 모습을 드러내겠지요. 그나저나 정 대협은 아직까지 소식이 없습니까?"

"곧 온다고 했으니, 잠시만 기다리면 올 것입니다."

"현원덕호가 오기 전에 왔으면 좋겠는데……."

"기다리게 해서 죄송합니다."

"아, 왔구먼."

운영이 도착하자, 연정 장문인의 얼굴에 화색이 돌며 제일 먼저 인사를 건넸다. 운영은 연정 장문인이 자신이 도착하기를 애타게 기다리고 있었음을 표정을 통해 알 수 있었다.

"늦게 와서 죄송합니다. 아무래도 현원덕호를 상대하려고 하니 준비해야 할 것이 생각나서요. 많이 늦지는 않았겠지요?"

"허허, 늦지 않았소. 아직 현원덕호조차 이곳에 오지 않은 것 같으니, 잠시만 기다려 봅시다."

"그럼 다행이군요."

독고 맹주의 말에 운영은 살짝 고개를 끄덕여 보인 후, 병장기가 난무하는 전장으로 시선을 돌렸다. 몇 번 보아서 면역이 된 줄 알았는데, 막상 눈앞에서 사람의 목이 떨어지고 사지가 잘려 나가는 것을 보자 역겨움이 밀려왔다.

'휴~ 아무리 살기 위해서 싸움을 한다고 하지만, 역시 사람을 해하는 것은 보기 좋은 광경이 아니구나.'

두두두두두.

"응? 이 소리는 무슨……?"

"이런, 기어코 후문이 뚫렸나 보구먼."

"아미타불……."

"이렇게 되면 본 맹이 절대적으로 불리합니다. 이 일을 어이 하면 좋다는 말인가, 아……."

운영은 갑자기 들려오는 소리가 무엇인지 짐작하지 못하다가, 담현 방장을 비롯한 사람들의 표정을 보고는 일전에 보았던 기병들이라는 것을 알 수 있었다.

"그렇다면 기병이 안으로 들어왔다는 말입니까?"

"그렇소, 정 대협. 이제 본 맹은 사방에서 적을 맞이하게 될 것 같구려."

"무량수불."

청랑군의 출현으로 인해 연합맹의 방어선이 급격하게 위축이 되었다. 그나마 궁 방주를 비롯한 영수들이 이곳저곳으로 뛰어다니며 위험한 곳을 막아주고 있기에 버틸 수 있었는데, 후방에서 기동력이 빠른 청랑군이 가세를 하자 더 이상 버틸 수 없었다.

휙! 휘이익~

펙! 퍼퍼퍼퍽! 퍼퍼억~!

"큭! 꺼어어~."

"끄억!"

"제발, 화살에 맞았다. 어서 도와줘~."

"사, 살려줘~."

"젠장! 우측! 뭐 하나, 어서 화살을 막아라~!"

"컥! 크으으으."

"케엑!"

"끄르르르~."

아무리 제갈 부맹주와 송 군사의 지략이 뛰어나다고 해도, 수적으로
나 질적으로 밀리고 있기에 손을 쓸 방법이 없었다. 그저 최대한 방어
를 하는 데 주력할 뿐이었다. 그것만이 지금 두 사람이 할 수 있는 최
선이었다.

독고 맹주나 담현 방장 등은 당장이라도 청랑군을 향해 뛰어들고 싶
었지만, 아직 현원덕호가 모습을 보이지 않고 있기에 답답한 마음은 더
해져만 갔다.

"이러다 안 되겠습니다. 더 이상 이대로 있을 수는 없습니다."

"담현 장로, 아직 현원덕호가 나타나지도 않았습니다. 괴로운 심정
은 본인도 마찬가지입니다."

"아미타불……."

"후원으로 문인들을 후퇴시키면 어떻겠습니까? 그곳은 바닥이 고르
지 못하니 이곳처럼 기병들이 자유롭게 움직이지 못하지 않겠습니까?"

"그렇군요, 연정 장로의 말이 맞습니다. 더구나 그곳은 한 방향만 지
키면 되니 사방에서 적을 상대하는 것보다는 좋을 것입니다. 당장 그

곳으로 옮기도록 해야겠습니다.”

독고 맹주는 연정 장문인의 말에 고개를 크게 끄덕여 보인 후, 문인들을 지휘하느라 정신이 없는 제갈 부맹주에게 후원으로 이동할 것을 전했다.

제갈 부맹주는 독고 맹주의 전음을 받고는 한일자로 그어졌던 이마의 주름이 활짝 펴졌다. 자신이 생각하기에도 탁월한 위치였기 때문이다. 능히 열 명이서 삼십 명 정도를 상대할 수 있는 곳이란 생각이 들자, 송 군사에게 전하고는 문인들에게 후원으로 물러나도록 지시를 내렸다.

그러나 무턱대고 후퇴를 할 수는 없었다. 한창 싸우는 도중에 적에게 등을 보인다는 것은 자살 행위나 마찬가지였기 때문이다. 뛰어난 장수는 공격할 때보다 퇴각할 때 위용을 드러낸다는 옛말이 있듯, 후퇴하는 것은 공격하는 것보다 더욱 위험 부담이 컸다. 이에 제갈 부맹주와 송 군사는 현원세가에서 눈치채지 못하도록 조금씩 뒤로 퇴각시키기 시작했으며, 그 뒤를 영수들이 방어해 주도록 했다.

현원세가에서는 연합맹이 뒤로 밀리는 것 같자, 더욱더 공격에 힘을 쓰기 시작했다. 또한 문인들 모두 자신들이 조금만 힘을 내면 이길 수 있다는 확신이 들자, 검을 휘두르는 손에 자신감이 넘쳐흘렀다.

반 시진 가까이 연합맹의 후퇴가 계속되고, 그 뒤를 따라 현원세가에서 공격을 하면서 후원까지 이르자, 접전을 주시하고 있던 곽 총관은 상황이 그리 좋지 않다는 것을 직감할 수 있었다.

“우승상께선 어떻게 보십니까?”

“흐음, 아무래도 저들의 술책에 당한 것 같군요.”

“그렇습니까? 하긴, 저도 그렇게 보았습니다. 저들이 유리한 곳을

점하고 있는 것도 좋지 않지만, 바닥이 울퉁불퉁해서 청랑군의 활용이
힘들게 되었습니다."

"아무래도 청랑군을 후방으로 빼야겠습니다. 오히려 방해만 될 것
같군요."

"예, 알겠습니다. 그럼 부탁드리겠습니다."

"허헛, 이거 참……."

염상백은 빠르게 움직여도 시원찮을 판에, 걷는 것보다 더 느리게
움직이는 청랑군의 모습을 보자 입맛이 썼다. 드넓은 초원을 질주하던
위풍당당한 모습을 찾아볼 수가 없었던 것이다. 하지만 달리고 싶어도
달릴 수 없는 조건이었기에, 염상백은 청랑군을 모두 뒤쪽으로 물러나
도록 명했다.

'화살도 쏘지 못하겠구먼.'

청랑군이 빠져나가기 시작하면서, 뒤따르던 현원세가 문인들이 득
달같이 연합맹에 달려들었다. 청랑군으로 인해 어느 정도 전선이 형성
되어 있던 것이, 한순간에 허물어지면서 서로 뒤엉키는 난전이 벌어진
것이다.

창! 차차차차창! 차차창~

"죽어! 죽어~."

"크어어어~."

"커윽! 끄으으."

차차창! 차차창~

"끄아아아~."

"으악! 팔, 내 팔~!"

후원은 금세 아수라장이 되어버렸다. 현원세가에서는 연합맹이 최

후의 발악을 하는 것이라 생각하고 더욱 몰아붙였는데, 아무리 해도 대치 국면을 벗어날 수가 없었다. 연합맹에서는 적은 인원으로 막아서고 있었지만, 워낙 지형적인 위치가 나빠 도저히 파고들어 갈 수가 없었던 것이다.

"더 이상은 힘들 것 같습니다."

"지형적으로 본 가가 불리합니다. 더구나 저들이 숲 속으로 들어가기라도 한다면, 본 가로서는 쉽게 저들의 앞을 막지 못할 것입니다."

"흐으음."

염상백은 곽 총관의 말에 고개를 끄덕였다. 아무리 숲이라고 해도 후원은 사람의 손길에 의해 가꾸어진 곳이라 사람의 손길이 전혀 닿지 않은, 일반적인 산보다는 지세가 험하지 않았지만 빽빽하게 심어져 있는 나무들은 검을 휘두르는 데 장애가 될 것이 분명했다. 비록 상대 역시 불편함을 감수해야 하겠지만, 방어하는 입장에서는 나쁘지 않은 조건이었다.

"아무래도 청랑군으로 하여금 저들이 이곳을 빠져나가지 못하게 하는 것이 급선무일 것 같습니다. 후원 뒤편은 아직 어디로 연결되는지 모르고 있습니다. 자칫 뒤편에 탈출할 수 있는 통로라도 있다면 큰일입니다."

"지금으로서는 청랑군이 따로 할 일이 없으니, 그렇게 하겠소이다."

염상백은 곽 총관의 말에 따라 청랑군을 두 조로 나누어서, 한 조는 후원 주변을 경계하도록 하고, 다른 한 조는 성 밖으로 나가서 빠져나가는 사람이 없도록 했다. 이미 후문을 돌파하면서 칸 이상의 사상자를 냈지만, 곽 총관의 부탁을 들어주지 못할 정도는 아니었기 때문이다.

그러나 의문이 드는 것은 어쩔 수 없었다. 이미 연합맹 주변을 조사한 후였기에, 정문과 후문 말고는 곽 총관이 우려하는 다른 문이 없다는 것을 알고 있었기 때문이다. 그럼에도 염상백은 혹시라도 한인들의 성격상 눈에 보이지 않는 탈출로가 있을지 모른다는 생각에 아무말 없이 따랐다.

"아직도 정리하지 못했던가, 곽 총관?"

휘이이익.

"아, 태상가주님을 뵈옵니다."

"어서 오십시오, 태상가주님."

"허허, 우승상도 그동안 잘 있었는가?"

"아~."

곽 총관과 염상백은 갑자기 뒤에서 들려온 목소리에 깜짝 놀랐다. 아침에 가주 현원승으로부터 현원덕호가 전투에 참가하지 않을지도 모른다는 말을 들었기 때문이다. 이번 싸움은 현원세가와 연합맹과의 싸움으로, 현 가주인 현원승이 이끌도록 현원덕호가 배려를 해준 것이었다.

하지만 지금 곽 총관과 염상백의 눈앞엔 붉은 용이 하늘로 승천하는 모습이 생생하게 수놓아진 금의를 입고 있는 현원덕호가 자리하고 있었고, 그 뒤로 원로원주인 천원검(天元劍) 현원상엽(玄遠翔燁)과 함께 원로들이 서 있었다.

원로원의 원로들이라고 해보았자 현원상엽을 포함해서 네 명밖에 되지 않았지만, 모두 백 세에 이르는 고령자로 일파의 장문인들보다 한 배분 이상 높았다. 더구나 얼핏 보면 모두 중년인으로 착각할 정도로 홍안을 지니고 있었지만, 아쉽게도 모두 백발을 하고 있었다. 보는 사람의 시각에 따라 사람을 평가하는 것이 다르겠지만, 곽 총관과 염상백의 눈엔 원로들 모두 지상계의 신선들로 보일 정도로 신비감을 자아내고 있었다.

"아버님, 오셨습니까?"

"그래, 이제는 시작을 해야 하지 않겠느냐?"

"……."

"너도 이미 짐작하고 있겠지만, 오늘이 마지막이 될 것이다."

"그렇다면……."

현원승은 현원덕호의 말에 놀랍다는 표정을 지어 보이기보다는, 이미 그럴 줄 알았다는 듯 고개를 살짝 끄덕여 보였다. 하지만 아직 상황을 정확하게 파악하지 못한 곽 총관과 염상백은 의문이 가득한 눈으로 현원덕호와 현원승의 얼굴을 쳐다보았다.

"그래, 이제 강호엔 더 이상 미련이 없구나."

"아~."

"태, 태상가주님?"

"곽 총관, 그리고 우승상. 앞으로도 자네들이 가주를 잘 보필해 주길 바란다. 오늘 일이 어찌 되었든, 본좌는 오늘 이후로 강호를 떠날 생각이다."

"어찌 그런……?"

곽 총관과 염상백은 갑작스러운 현원덕호의 말에 깜짝 놀라 아무런 말도 하지 못했다. 그저 멍한 표정으로 현원덕호의 얼굴만 바라볼 뿐이었다.

"승아……."

"…예, 아버님."

“나는 오늘 나만의 싸움을 할 것이다. 그러니 너도 너만의 싸움을
하거라.”

“흐으음. 그것이 아버님께서 원하시는 것이라면, 소자는 그 뜻에 따
르겠습니다.”

“알았다. 그럼 이 아비는 편안한 마음으로 떠날 수 있겠구나. 허허
허~.”

현원덕호는 현원숭의 대답이 마음에 들었다. 한 치의 망설임도 보이
지 않는 현원숭의 모습에서, 이제 더 이상 자신의 배경이 필요하지 않
음을 느낄 수 있었던 것이다.

‘이제 정말 나만의 싸움을 할 수 있겠구나. 아…….’

제8장

하, 하지만 왜? 왜 마지막에……?

 ## 하, 하지만 왜? 왜 마지막에……?

현원덕호의 등장.

비록 기다리고 있던 인물의 등장이지만, 연합맹으로서는 곤혹스럽기 그지없었다. 더구나 사기가 막 오르려 하는 시점이라, 그의 등장을 바라보는 제갈 부맹주 등은 자연히 이마에 주름이 깊게 패일 수밖에 없었다.

"드디어 현원덕호가 모습을 드러냈구먼."

"아미타불."

"흐으음."

'오늘은 기필코 이기겠다.'

현원덕호가 전장에 모습을 드러내자, 운영은 무슨 일이 있어도 이겨야겠다는 생각이 들었다. 아니, 스스로에 대한 다짐이었다. 비록 이번 싸움에 현원덕호와 동귀어진을 하더라도, 추후 무림의 미래를 위해선 제거해야만 했기 때문이다.

"허허, 그리고 보니 정말 반가운 얼굴을 보게 되는군. 잘 있었는가?"

"당신은 잘 지냈는지 모르지만, 본인은 그리 잘 지낸 편이 아니오."

"그런가? 흐음! 하지만 자네와는 잠시 뒤에 이야기를 했으면 좋겠군. 자네보다 저들에게 물어보고 싶은 것이 있어서 말일세."

"……?"

현원덕호는 자신을 주시하고 있는 눈빛이 있다는 것을 어렵지 않게 읽을 수 있었다. 그에 누가 자신을 주목하는지 알기 위해 주변을 훑어보았는데, 그곳에는 자신이 만나고 싶었던 운영이 서 있었다. 그에 현원덕호는 운영을 향해 반가운 사람을 보듯 만면에 활짝 미소를 지어 보였다가, 이내 자신을 주시하고 있는 다른 세 명의 얼굴을 보자 차갑게 변했다.

"자네가 독고신검의 자제인가?"

"그렇소, 현원 선배. 본인의 아버님이 독고신검이시오."

"허허, 이름이 어떻게 되는가?"

"흠, 강호에선 본인을 검마왕이라 부르고 있소."

"훗! 이름이 어떻게 되냐고 물어보았네."

"…독고후요, 현원 선배."

독고 맹주는 현원덕호의 말에 인상을 찡그렸으나 이내 아버지와 연을 맺고 있다는 생각에 이름을 가르쳐 주었다.

"독고후라? 이름이 아주 거창하구먼. 독고신검이 너무 과분한 이름을 지어준 것 같군."

"홍! 지금까지 아버님께서 지어주신 이름에 누가 될 정도로 살지 않았소."

"허허, 그런가……? 자네는 그렇게 생각하는군. 독고신검이 아들을 잘못 가르쳤구먼."

"무엇을 근거로 그런 말을 하는지 모르겠소. 오히려 당신에게 그런 말을 들으니, 조금 전 선배란 말을 괜히 했다는 생각이 드는구려."

독고 맹주는 현원덕호의 말에 미간을 찡그리며 천천히 앞으로 걸음을 옮겼다. 혈겁의 원흉을 대함에 있어서 당당함을 보이기 위한 행동이었다.

"훗, 그래도 강단은 있구먼."

"끄으으흠."

"자네가 담현인가? 그러면 자네는 연정이겠군."

"그렇소. 아미타불."

"당신의 입에서 본인의 도명을 들으니 거북하구려. 무량수불……."

"이거 참. 어찌 혜정 대사와 삼풍 진인 같은 인물에게서 자네들과 같은 소인배가 배출되었는지 모르겠군. 정말 자네들이 혜정 대사와 삼풍 진인의 진전을 이은 것이 맞는가……?"

"아미타불, 어찌 그런 망언을……!"

"흐음, 무량수불……."

담현 방장과 연정 장문인은 현원덕호의 말에 가슴이 철렁 내려앉는 심정이 되어 자신들도 의식하지 못한 채 운영을 쳐다보았다. 하지만 운영은 자신을 쳐다보는 담현 방장과 연정 장문인의 시선이 지니는 의미를 알 수가 없었다.

"훗, 그래도 한 가닥 양심은 있구먼. 본인이 비록 무림에 뜻을 두어 이 자리에 서게 되었지만, 그것은 무림인으로서 지니는 포부라 할 수 있다. 하지만 그것은 무림에 적을 두고 있는 자라면 누구나 한 번쯤 생각해 보는 야망일 것이다. 또한! 본좌는 비록 수많은 목숨을 담보로 이 자리에 섰지만, 너희는 과연 스스로가 그 자리에 서 있을 자격이 되는지 묻고 싶구나.”

“허헛, 정말 말은 청산유수로구려. 정말 당신이 우리 앞에 당당하게 서 있을 자격이 된다고 생각하시오? 지나가던 새가 다 웃겠구려.”

“…….”

“당신은 옛날 일이 기억나지 않는단 말이오? 당신의 암계로 인해 천마 혁무량 선배는 친했던 친우들로부터 배신을 당해야만 했고, 본인의 부친께선 정파와 등을 돌리는 상황이 되었소. 아시겠소? 당신의 그 잘난 야망으로 인해 수십 년간 정파와 패왕성은 치열하게 싸워야만 했고, 그 과정에서 죽은 사람들이 너무도 많아 헤아릴 수조차 없소. 더구나 당신은 스스로 죽음을 위장해서 무림의 눈을 속였고, 그와 더불어 현원세가가 무림을 혈겁으로 몰고 갈 힘을 키웠소. 흥! 더구나 당신은 무림에 존재해서는 안 될 광천뢰를 만들기까지 했는데, 과연 그런 당신이 우리보고 자격을 논할 수 있겠소……?”

독고 맹주는 현원덕호를 향해 자신의 속내를 거침없이 꺼내놓았다. 하지만 정작 듣고 있는 현원덕호는 독고 맹주의 말을 들으면서도 표정 하나 변하지 않았다.

“후후, 자네의 말을 들으니 몇 마디 설명을 해야겠구먼. 독고신검이 자식 교육을 함에 있어서 편협하게 가르쳤군.”

“뭐라?”

“훗, 그런 얼굴 할 필요 없다. 독고신검이 본좌의 앞에 있어도 그런 말을 들었을 것이다.”

“끄으으음.”

　"자네가 말한 것들에 관해 약간의 설명을 해주겠다. 우선 혁무량에 관한 일부터 시작하지. 자네는 본좌가 혁무량을 배신했다고 했는데, 그것은 일면 맞는 말이라고 할 수 있다. 우정을 배신했으니, 친우라 할 수도 없겠지. 그러나 자네는 혁무량이 마교의 교주라는 것을 알면서도 친우란 이유만으로 모른 척할 수 있다고 생각하는가? 아마 당시 누구라도 혁무량의 감춰진 비밀을 알았다면 본좌와 같은 생각을 했을 것이다. 물론, 그 과정에서 본좌의 암수가 있기는 했었다. 당시엔 본좌에 의해 본 가의 위명을 크게 떨칠 때였지만, 본좌는 그 성세가 얼마 가지 않을 것임을 알고 있었기에 행한 일이었다. 사실 원나라가 망한 후, 본좌의 생각은 적중했다. 그 예로, 감히 본좌의 앞에서 고개조차 들지 못하던 버러지들이 본 가를 멸문시키겠다고 떼로 몰려들었으니. 안 그런가, 담현……?"

　"아미타불……."

　"그에 본좌는 본인의 죽음의 대가로 멸문이 아닌 봉문을 얻어낼 수 있었다. 마음 같아서는 당장에 쓸어버리고 싶었지만, 당시엔 본좌 역시 무림의 일원이란 생각에 참고 또 참았었다. 하지만 막상 죽으려고 생각하니 위대한 성길사한의 직계 후예로서 치욕스럽더군. 스스로 자결을 하는 것도 아니고, 한인들의 억압에 의해서 죽어야 한다는 것은 참을 수 없는 일이지. 본좌의 말뜻을 연정 자네는 알겠나……?"

　"흐음, 무량수불……."

　"후후, 당시 본좌는 무림에 뜻을 두었던 것에 대해 회의가 들었고, 그러자 무림이란 곳을 본좌의 손으로 깨끗이 정화시키고 싶은 마음이 생겼다. 그래서 죽음을 위장했고, 봉문을 한 상태로 힘을 키우도록 했다."

　"흥! 그렇다고 광천뢰를 만든 것은 당신이 죽어도 용서받을 수 없을 것이오. 아니, 당신의 삶과 야망을 대변해 주는 것이 광천뢰겠군. 그렇지 않소?"

"후훗, 자네는 아직 광천뢰가 어디서 나온 것인지 모르는군."

"무슨……?"

"광천뢰의 제작 방법을 비롯해 삼십 개의 완성품을 본좌가 어디서 얻었는지 아는가? 바로 정파에서 얻었네. 자네도 알겠지? 자네들도 광천뢰를 사용했으니, 그 출처를 알 것이 아닌가?"

"그, 그럼 청성파에서……?"

담현 방장과 연정 장문인은 현원덕호의 말에 깜짝 놀라며 서로의 얼굴을 바라보았다.

마교의 공격을 막는 과정에서 출현한 광천뢰.

처음 사용된 곳은 바로 청성파였다. 더불어 회남으로 퇴각할 때 광천뢰가 들어 있는 상자 세 개를 가지고 왔는데, 그 안에는 무려 서른 개에 이르는 광천뢰가 들어 있었다.

"잘 알고 있군. 사실 광천뢰의 제작 비법은 청성파에서 획득할 수 있었지만, 실물은 원나라 황실에서 얻었지. 당시 청성파에선 광천뢰를 극비리에 만들고 있더군. 알겠나? 광천뢰가 어떻게 본 가에 들어오게 되었는지……?"

"아, 그런 일이……."

"무량수불……."

담현 방장과 연정 장문인은 자신들의 우려가 현원덕호의 입을 통해 현실이 되어버리자 망연자실할 수밖에 없었다.

"나름대로 당신의 야망에 명분과 정당성을 부여하는 것에는 이의를 제기하지 않겠소. 어차피 모든 것은 승자의 몫이니까. 하지만 본인은 이해할 수 없소. 방금 당신은 광천뢰 서른 개를 원나라 황실에서 얻었다고 했소. 그럼 원나라 역시 광천뢰의 제작 비법을 알고 있었던 것이 아니오?"

"훗! 나름대로 예리한 질문이다만, 아쉽게도 원나라엔 광천뢰 제작 비법이 전해지지 않았다. 다만 청성파에서 만들어놓은 것을 힘으로 빼앗았던 것이지. 알겠나?"

"그런데 어떻게 당신 손에……?"

"정말 본좌의 말을 어디로 듣는 것인지 모르겠군. 조금 전 본좌의 입으로 성길사한의 직계 후손이라고 했을 텐데? 그것을 듣지 못했던가?"

"뭐, 뭐라? 그럼 당신이 원 황실과 관계가 있다는 말이오……?"

"무, 무량수불……."

독고 맹주의 놀람에 담현 방장과 연정 장문인 등도 덩달아 놀란 눈으로 현원덕호를 쳐다보았다.

"그렇다. 본좌는 성길사한(成吉思汗) 철목진님의 손자이고, 태종(太宗) 오고타이의 셋째 아들이며, 정종(定宗) 구유크사가 본좌의 형님 되신다."

"그럼 당신이……."

"정말 현원세가가 원 황실의 앞잡이였구나……."

"글쎄… 본좌가 원 황실에서 나온 후 인연을 끊었으니, 관계가 있다고 하기는 그렇군. 더구나 지금은 너무도 많은 세월이 흐른 후이니……."

"아미타불……."

"호으으음."

현원덕호의 말에 독고 맹주를 비롯한 영수들은 너무도 놀라 입이 다물어지지 않았다. 너무도 엄청난 사실이었기 때문이다. 하지만 스스로 원 황실과 인연을 끊었다고 했으니, 그것을 인정할 수밖에 없었다. 사실 현원덕호의 신분이 너무도 엄청났다. 원나라를 계승했다고 하는 타타르 국이나 오이라트 국의 황제조차 몇 대 후손이었기 때문이다.

"하하하, 좋군. 정말 좋아! 그럼 이제 본좌의 재미없는 이야기는 끝내고, 이제 자네들의 해명을 들어볼까?"

"……?"

"자네들이 청성파에서 광천뢰를 얻었음을 잘 알고 있다. 본좌 역시 두 번이나 암수에 걸려 사경을 헤맸을 정도니까. 그런데 첫 번째는 회남에서 도망치는 과정에서 일어난 일이니 이해할 수 있다. 급박한 상황이니, 본좌라 하더라도 그런 상황에선 광천뢰를 사용했을 것이다. 하지만 두 번째! 과연 자네들은 두 번째 사용한 것에 대해서는 어떻게 설명해 줄 것인가? 본인을 상대함에 있어서 암수를 쓸 수도 있다. 그러나 무엇 때문에 무림을 떠날 결심을 한 사람까지 암수로 이용했어야 했는가?"

"자, 잠깐만! 지, 지금 뭐라고 했소……?"

운영은 현원덕호의 설명을 차분하게 듣고 있다가, 갑자기 이상한 말이 튀어나오자 얼른 대화 속에 끼어들었다. 왠지 느낌이 좋지 않았던 것이다.

"응? 무엇을 말인가?"

"방금 한 말… 아니, 마지막에 거론한 인물이 누구요? 혹사 임 자에 호열이란 이름을 쓰는 분이 아니오?"

"으응? 자네가 임 대인을 알고 있던가?"

현원덕호는 운영의 입에서 호열이 언급되자, 예상 밖이라는 듯 쳐다보았다.

"당연히 형님의 하나밖에 없는 의동생인데 모를 리가 있겠소?"

"자네가 임 대인의 의동생이라고?"

"그렇소. 당신이 광천뢰로 죽였다고 알려진 분이 바로 내 형님이시오."

"본좌가 죽여? 허허, 이거 참. 여하튼 자네가 임 대인의 의동생이라는 것은 놀라운 일이군. 이곳에서 그와 인연이 있는 사람을 만나게 되다니 반갑네. 하지만 자네가 잘못 알고 있는 것이 있는 것 같구먼."

"잘못 알고 있다니? 그것이 무엇이오?"

"분명히 말하지만, 본좌는 그를 죽이지 않았다. 오히려 자네가 믿고 있는 자들의 암수에 걸려 만장단애 밑으로 떨어지고 말았지. 무슨 말인지 알겠는가? 일전에 본좌가 죽인 녹림삼천이라고 하던가? 그들 중 본좌의 손에서 살아남은 한 명이 그곳에 수하들과 함께 나타났더군. 광천뢰를 지니고서 말이야. 그렇군. 아마도 저들이 자네에게 거짓을 알려준 모양이군. 후후, 이제야 알겠는가?"

"뭐, 뭐라고? 지금 그 말이 사실이오?"

"아, 아미타불……."

"무량수불……."

현원덕호의 입에서 우려했던 말이 튀어나오자, 담현 방장과 연정 장문인의 입에선 침음이 새어나왔다. 하지만 모두 사실이기에 반론을 제기할 수도 없었다.

"연정 장문인, 담현 방장. 정말 저자의 말이 사실입니까? 정말 제게 거짓을 알려준 것입니까?"

"아미타불."

"미안하네, 흐으음."

"어찌 그런 말도 안 되는 일을……."

운영은 기가 막혔다. 아니, 너무도 놀라운 사실이라 말도 제대로 이어지지 않았다. 그저 두 사람을 향해 눈을 부릅뜨는 것 말고는 할 수 있는 것이 없었다.

"훗, 아무래도 이유를 설명해 달라고 해도, 제대로 된 답변을 들을 수 없겠군."

"흥! 이것을 노린 것인가? 이제는 이간질을 하려고 별 짓을 다 꾸미는구나."

"허허허. 역시 독고신검이 자식을 잘못 가르쳤군."

"이이익!"

"자네들과 더 이상 대화를 할 이유가 없어졌군. 자, 그럼 이제 본좌를 위해 준비된 것이 있으면 꺼내놓도록 하게. 더 이상 자네들과 노닥거릴 흥미가 없으니, 저들을 위해 시간을 줄이는 것이 좋겠지. 안 그런가?"

현원덕호는 아직까지 혼신의 힘을 다해 공방전을 벌이고 있는 문인들을 둘러보며, 독고 맹주와 담현 방장 등에게 고갯짓으로 가리켰다. 사람들의 허무한 희생을 줄이는 길은 수뇌들의 빠른 격돌임을 행동으로 알려준 것이다.

"좋소. 우리가 이곳에 뼈를 묻는다고 해도, 당신만은 필히 함께 데리고 갈 것이오."

"무량수불……."

"우리도 함께하겠소."

"여기도 있소이다."

어느새 독고 맹주 곁에 호영검 장문인과 진유정, 그리고 남궁 가주가 자리를 같이하고 있었다.

"악적! 그렇지 않아도 기다렸다! 받아라~!"

"이압, 고혼일검(孤魂一劍)!"

"탈명연환삼선검(奪命連環三仙劍)~!"

이미 검에 피를 묻힌 세 명은 다른 사람들이 움직이기도 전에 현원덕호를 향해 쇄도해 들어갔다.

"홋, 너희는 우리가 처리하겠다."

"하아앗!"

창! 차차창! 차창~!

원로원주 현원상엽을 비롯해 현원덕호 뒤에 서 있던 원로들이 현원덕호 앞을 가로막으며 남궁 가주 등의 공격을 막았다.

"이잇! 죽어라~!"

"어림없다! 허어헛!"

차창! 차차차창~!

세 명과 네 명의 대결.

현원세가에선 원로원주 현원상엽이 주축으로 공격을 하고 있었고, 연합맹에선 세 사람이 동시에 공수를 번갈아가면서 상대를 압박해 나갔다.

"그럼 이제 우리도 움직여 볼까나……?"

"좋소. 빈승이 비록 마지막에 부처님을 뵐 수조차 없는 잘못을 저질렀다고 해도, 구천지옥엔 당신과 함께 갈 것이오."

"허황도군의 자비가 함께하길, 무량수불…….."

"흐으음……."

"허허, 자비라… 누가 먼저 올 것인가? 연정, 자네가 먼저 오겠는가? 삼풍 진인의 진전을 제대로 이었다면 괜찮겠지. 아니면 독고후……?

허허, 셋이서 한꺼번에 덤벼도 상관없고. 자네들 마음대로 하게.”

현원덕호는 일부러 운영의 귀에 들어갈 정도로 목소리를 크게 냈다. 일부러 운영을 포함시키지 않음으로 해서 싸움에 끼고 싶으면 끼고, 그렇지 않으면 상관하지 않겠다는 내심을 드러낸 것이다.

운영은 현원덕호의 말에 정신이 하나도 없었다. 아니, 대답조차 할 수 없을 정도로 혼란스러웠다. 자신이 정(正)이라 믿고 있던 사람들이 배신을 했다는 생각에, 모든 것이 뒤죽박죽이 된 것처럼 얽혀 있는 것 같았다.

‘무엇이 정이고, 무엇이 사인가? 암계가 난무하는 무림, 그 무림에서 살아남기 위해서는 정이란 한낱 꿈에 불과하다는 말인가? 그렇다면 정도를 자처하는 자들이 저들과 다를 것이 무엇인가? 아……’

독고 맹주나 송 군사와 같은 사람들이 그런 일을 벌였다면 있을 수 있는 일이라 생각할 수도 있었다. 그러나 운영은 담현 방장과 연정 장문인을 비롯한 영수들 모두가 암묵적인 동의에 의해 행한 일임을 느낄 수 있었다. 충격이었다. 자신이 믿고 있던 모든 것이 한순간 거품처럼 사라진 것 같았다.

담현 방장과 연정 장문인은 운영의 심리 상태를 알 수 있었다. 자신들이 아무리 변명을 해도 지금으로서는 소용이 없다는 것을 느끼고는, 이내 자신들만의 힘으로 현원덕호를 상대할 수밖에 없음을 직감했다.

“빈승이 먼저……”

“무슨 소리요, 담현 장로. 처음 계획대로 합시다. 하앗~!”

“흐흠, 아미타불……”

“휴~ 무량수불.”

독고 맹주가 먼저 출수를 함에 따라, 담현 방장과 연정 장문인이 그 뒤를 따르며 현원덕호를 향해 신형을 날렸다. 일견 시간 차이를 두고 신형을 날리게 되었지만, 서로 다른 방위를 점하면서 움직였기에 품(品)자 형의 진세가 형성이 되었다.

현원덕호는 세 명이 자신에게 쇄도하자, 그럴 줄 알았다는 듯 입가에 미소를 띠었지만 뒷짐을 진 상태로 아무런 움직임을 보이지 않았다.

"하앗! 패혈무극도(覇血無極刀), 쾌(快)~!"

"아미타불, 구련조화인(九蓮造化印)!"

"현허칠성검법(玄虛七星劍法)!"

"훗, 좋구나!"

창! 차차차창! 차창~!

현원덕호는 정면으로 쇄도해 들어오는 독고 맹주를 향해 창룡십팔검을 시전하며 마주쳤다. 그러자 좌우에서 쇄도해 들어오던 담현 방장과 연정 장문인의 공격이 자연적으로 무위로 돌아갔다.

"크윽! 변(變)! 환(幻)~!"

차창! 차차창~!

생각지 않게 현원덕호와 정면으로 맞서게 된 독고 맹주는 순간적으로 주춤거릴 수밖에 없었는데, 그 공백이 아무리 짧은 촌각의 시간이라고 해도 노련한 현원덕호의 검이 파고들 수 있는 공간이 생길 수밖에 없었다.

그에 독고 맹주는 쇄도해 들어갈 때보다 더욱 빠르게 뒤로 물러나게 되었으며, 현원덕호는 뒤로 물러나는 독고 맹주를 그대로 두고 뒤에서 덮치는 담현 방장과 연정 장문인을 향해 마주해 갔다.

"보리옥룡인(菩提玉龍印)! 관음청강수(觀音靑剛手)~!"

"태청풍뢰검(太淸風雷劍)!"

콰우우우웅~

　담현 방장과 연정 장문인이 자신의 독문내공이라 할 수 있는 대승반야선공(大乘般若禪功)과 태극신공(太極神功)을 발휘하면서, 대지가 요동치듯 광음을 만들어냈다.

　"훗! 뇌전팔검(雷電八劍)～!"

　창!

　현원덕호는 담현 방장의 보리옥룡인이 앞가슴까지 파고들어 오자 몸을 좌측으로 빠르게 회전시키면서 피한 후, 연정 장문인의 검을 담현 방장에게 튕겨냈다. 이에 깜짝 놀란 연정 장문인은 검의 방향을 바꾸기 위해 칠성둔형(七星遁形)을 시전해 우측으로 회피를 한 후, 현원덕호의 배후에서 검을 찔러 넣었다.

　"헛! 현허칠성검(玄虛七星劍)!"

　"항마복호장(降魔伏虎掌)～!"

　"본좌를 상대하려면 좀 더 그럴듯한 것을 보여주어야 할 것이다. 하앗!"

　연정 장문인의 검이 뒤쪽에서 오자, 현원덕호는 한껏 웃으며 정면에서 마주쳐 오는 담현 방장의 장공을 마주해 갔다.

　꽝!

　"흐흑!"

　"여기도 있다! 풍(風)～!"

　"독고신검이 펼친다면 봐줄 정도겠지만, 자네가 시전하는 패혈무극도법(覇血無極刀法)을 보니 제대로 된 위력이 아니구먼. 정말 형편없지 않은가."

　"이익!"

　독고신검은 현원덕호의 비아냥거림에 얼굴이 시뻘겋게 변했다. 그렇지 않아도 독고신검에게 자신의 무공이 기대치에 미치지 못한다는 소리를 여러 번 들었었기 때문이다.

사실 패혈무극도법의 극치는 전 육초식이 아니라 후반 삼초식이었다. 하지만 독고 맹주의 화후는 후반 일초식인 극(極)에 머물러 있었다. 그러나 독고신검 역시 자신이 창안한 무공이라고 해도 후반 삼초식 중 마지막 초식인 심(心)의 경지에는 이르지 못하고 있었기에, 독고 맹주의 화후가 낮다고 볼 수는 없었다. 최소한 삼성이마가 강호에 나타나지 않았다면, 독고 맹주와 자웅을 겨루었을 고수라고 해보았자 마교 교주인 천마호령(天魔昊鈴) 매천호(梅闡豪)와 대종사 천마일검(天魔一劍) 매화연(梅撵璉), 그리고 새로운 신성 유운검선 정운영뿐이었기 때문이다.

"그렇게 자신있다면 피하지만 말고 이것도 받아보아라. 폭(暴), 강(罡)~!"

독고 맹주의 검에서 시퍼런 불꽃이 피어오르기 시작하더니, 이내 세 자가 넘는 강기를 형성하였다. 하지만 거기서 끝난 것이 아니라, 독고 맹주의 검이 현원덕호를 향해 서서히 움직이기 시작했다.

독고 맹주의 검은 현원덕호가 움직일 수 있는 일정한 공간을 점하며 쇄도해 들어갔는데, 무서운 강기 폭풍을 동반하고 있어 그 위력이 대단해 보였다.

하지만 이러한 것을 지켜보고 있던 현원덕호의 눈빛에 희미한 미소가 자리를 잡았을 때, 이미 독고 맹주의 공격은 주변에 뿌연 먼지구름을 만들고서 자취를 감추어 버렸다.

꽈아아앙~

"크으으윽!"

"하아앗!"

“여기도 있다. 흐아압~!”

슈아아앙~

독고 맹주의 공격이 무위로 돌아가고, 또한 현원덕호에게 아무런 피해도 주지 못하자 담현 방장과 연정 장문인의 가슴은 답답하기 그지없었다. 그에 더 이상 단독으로 상대를 공격하는 연수가 아닌, 정말 세 명이 합심하여 합공을 하는 방식으로 공격을 변화시키기 시작했다. 또한 공력이 현격히 차이가 나므로, 초식에서 우위를 점하고자 접근전을 시도했다.

창! 차차창! 차창~!

꽈르르르르릉~

순식간에 세 명에게 둘러싸인 현원덕호는 사방에서 쇄도해 들어오는 공격을 일일이 막아갔다. 피하는 방법도 있었지만, 현원덕호는 일부러 그렇게 하지 않았다. 어찌 보면 세 명을 무시하는 것으로 비추어질 수 있었지만, 오히려 세 명은 이러한 현원덕호의 모습이 자신들이 넘을 수 없는 벽으로 인식이 되었다.

순식간에 백여 초에 이르는 공격이 있었고, 또한 방어가 있었다. 하지만 세 명은 자신들이 아무리 공격을 해도 현원덕호의 옷깃 하나도 건드리지 못함을 절실하게 느꼈고, 그에 최후의 방법을 시도할 수밖에 없음을 깨달았다.

“아미타불, 자비롭고 관대하신 석가세존이시여! 이 못난 육신에 자비의 손길을 내려주시길, 대승반야선공(大乘般若禪功)~!”

“패혈무극도법, 극~!”

“태극의 힘은 무한할지니, 태극일원검강(太極一元劍罡)~!”

세 명은 자신의 최고 무공을 동시에 시전하기 시작했는데, 특히 독고 맹주는 완벽하게 깨닫지 못한 상태에서 극성으로 펼치면 혈맥이 파열될 수도 있는 패혈천왕공(覇血天王功)을 시전했다.

세 명이 자신의 최고 무공을 시전하자, 현원덕호도 더 이상 받아만 줄 수 없다는 생각에 천룡패혈강(天龍覇血罡)을 시전하여 몸을 보호한 후 승천용혈검에 현원세가 최고의 무공인 천승검강(天乘劍罡)을 주입했다.

쾅! 콰아앙~! 쾅쾅! 콰르르르르, 콰앙~!

"크어억~!"

"컥! 아, 아미타… 부울……."

"흐억! 끄으으으~."

"흐으음."

휘이이이잉~

"아~."

네 명의 격돌을 처음부터 끝까지 지켜본 운영의 입에서 안타까움이 담긴 탄성이 흘러나왔다. 자신의 마음을 정리하지 못해 벌어진 일이라 생각되었기 때문이다.

공전절후의 격돌이 있고 난 후, 오연히 서 있는 사람은 현원덕호뿐이었다. 독고 맹주는 왼팔과 왼쪽 다리가 깨끗하게 절단이 되었고, 담현 방장은 두 다리가 모두 잘려 나갔다. 그나마 연정 장문인만이 사지가 멀쩡했는데, 회복할 수 없을 정도의 큰 내상을 입었는지 입에선 핏물이 계속해서 흘러내리고 있었다. 아마도 연정 장문인은 앞으로 공력을 잃을 가능성이 높아 보였다.

현원덕호는 주변을 훑어보았다. 이미 현원승과 말했던 대로, 주변에선 끊임없이 싸움이 이루어지고 있었다. 현원덕호 등 무림 최고수들의 격돌이 있으면 주변에선 싸움을 멈추는 것이 일반적인 일이었지만, 현원세가에선 마치 남의 일처럼 오직 연합맹과의 싸움에 열중하고 있었다.

현원덕호의 시선은 세 명에게 잠시 머무르는 듯했으나 이내 한쪽에서 자신을 주시하고 있는 운영에게 가서 멈추었다.

"자네는 어찌할 생각인가? 만약 자네가 검을 들지 않는다면, 본좌는 이 길로 강호를 떠날 생각이네."

"……."

운영은 현원덕호의 말에 약간 움찔하며 놀랍다는 표정을 지었지만, 이내 담담한 시선으로 현원덕호를 바라보았다.

"흐으음, 역시 검을 들 생각인가 보군."

"…그렇소."

운영은 현원덕호의 말에 천천히 고개를 끄덕였다. 더불어 천수검을 뽑아 현원덕호의 미간을 향해 검극을 겨누었다. 그러나 이내 무엇을 생각했는지, 운영은 검극의 방향을 하늘로 올렸다가 다시 땅으로 내려놓았다.

"……?"

"……."

"허, 아직 자네의 무공이 완성되지 않았구먼."

"……."

"그런 상태로 본좌를 상대할 수 있다고 생각하는가? 다시 한 번 생각하는 것이 좋을 것 같구먼."

현원덕호는 운영을 향해 고개를 좌우로 흔들며 안타깝다는 듯 말을 이었다. 그러나 운영은 현원덕호의 말에도 요지부동 일체의 움직임을 보이지 않았다. 그에 현원덕호는 운영이 죽음을 결심하고 있다는 것을 느끼고는, 운영을 향해 고개를 끄덕였다.

"흐으음. 정히 그렇게 결정을 내렸다면, 본좌도 자네의 결심에 합당한 대우를 해주겠네."

“……..”

“이미 자네와 본좌는 두 번의 대결을 펼쳤네. 이번이 세 번째가 되겠지. 그러나 자네는 아직 자신의 무공을 완성하지 못한 상황이고, 본좌는 예전의 무공보다 한 단계 위의 무공을 완성했네.”

“흐으음……..”

“비록 본좌는 이번 대결을 피하고 싶지만, 자네의 결심이 그러하니 피할 수 없겠지. 하지만 본좌는 자네에게 최고의 무공을 펼치겠네. 그것은 자네가 임 대인의 동생이라 예우를 해주는 것이네. 알겠는가?”

“알겠소이다. 그리고 본인을 그렇게 생각해 준다고 하니 고맙소. 하지만 당신이 형님과 어떤 인연이 있든, 그것은 당신과 형님과의 일이니 본인에 대해선 크게 신경 쓰지 않아도 될 것이오.”

“허허, 알겠네. 그렇다면 자네는 어서 준비를 하게.”

현원덕호는 운영의 말에 크게 웃어 보인 후, 운영의 말뜻을 알았다는 듯 고개를 끄덕여 보였다.

“좋소. 아직 미완의 무공이지만, 본인은 최선을 다해 펼칠 것이오. 후와아앗~!”

우우우우웅~

운영은 현원덕호를 향해 살짝 고개를 끄덕여 보인 후, 천천히 금단선공(金丹仙功)을 끌어올려 천수검에 주입하기 시작했다. 그러자 천수검에서 눈이 부실 정도의 금광이 어리기 시작하더니, 이내 운영의 신형을 서서히 감싸기 시작했다.

“흐으음……..”

‘도가의 비전을 이은 것 같구나. 하지만 저 정도의 신위를 드러낼 수 있는 무공이 도가에 있었던가……?

　현원덕호는 예전과 다른 운영의 모습에서 자신도 모르게 침음을 삼켜야만 했다. 자신이 알고 있는 도가 비전의 내공들 중 운영이 시전하는 것과 같은 위력을 지닌 심법은 없었던 것이다. 그에 현원덕호는 운영의 공격을 가볍게 여길 수 없었다.

　사실 최선을 다한다고 했지만, 그것은 어디까지나 운영에 대한 것일 뿐이고 적당한 선에서 마무리 지을 생각이었다. 하지만 이제 그렇게 될 수가 없었다. 정말 목숨을 건 한 판 승부가 되었기 때문이다.

　'허, 저것이 완벽한 상태가 아니란 말인가? 지금 느껴지는 위압감으로 볼 때 거의 적룡무적(赤龍無敵)과 대등할 것 같구먼.'

　현원덕호는 최근 깨달음을 얻은 적룡무적을 생각해 보았다.

　적룡무적은 그동안 현원덕호가 알고 있던 초식과는 차원이 다른 것이었다. 그 하나가 완벽한 무공이라 할 수 있었다.

　이미 적룡현신으로 더 이상의 무공은 없을 것이라 생각하고 있었다. 그러나 시간이 지나면서 그러한 생각이 얼마나 어리석은 것인지 깨달을 수 있었다.

　인간이 만들어낸 무공은 한계가 있었다. 대자연의 조화와는 비교조차 할 수 없었던 것이다. 인간이 아무리 강하다고 해도 폭풍을 만들 수는 없었고, 거대한 산이나 바다를 가를 수 없었던 것이다.

　그에 현원덕호는 적룡현신을 완성한 후 꾸준히 대자연의 숨결을 느껴보고자 했었다. 그러나 좀처럼 쉽지가 않았다. 그러던 차에 호열과 만나게 되었고, 그 짧은 순간 현원덕호는 대자연의 숨결을 느낄 수가 있었던 것이다.

　그래서 완성된 것이 바로 적룡무적이었다. 적룡현신이 공력의 극한을 이끌어내는 무공이었다면, 적룡무적은 대자연의 숨결을 느낀 현원덕호의 의지가 담겨져 있는 무공이라 할 수 있었다.

'흐음…… 훗, 이것도 복인가? 강호를 은퇴함에 있어서 저런 무공을 대면하게 되다니, 이 어찌 한 사람의 무인으로서 기쁜 일이 아니겠는가. 비록 승패를 떠나 오늘 인생 최대의 호사를 누리는구먼.'

현원덕호는 운영의 모습을 보면서 기쁜 표정을 지어 보였다. 비록 완전한 깨달음을 얻지 못했다고 해도, 젊은 나이에 자신이 평생 동안 이루지 못했던 것을 완성해 가고 있었던 것이다.

"그를 다시 만나서 꼭 술 한잔 같이 나누고 싶었는데, 오늘 자네와 이렇게 대면하고 보니 그런 바람이 쉽지 않음을 느낄 수 있네. 실로 자네 나이에 오를 수 없는 절대의 경지에 올라섰구먼."

"……."

현원덕호는 운영의 검세가 점점 거세지면서 본능적으로 이번 결전이 마지막일 수도 있다는 느낌을 받았다. 그에 자신도 모르게 호열의 얼굴이 떠올랐고, 현원덕호는 호열과 의례적으로 했던 인사치레의 말이 생각나자 안타까운 마음이 들었다. 호열과 정확히 약속을 한 것도 아니었는데, 무슨 이유 때문인지 현원덕호는 호열의 얼굴을 다시 한 번 볼 수 있으면 좋겠다는 생각이 들었다.

그러나 그것은 현실적으로 이루어질 수 없다는 것을 현원덕호는 잘 알고 있었다. 호열이 절벽에서 떨어졌다고 해도 죽었다고는 생각되지 않았지만, 지금이 그때는 아니었다. 만약 무섭게 성장한 운영과의 대결에서 살아남을 수 있다면 가능하겠지만.

하지만 현원덕호는 이번 싸움에서 자신이 진다는 느낌은 받지 못했다. 초고수들과의 대결에선 직접 싸우지 않고서도 느낌만으로 상대와 자신과의 차이를 느낄 수 있었다. 그 차이가 극히 미세하다고 해도, 초고수들 사이에는 보통 사람들이 이해할 수 없는 엄청난 차이가 존재하고 있었던 것이다.

따라서 아무리 운영이 금단선공을 극성으로 끌어올리고 있다 해도, 완벽하지 못한 것은 패배로 이어질 뿐이었다. 비록 금단선공이 자체적으로 대자연의 숨결과 공생하는 신공이라고 해도, 깨달음을 통한 직접적인 공생이 아닌 매개체를 통한 공생은 한계가 있었던 것이다.

현원덕호는 자신의 미간을 향해 검극을 수평으로 세우는 운영을 보면서 천천히 입을 열었다.

"허헛, 본좌의 인생에 있어서 가장 안타까운 순간이 세 번 있었는데, 자네는 그것이 무엇인지 알겠는가?"

"……."

현원덕호는 운영의 검세가 완벽해진 순간에도 일절 공력을 운기하지 않고 태연하게 말을 걸어왔다. 하지만 운영은 무리를 하면서 공력을 끌어올린 상황이라 대답을 할 수가 없었다. 다만 운영은 대결과 무관하게 행동하는 현원덕호를 보며 침음을 흘려야만 했다. 왠지 그전과는 다른, 현원덕호를 대함에 있어서 친숙한 느낌을 받았기 때문이다.

"우선 본좌가 황위를 물려받지 못했던 것이 첫 번째 안타까운 일이었지. 만약 본좌가 황위를 계승했다면, 오늘날처럼 원나라가 분열되고 한인들에 의해 북쪽으로 쫓겨나지는 않았을 것이네."

"……."

"그리고 두 번째는 본좌가 활동했던 시대에 천고의 기재를 만났다는 것이지. 천마 혁무량, 그는 본좌의 인생에 있어서 유일하게 넘고 싶은 벽이었고, 그렇기에 본좌의 꿈을 접을 수밖에 없었지."

"……."

‘천마 혁무량…….’

운영은 현원덕호의 입에서 천마 혁무량이 거론되자 미간을 살짝 찌푸렸다. 솔직히 아직 겨루어보지 않아서 알 수 없지만, 현원덕호 같은 인물이 평생의 숙적으로 생각해 왔다면 대단한 인물임에 틀림이 없었던 것이다.

“그리고…… 마지막 세 번째 안타까운 일이 무엇인지 아는가? 후훗! 바로 임 대인이네. 어쩌면 본좌의 인생에서 가장 중요한 만남이라 할 수 있는데, 본좌가 안타까운 것은 왜 임 대인을 미리 만나지 못했나 하는 것이지. 본좌가 강호에 좀 더 신경을 썼었다면, 아니지. 아마 그랬어도 임 대인을 쉽게 만나지는 못했겠지. 허허…….”

“아~.”

‘윽! 으으음.’

지금까지 아무런 표정 변화 없이 현원덕호의 설명을 듣고 있던 운영이었다. 하지만 현원덕호의 입에서 호열이 언급되자, 운영은 자신도 모르게 탄성을 토해냈다. 그에 가뜩이나 유지하는 데 힘들었던 금단선공에 무리가 가면서, 운영의 몸이 움찔거릴 정도로 살짝 흔들렸다.

하지만 현원덕호는 운영의 상태가 어찌 되었든 신경 쓰지 않고 계속해서 말을 이어나갔다. 운영으로서는 천만다행스러운 일이 아닐 수 없었다. 어찌 보면 현원덕호가 지금과 같은 순간을 노리고 있었다면, 운영에게 있어서 최악의 고비가 될 수도 있는 위험한 순간이었기 때문이다.

“그러나 후회는 하지 않는다. 본좌의 인생이 친우들의 배신과 세상을 혼탁하게 만드는 암계와 살육으로 점철되었지만, 그것을 후회할 만큼 단 한순간도 헛되이 살지 않았다. 자네나 다른 사람들이 어떻게 생각할지 알지만, 본좌에게 있어선 그것이 바로 인생이었고 목표였으며 정당한 일이었다. 비록 개인적인 욕망을 완전히 배제할 수 없다 하더라도, 본좌는 혈로를 걷는 동안 세가와 조상님들, 그리고 만고의 성웅이신 성길사한님의 가르침을 실천하려 했기 때문이다.”

“…….”

‘알겠소, 당신이 무엇을 말하고자 하는지. 아마도 당신은 나에게 말하고자 하는 것이 아닐 것이오. 그러나 아무리 당신이 스스로 옳다고 생각해도, 다른 사람들이 그것을 그르다고 하면 어쩔 수 없는 일이오. 정은 당신이 아무리 옳다고 해도, 힘을 앞세워서는 안 되는 것이오. 서로 간의 이해와 명분, 그리고 포용일 것이오.’

운영의 생각대로 현원덕호는 연합맹과 무림인들에게 스스로의 삶을 회고함으로써 현원세가의 정당성을 피력하고자 하는 마음이 컸다. 앞으로 현원세가가 활동함에 있어서 어떠한 어려움이 있더라도 긍지를 갖도록 하려는 의도가 배어 있었던 것이다.

운영은 현원덕호의 회고를 들으면서 현원덕호의 마음을 느낄 수 있었다. 어차피 무림이 힘의 논리가 지배하는 곳이라 해도, 자신의 신분이 공개된 이상 현원세가의 활동은 위축될 수밖에 없었기 때문이다. 연합맹과의 승부에서 이긴다고 해도, 그것은 어쩔 수 없는 일이었다. 최소한 명나라 황실과의 마찰은 예정되어 있었던 것이다.

하지만 운영은 현원덕호의 말에 정당성이 없다고 생각했다. 더 나아가 무림의 모든 문파 역시 현원세가와 같다는 생각이 들었다. 무림에 적을 두고 있는 문파라면, 한 번쯤 가져 봄 직한 생각이었기 때문이다. 아니, 지금도 현원세가와 같은 생각을 하는 문파들이 부지기수로 많음도 알고 있었다. 다만 그들이 현원덕호와 현원세가처럼 하지 못하는 것은, 전 무림을 상대로 자신의 뜻을 펼칠 힘이 없기 때문이었다.

"홋, 지루한가 보구먼. 그리고 기다려 준 것 고맙네. 이 나이가 되고 보니, 문득 인생이란 무엇인가에 대해서 생각을 하게 되었네. 아니지, 아무리 그렇다고 해도 자네가 있어서 이런 이야기가 술술 나올 수 있었던 것 같구먼."

"……"

"여하튼 본좌의 이야기를 들어주어서 고맙네."

"……"

"그럼 이제 시작할까?"

운영에게서 대답을 들을 수 없다는 것을 알고 있으면서도, 현원덕호는 마치 서로 대화를 주고받는 것처럼 말을 했다. 그러나 자신의 인생 중 가장 힘든 결전이 되는 싸움을 시작해야 했기에, 현원덕호는 운영을 향해 살짝 미소를 지어 보인 후 최근에 깨달은 적룡무적을 시전하기 시작했다.

콰우우우웅~

맑은 빛깔을 보이던 승천용혈검에서 조금씩 붉은 아지랑이가 피어오르더니, 이내 적룡이 꿈틀대는 것처럼 뚜렷한 강기가 생성되기 시작했다.

하나, 둘, 셋, 그리고 넷…….

승천용혈검에서 생성된 적룡의 수가 점점 늘어나더니, 이내 현원덕호의 전신을 감싸기 시작하면서 운영의 모습처럼 하나의 환을 형성하기 시작했다. 마치 금환과 적환이 서로를 으르렁거리듯 자신들의 영역을 확보하기 위해 대치하고 있는 것 같은 형국이었다.

운영은 현원덕호의 모습에서 적지 않은 위압감을 받기 시작했다. 이미 어느 정도 예상은 하고 있었지만, 금단선공을 시전한 상황에서 받는 압력의 강도에 운영은 심적으로 큰 부담을 받고 있었다.

　현원덕호의 공력이 최고조에 이르자, 서로 누가 먼저라고 할 것 없이 양손을 앞으로 쭉 뻗으며 상대를 가리켰다. 그러자 천수검과 승천용혈검이 서로를 향해 날카로운 검극을 겨눈 상태가 되었으며, 그와 더불어 가뜩이나 공력의 파동으로 요동치던 공기가 날카로운 소음을 내기 시작했다.

　끄르르르릉~

　"하핫! 신뢰격천(神雷格天)~!"

　"적룡무적~!"

　슈아아아앙~

　번쩍! 쾅, 콰앙! 콰아아아아앙~

　이미 초식의 범주를 벗어난 두 고수의 대결은 일반 무인들이 겨루는 것과는 상당히 다른 모습을 보여주고 있었다. 그저 자신의 몸을 감싸고 있는 강기를 의지해 상대에게 부딪쳐 갔던 것이다.

　"크어억! *끄으으으~*."

　"컥! 커으으~."

　찌직! 찌지지직! 찌이이잉~

　"*끄*아아, 으아아~!"

　"허헉! *흐으으으아*~!"

　현원덕호와 운영의 대결은 처음부터 대등한 상황을 보이고 있었다. 금환과 적환이 서로 상대의 허점을 찾기 위해 이리 부딪치고 저리 부딪치더니, 서서히 힘겨루기로 들어간 것이다. 한 치의 양보도 없었다. 두 개의 환이 맞닿은 곳에선 연신 번개가 치고 귀청을 찢을 듯한 천둥 소리가 요란하게 울려 퍼졌다. 하지만 서서히 두 개의 환이 하나로 변하기 시작했는데, 변하는 것이 아니라 서로의 영역이 합쳐지기 시작한 것이다.

콰지지지직~

번쩍!

쾅! 콰르르르, 콰아아아앙~!

"크아아아~."

"끄어어어억~."

금환이 적환 속으로 파고든 것인지, 아니면 적룡이 여의주를 입에 물듯 금단을 삼킨 것인지 구분이 안 될 정도로 하나의 모습을 보였다. 하지만 금환과 적환이 완전히 하나로 합쳐진 순간, 모든 사람들의 눈을 감기게 할 정도로 찬란한 백광이 순식간에 확산이 되면서 수십 개의 광천뢰가 폭발하는 굉음과 함께 두 사람의 비명 소리가 동시에 울려 퍼졌다.

이 순간만큼은 모든 사람들의 행동이 멈추어졌다. 지금까지 현원덕호의 행보와 무관하게 자신만의 싸움에 열중하고 있던 현원세가의 문인들도 검을 멈추고 백광이 솟구친 곳으로 시선을 돌렸으며, 연합맹의 문인들도 덩달아 고개가 돌려졌다.

금환과 적환이 한순간 모두 폭발해 버렸는지, 사람들의 시선이 두 사람에게 집중될 땐 이미 모습을 완전히 감춘 후였다. 다만 사람들이 확인할 수 있는 것이라고는, 두 사람이 쓰러진 곳을 중심으로 작은 회오리가 생성되다가 사라지는 광경이었다.

현원덕호와 운영은 폭발의 영향으로 인해 정신을 잃고 양쪽으로 튕겨 나갔다. 거의 십여 장을 날아가 땅바닥에 떨어진 후로 두 사람 모두 아무런 움직임이 없었다.

"아……."

약 일 다경이 흐르는 동안, 모든 사람들은 그 어떤 말이나 행동도 하지 않았다. 그저 두 사람이 움직이기를 기다리듯, 모든 시선이 두 사람에게 집중될 뿐이었다.

"큭! 끄으으으~."

"허억! 흐으으~."

마치 약속이라도 한 듯, 운영과 현원덕호가 동시에 정신을 차렸다.
두 사람은 정신을 차리자마자 일어서기 위해 안간힘을 썼으며, 그 노력
이 헛되지 않았는지 발버둥 끝에 몸을 일으켜 세울 수 있었다.

"큭! 허허, 이렇게 끝나는가……?"

"흐으으음."

"인생이, 정말 허허롭구나. 아……."

"대, 대단한 공격이었소. 현원 선… 배."

"허헉! 흐음. 자네에게 선배란 소리를 들으니 기분이 나쁘지 않구먼.
큭! 끄으으."

"하, 하지만 왜? 왜 마지막에……?"

"허허. 좀 더 오래 산 사람이 가야 하지 않겠는가. 그렇지 않은가?
커윽! 끄으으. 헉헉! 임, 임 대인을 보지 못하고 가는 것이 섭섭하구먼.
허… 흑! 끄으으~."

털썩!

"혀, 현원 선배……."

한 시대를 풍미했던 현원덕호의 죽음.

운영은 한동안 땅바닥에 쓰러져 있는 현원덕호를 바라보았다. 이제
는 영원히 일어서지 못할 현원덕호였지만, 운영의 시선엔 아직 살아 있
는 거인으로 비추어졌다.

마지막 공격.

한순간의 허점이 생명과 직결되는 공방전에서, 현원덕호는 운영을

향해 미소를 지어 보이며 공격을 거두었다. 만약 조금만 더 현원덕호가 운영을 공격했었다면, 차가운 시체가 되어 땅바닥에 쓰러진 것은 현원덕호가 아니라 운영이었다.

왜?

운영은 왜 마지막에 현원덕호가 공격을 거두었는지 이해할 수 없었지만, 당시 현원덕호의 인자한 눈빛을 잊을 수가 없었다. 평생 기억에서 지울 수 없을 정도로 선명하게 각인이 되었다.

"아버님!"

"태, 태상가주님!"

"우아~."

안타까움과 탄성이 교차되었다. 가슴 아파한 곳은 현원세가 문인들이었고, 죽음의 위기 속에서 새로운 희망을 본 사람들은 연합맹 문인들이었다.

"본 가의 모든 문인들은 들어라! 오늘 이곳에서 뼈를 묻는다는 각오로 연합맹의 주구들을 한 놈도 남김없이 주살해라! 오늘 본인은 피의 복수를 연합맹에 물을 것이다. 하아앗~!"

"연합맹 놈들을 죽여라~!"

"태상가주님의 원한을~!"

"우아아아~."

현원승의 절규와 같은 외침에, 침체될 것 같았던 현원세가의 사기가 하늘 끝까지 치솟기 시작했다. 아니, 사기가 아니라 분노의 표출이었다. 현원세가의 상징이었던 현원덕호가 죽었지만, 분명 큰 흐름의 대세는 현원세가에 넘어온 상태였기 때문이다. 가뜩이나 운영 역시 더 이상 검을 들 수 없는 상태의 중상을 입었기에, 현원세가의 승기를 뒤집을 수 없었다.

"아미타불, 모두 이곳을 벗어나시오."

"그, 그렇습니다. 제갈 부맹주, 항주로 갑시다. 항주로……."

"알겠습니다. 그렇게 하겠습니다."

담현 방장과 연장 장문인은, 현원세가의 공격이 다시 시작되자 처연한 눈빛으로 제갈 부맹주에게 퇴각을 요청했다. 이에 제갈 부맹주 역시 더 이상 버틴다는 것이 얼마나 어리석은 일인지 잘 알기에 담현 방장의 요청을 수락했다.

이미 상당수의 인원이 싸늘한 시신이 되어 땅바닥에 누워 있었다. 특히 곤륜파 운용검선(雲龍劍仙) 오영(悟瀛) 장문인과 아미파 아미화수(峨嵋化手) 혜요(惠了) 장문인, 그리고 청성파 적하검군(赤河劍君) 청운(靑雲) 장문인 및 검왕(劍王) 엽무검(葉武劍)이 불귀의 객이 된 지 오래되었다. 또한 하북팽가의 가주 패도(覇刀) 팽덕호(彭惠鳳)가 죽었으며, 현원세가의 원로들과 겨루었던 매화검선(梅花劍仙) 호영검(弧榮劍)과 제왕검(帝王劍) 남궁무연(南宮武鍊)은 팔을 잃어 다시는 검을 쥘 수 없게 되었다.

더불어 추환쌍검(錐幻雙劍)이라 불리던 추성일검(錐星一劍) 반부형(潘阜亨)과 환시종검(幻屍終劍) 반우해(潘佑海) 역시 고혼이 되었고, 패도마군(覇刀魔君) 진유정(秦柳霆)과 적혈마검(赤血魔劍) 독고성준(獨孤聖雋)은 심각한 내상을 입어 운신이 불편한 상태였다.

비록 현원세가의 고수들 역시 대부분 연합맹과 같은 처지였으나 연합맹을 공격하기에는 충분하였다. 그리고 아직 현원세가의 가주인 현원승이 팔팔하게 살아 있다는 것은, 현원세가에 큰 힘이 되었다. 문인들에게 심적인 안정을 주었고, 명령 체계도 아직 건재했다.

제 9 장

대자연과의 공생

◆제9장 대자연과의 공생

　현원덕호가 죽은 후, 더욱 거세진 현원세가의 공격에 연합맹은 더이상 버티지 못하고 퇴각을 하였다. 무림인들의 생각으로 쉽게 이해가 가지 않는 일이었지만, 연합맹이 퇴각한 것은 사실이었다. 아니, 퇴각이 아니라 거의 목숨을 건 탈출이라 할 수 있을 정도로 처절했다. 다행히 위급할 때를 대비해 만들어놓은 비밀 통로가 후원에 있었기에 빠져나올 수 있었지, 만약 비밀 통로가 없었다면 전원이 죽음을 맞이할 뻔했다.

　남창에서 간신히 빠져나온 연합맹은 항주로 빠르게 이동을 했다. 이동하는 중간 제대로 치료를 받지 못한 문인들이 죽거나 영원히 회복 불가능할 정도로 상처가 악화되었으며, 그동안 연합맹에 협조를 하던 무림인들도 상황이 불리해지고 희망이 없다는 생각이 들자 상당수 이탈을 하게 되었다.

　현원세가는 일망타진할 수 있는 기회를 아깝게 놓치게 되자 허탈해
했다. 하지만 사상자를 처리하고 부상자를 치료하는 것이 시급하였기
에, 항주로 도주하고 있다는 것을 알면서도 그 뒤를 쫓지 못했다. 차라
리 전열을 가다듬고 다음 기회를 노리는 편이 좋다는 것이 살아남은
사람들의 보편적인 생각이었다. 그에 현원승은 곽 총관에게 문인들의
뒤처리를 충실히 하도록 명함과 동시에, 현원덕호의 시신을 수습해 본
가로 이동을 했다.

＊　　　　＊　　　　＊

　생각보다 내상이 심해 완전히 회복하는 데 상당한 시일이 소모되었
다. 사실 좀 더 일찍 끝낼 수도 있었지만, 조심한다는 생각에 예상보다
오래 걸린 것이다.

　"오늘이 며칠이나 됐는지 모르겠군. 설마 새해로 바뀐 것인
가……?"

　오랜만에 눈을 뜬 호열은, 주변에 눈이 많이 쌓인 것을 보고는 고개
를 갸웃거렸다. 그동안 시간의 흐름을 잊고 있었던 것이다.

　"훗, 너무 조심했나? 혹시 야생 동물이라도 있을지 몰라 조심했는데,
이럴 줄 알았으면 신경 쓰지 않아도 됐을 것을. 웃차, 몸이 생각보다
가볍군."

　거의 한 달 정도를 움직이지 않았던 상태라 뼈마디가 삐거덕거리는
소음이라도 있어야 정상이건만, 그동안 어의심공을 운기하고 있어서
그런지 아무런 불편도 없었다. 마치 방금 앉았다가 일어선 느낌이었
다. 그에 호열은 양쪽 팔을 빙빙 돌려보기도 하고 허리를 좌우 위아래

로 움직였으며, 앉았다가 일어서기를 반복하며 몸 상태를 확인했다. 생각보다 상당히 깔끔했다.

"이 정도면 바로 움직여도 되겠군."

어차피 지니고 다니던 물건도 없는 상황이라, 호열은 아무런 미련 없이 바로 절벽을 오를 생각이었다. 하지만 언제 다시 이곳을 찾을지 알 수 없는 관계로, 자신이 한 달 동안 기거하던 곳을 둘러본 후에 떠나야겠다는 마음이 들었다. 그에 호열은 마치 유람이라도 하듯, 천천히 절벽 곳곳을 돌아다니며 훑어보았다.

하얀 눈꽃이 나뭇가지에 매달려 있었는데, 바람이 공기를 이동시키며 나뭇가지를 흔들자 눈꽃들이 하나둘씩 떨어지기 시작했다. 그러다 갑자기 바람이 거세게 요동을 치면서 눈꽃들이 한꺼번에 떨어지기 시작했는데, 태양 아래 반짝이는 눈꽃들의 모습은 환상 그 자체였다. 마치 신비로운 눈의 나라를 보는 것처럼, 일대 장관을 연출하고 있었다.

휘이이이잉~

"흐음, 이곳인 것 같군요."

"그렇군요. 소문에 들었던 절벽이 맞는 것 같습니다, 형님."

"……."

일진광풍이 몰아친 후, 갑자기 등장한 세 사람.

마치 한 명은 신선을 보는 것처럼 절제된 기풍이 느껴졌고, 다른 한 사람은 자비로운 부처를 보는 것 같았다. 하지만 체격이 유난히 큰 중년인의 몸에선 대자연을 압도하는 중압감이 흘러나오고 있어 바람에 날리던 눈꽃을 요동시켰다.

"지금까지 그자가 있을 리 없는데, 왜 이곳에 오자고 한 것입니까?"

"아미타불. 독고 시주는 그가 어디로 갔는지 알 수 없는 상황에서, 그럼 우리는 당장 어디로 간단 말이오. 차라리 소문의 진상을 확실하게 확인하고, 그러면서 뒤를 추적하는 것이 좋지 않겠소?"

"흐흠! 아니, 내 말은 그런 것이 아니라……."

"됐네, 아우. 자네의 뜻은 알지만, 혜정 대사의 말대로 이곳까지 왔으니 먼저 살펴보기나 하세."

"끙~ 알겠습니다, 형님."

독고신검은 혁무량의 말에 더 이상 다른 말을 꺼내지 못하고 주변을 둘러보았다. 그러나 많은 사람에게 소문이 난 상황이고, 그들 중 몇몇은 호기심에 왔다 갔기에 너무 훼손이 되어서 살펴볼 것도 없었다. 이미 시신들은 깔끔하게 안치된 상태였고, 광천뢰의 폭발로 인해 생긴 흔적도 거의 사라진 후였다.

"제가 그랬지 않습니까, 이곳에 와보았자 허탕만 치는 것이라고요."

"그러나 이곳에 오지 않고는 그의 생사 여부를 확인할 수 없지 않소, 독고 시주."

"아니, 그럼 살아 있다고 생각합니까? 분명 수십 개의 광천뢰가 폭발을 했고, 그는 직격으로 맞았다고 하지 않습니까?"

"아미타불. 그것은 소문이지, 그들이 직접 보고 확인한 것이 아니지 않소. 더구나 현원덕호도 살아 있는데, 그가 죽었다는 보장은 없겠지요."

"그, 그건……."

"옳으신 말씀입니다, 혜정 대사. 본인의 생각도 마찬가지입니다. 다만 그가 살아 있다면, 왜 아직까지 강호에 모습을 드러내지 않고 있냐는 것이지요."

"사실 빈승도 그것이 궁금합니다. 예감이 틀리지 않다면, 그는 살아 있습니다. 더구나 광천뢰를 사용한 것이 현원덕호가 아니기에, 더욱 강호에 모습을 드러냈어야 했습니다."

"흐으음."

혁무량과 독고신검은 혜정 대사의 말을 들으면서 동시에 고개를 끄덕였다. 자신들이 생각하기에도 의문스러운 일이었기 때문이다.

연합맹이 패해 항주로 이동을 한 후, 강호엔 현원덕호가 광천뢰를 사용했다는 것이 헛소문임이 밝혀졌다. 더불어 호열을 죽음으로 몰고 간 사람이 현원덕호가 아니라 연합맹의 사주를 받은 악남수였으며, 연합맹은 이러한 사실을 은폐하고 모든 잘못을 현원덕호에게 돌리는 암수를 사용한 것을 알게 된 많은 무림인들이 분노를 감추지 못하고 있었다.

"이제 어떻게 하실 생각입니까?"

"글쎄, 아무래도 그냥 가야겠지."

"아미타불……."

"이래서 머리가 나쁘면 손발이 고생한다는 것입니다. 진작에 제 말을 들었으면 지금쯤 항주에서 따뜻하게 보내고 있었을 것이 아닙니까."

"허허, 정말 아우의 말대로 됐겠구먼."

"물론이지요. 에잉! 정말 되는 일이 하나도 없습니다. 차라리 이렇게 된 거, 겨울 절경이나 구경하고 가지요. 광천뢰에 의해 많이 훼손되었지만, 그래도 절벽의 절경이 볼 만합니다."

"그렇군. 근자에 들어 꽤 괜찮은 절벽……."

"……? 왜 그러십니까, 형님?"

"아직 절벽 밑을 보지 않았지 않은가. 어쩌면 절벽 밑에……."

"그렇군요. 절벽 아래를 확인했었다는 소문은 들은 기억이 없습니다."

"절벽 아래요? 에이, 설마……."

독고신검은 혁무량의 말에 고개를 설레설레 흔들며 도리질을 했다. 마음 같아서는 또 쓸데없는 추측이라 말하고 싶었지만, 그것은 마음으로 남겨두고 혁무량의 뒤를 따라야 했다. 이미 혁무량과 혜정 대사의 신형이 절벽 밑으로 내려가기 시작한 것이다.

'끄응, 내가 왜 다시 강호에 나왔는지 모르겠군. 이렇게 중원을 돌아다니게 될 줄 누가 알았겠는가? 이 나이에 하루도 쉬지 않고 움직이다니, 이게 말이 되는 일인가? 아무래도 두 노인네 따라다니다가 제명에 못 죽을 것 같군. 으이그!'

휘이이이이이잉~

절벽 아래는 이따금씩 바람이 세차게 불면서 귀곡성을 내는데, 그것은 절벽 위와 아래의 온도 차이 때문에 생기는 자연적인 현상이었다. 절벽 위는 오줌을 싸면 그 자리에서 얼어버릴 정도로 추운 날씨였지만, 절벽 아래는 포근하진 않았지만 이따금씩 훈풍이 불 정도로 따뜻해서 좋았다. 다만 공기의 유동이 심하지 않아 메케한 냄새가 났지만, 그것은 온화한 기후에 비하면 참을 수 있는 수준이었다.

"이곳은 정말 살기 괜찮은 곳이군. 그렇게 더럽지도 않고, 비가 온다고 해도 물 때문에 위험한 곳도 아니고……."

주변을 한 바퀴 돌아본 호열의 얼굴엔 만족스럽다는 표정이 자리 잡고 있었다. 정말 세속과 인연을 끊고 은거를 하게 된다면, 한번쯤 고려를 해볼 만한 장소라 생각되었기 때문이다. 하지만 이내 호열의 고개가 좌우로 흔들렸다. 아무리 은거를 한다고 해도, 천해의 험지와 같은 이곳에서 소호 공주와 은거를 할 생각은 추호도 없었던 것이다.

"후훗, 이제 올라가 볼……."

휘이이이익!

탁, 타탁~!

"흐으음……."

생각지 못한 사람들의 등장.

호열의 입에선 저절로 침음이 새어 나왔다.

"허허, 역시 이곳에 있었구먼. 그동안 잘 있었는가?"

"아미타불, 시주의 용의주도함에 놀라움을 감출 수 없구려."

"이거 참, 정말 이곳에 있었네?"

"이곳엔 어떻게 찾아온 것이오?"

"자네를 찾아온 것이지. 더 이상 다른 이유가 필요하겠는가?"

"정말 끈질긴 사람들이구먼. 도대체 왜 본인을 찾아다니는 것인지, 정확한 이유나 들어봅시다. 혹시 본인에게 마기가 느껴진다느니 하는 쓸데없는 말이 아니라면, 충분히 그대들과 대화를 해주겠소."

호열은 강호의 전부라 할 수 있는 세 명이 동시에 자신을 찾아다니자, 더 이상 피하지 않고 이유를 들어보기로 했다. 어차피 소호 공주 문제도 해결된 상황이라 급할 것이 없었기에, 세 명이 자신을 찾아온 진정한 목적이 무엇인지 알고 싶어졌다.

그에 호열의 생각대로 혁무량이나 독고신검이 앞으로 나선 것이 아니라, 혜정 대사가 앞으로 나서며 호열을 맞이했다.

"역시 당신이구먼. 그래, 본인에게 원하는 것이 무엇이오?"

"아미타불. 역시 예전이나 지금이나 성격은 변하지 않았구려."

"흠! 사설은 그만두고, 본론이나 말하는 것이 어떻겠소? 매번 당신을 만나며 느끼는 것이지만, 왜 그렇게 사설이 긴지 모르겠소."

호열은 혜정 대사와 이야기를 나누느니, 차라리 주변을 멀뚱한 눈으로 두리번거리는 독고신검이 훨씬 낫다고 생각되었다.

"아미타불, 그럼 그렇게 하겠소. 임 문주, 무림을 떠……."

"아, 지금은 문주가 아니오. 듣기가 거북하니, 차라리 이름을 불러주던가, 아니면 다른 호칭을 써주었으면 좋겠소이다."

"허흠, 그렇게 하겠소. 그럼 임 공, 빈승의 말이 듣기 거북할지 모르지만, 모두 그대를 위해서 하는 말이니 잘 들어주길 바라네."

"말씀해 보시구려."

"무림을… 떠나주는 것이 어떻겠소?"

중간에 호열에 의해 말이 끊기게 되었지만, 혜정 대사는 크게 신경 쓰지 않고 자신의 생각을 꺼냈다. 어찌 보면 무리한 부탁일 수도 있는 말이었지만, 혜정 대사는 아무런 거리낌이 없었다.

"지금 무림을 떠나라고 했소……?"

"그렇네."

"또 그 이야기요? 왜 만나기만 하면 그 이야기를 하는지 모르겠구려. 왜 무림을 떠나라고 하는 것이오?"

호열은 혜정 대사의 말에 언성을 높이며 노골적으로 노기를 드러냈다. 하지만 혜정 대사는 호열의 반응을 예상하고 있었기에 표정에 아무런 변화를 보이지 않았다.

"굳이 이유를 대자면… 임 공이 무림에 있음으로 인해, 무림은 언제 터질지 모르는 광천뢰를 지니고 있는 것과 같기 때문이네. 임 공도 광천뢰의 위력을 경험했으니 잘 알지 않은가. 그러니 빈승의 제안대로 무림을 떠나게. 만약 임 공이 무림을 떠나겠다고 하면, 우리는 더 이상 임 공을 따라다니지 않을 것이네. 아니, 그럴 필요가 없겠지. 어떠한가? 어차피 임 공은 무림과는 어울릴 수 없는 사람이지 않은가."

혜정 대사는 마지막 말에 은근히 힘을 주었다. 호열이 황궁과 깊은 연관이 있으니, 무림에 있어서 좋을 것이 없다는 것을 거론한 것이다.

호열은 혜정 대사의 말에 코웃음을 쳤다. 그렇지 않아도 떠날 생각이었지만, 이런 식으로 떠날 생각은 없었던 것이다. 그리그 떠나더라도 해결할 일이 아직 남아 있었다.

연합맹.

절벽을 벗어나는 즉시, 호열은 연합맹을 찾아갈 생각이었다. 비록 시일이 많이 지나 현원세가와 일전을 벌였을지도 모른다고 생각했지만, 그것과는 별개로 연합맹에 받아야 할 빚이 있었기 때문이다. 특히 독고 맹주와 송 군사, 그리고 담현 방장과 연정 장문인 등을 비롯한 영수들의 얼굴을 보지 않고는 떠날 생각이 없었던 것이다.

"떠나고 안 떠나고는 전적으로 본인의 의지에 의한 것이지, 누가 떠나라고 한다 해서 떠나지는 것이 아니오. 혜정 당신은 아직도 그와 같은 이치를 모른단 말이오?"

"물론 그렇다는 것은 알고 있네. 하지만 임 공의 상황은 좀 특별하지 않은가? 그래서 빈승이 그런 말을 할 수 있는 것이네."

"특별하다? 도대체 무엇이 특별하다는 것이오?"

"아미타불, 그것을 꼭 빈승이 거론해야 하겠는가?"

"……."

"호으음."

혜정 대사와 호열 사이에 팽팽한 신경전이 벌어지기 시작했다. 더이상 말이 필요없었다. 어차피 처음부터 서로 생각이 달랐기에, 교차

되는 생각이 있을 수 없었다. 그저 두 사람은 서로를 마주하고 달려드는 마차와 같았다.

"흠! 임 공, 본인과 잠시 대화를 나눌 수 있겠는가?"

"흐음, 좋소. 오히려 혜정보다는 당신과 대화를 하는 것이 좋을 것 같소."

호열은 혁무량의 말에 고개를 끄덕였다.

"임 공은 자신의 능력이 어느 정도라 생각하는가?"

"본인의 능력 말이오? 그거야 당신이 더욱 잘 알 것이 아니오……?"

"그렇기에 임 공이 혜정 대사의 제안을 받아들였으면 좋겠다는 것이네. 자칫 현원덕호와 같은 전철을 밟지 않도록."

"그건, 흐으음."

호열은 혁무량의 말을 들은 후에야, 왜 이들이 자신을 찾아왔는지 어렴풋이 이해할 수 있었다. 하지만 이해하는 것과 받아들이는 것은 아무런 상관이 없었다. 이해는 하지만, 호열은 받아들일 생각이 없었기 때문이다.

"무슨 뜻인지 알겠소. 하지만 그 제안을 받아들일 수는 없소."

"왜 받아들일 수 없다는 것인지, 그 이유를 들어보아도 되겠는가?"

"좋소, 굳이 밝히지 못할 이유는 없으니. 우선 본인은 아직 무림을 떠날 마음이 없소. 어차피 떠날 때가 되면 자연스레 떠나겠지만, 무림에서 청산할 빚이 조금 있기에 떠날 수 없는 것이오."

"빚이라……."

"흐으음."

"아미타불."

호열의 설명을 들은 세 명은 동시에 침음을 흘렸다. 호열이 말하는 빚이 무엇인지 짐작할 수 있었기 때문이다.

"임 공이 말하는 빚이란, 혹시 연합맹과의 일인가?"

"훗! 알고 있구먼. 그렇소. 연합맹의 비열한 짓을 그냥 묵과할 수 없소. 당신들도 잘 알지 않소, 그것이 무림의 생리임을?"

"……."

"아미타불……."

호열의 직설적인 대답에 세 명은 할 말이 없었다. 만약 호열이 다른 이유를 거론했다면 반박할 수 있었겠지만, 무림에서 원한을 맺어 그것을 풀고자 하는데 못하게 할 명분이 없는 것이다.

하지만 혜정 대사의 마음은 착잡하기 그지없었다. 아니, 옆에서 조용히 있는 독고신검의 마음도 혜정 대사와 같았다. 직접적으로 두 사람과 관련이 없지만, 사적으로는 자신의 제자와 아들이 관련되어 있었기 때문이다.

"아미타불, 그럼 임 공은 필히 연합맹을 찾아가 빚을 받아내겠단 말이구려?"

"그렇소. 그것은 당연한 일이 아니오? 만약 당신이 본인의 처지와 같다면 가만히 있겠소?"

"아, 아미타불."

혜정 대사는 호열의 대꾸에 순간 할 말이 없었다. 그저 연신 불호를 외우며 마음을 안정시키는 데 노력할 뿐이었다.

"임 공, 하지만 이미 연합맹은 현원세가에 의해 크게 패한 후요. 그런데도 꼭 임 공의 뜻대로 해야만 하겠소?"

"참, 그리고 보니 연합맹의 맹주가 독고신검 당신의 아들이었지?"

"허흠!"

"말 한번 잘했소. 다행히 현원세가가 연합맹을 격파했다니 속이 후
련하긴 하지만, 그것은 현원덕호가 한 일이지 본인이 한 일이 아니지
않소? 당연히! 연합맹이 아무리 무림에서 사라졌다고 해도, 본인이 찾
고자 하는 인물이 살아 있다면 찾아가는 것이 도리일 것이오. 혹시 또
알겠소? 그들 역시 본인이 살아 있다면 찾아와 주기를 바라고 있을
지……?"

"허, 헛……."

독고신검은 할 말이 없었다. 이로써 호열의 의지가 얼마나 확고한지
알 수 있었으며, 더 이상 대화를 나누어보았자 입만 아프다는 것을 세
명은 깨달을 수 있었다.

"자, 그럼 더 이상 할 말이 없으면 본인은 떠나겠소."

"아미타불……."

"흐으음."

"훗! 역시 그대들이 앞을 막는군."

호열은 자신의 앞을 막아서는 혜정 대사와 독고신검을 쳐다보았다.
떠나기 전 이미 어느 정도 짐작은 하고 있었지만, 막상 두 사람이 앞을
막아서자 입가에 묘한 일그러짐이 생겼다.

"잘 생각하고 행동하길 바라오. 정말로 본인을 막아보겠다면, 응해
줄 수 있소."

"그렇다면 어쩔 수 없겠구려. 비록 빈승이 연합맹의 일에 관여하지
않겠다고 했지만, 이곳에서 임 공을 막지 않는다면 무림에서 연합맹은
완전히 사라질 것이오. 그것을 알면서도 어찌 막지 않을 수 있겠소?"

"지금 연합맹은 무너지기 직전이기는 하지만, 무너진다고 해도 지금
은 때가 아니네. 세상에 밝음이 있다면 어둠이 있기 마련. 지금 연합맹

이 무너지면, 무림엔 균형을 이룰 곳이 사라지게 되네."

"그렇게 돌려서 말할 필요 없소. 무슨 뜻인지 알겠지만, 본인은 그러한 것은 모르오. 그저 본인이 받아야 할 빚만 받아내면 그뿐이오. 아시겠소? 그 다음은 당신들이 말한 대로 무림을 떠날 것이니, 이제 그만 물러서길 바라오."

호열은 독고신검의 말이 옳다는 것을 느낄 수 있었다. 하지만 자신이 원하는 것은 극히 작은 일부분이라 할 수 있었다. 비록 그들이 차지하는 비중이 크다 할지라도, 그것까지 고려하며 빚을 잊고 싶은 마음은 없었다.

호열의 말이 끝났음에도, 혜정 대사와 독고신검은 한 치의 움직임도 보이지 않고 여전히 호열의 앞을 가로막고 있었다.

호열은 순간 두 사람을 피해 가고 싶다는 마음이 들었지만, 그렇게 하지 않았다. 아무리 두 사람이 철두철미하게 막고 있다 할지라도, 호열은 어의공을 시전하지 않더라도 충분히 빠져나갈 자신이 있었으나 비겁하다는 생각이 들었다.

"흐흠, 정히 그렇다면 뚫고 지나갈 수밖에. 만약 본인을 막고자 한다면, 오늘 그 대가를 치러야 할 것이오."

"상황이 그렇다면, 어쩔 수 없겠구려. 아미타불……."

"미안하지만, 본인도 이 자리에서 그대를 벗어나게 할 수가 없구려."

"좋군. 그렇다면 이제 결정된 것인가? 막겠다면 최선을 다해 막도록. 그러나 그 잘난 목숨을 걸어야 할 것이다."

이제 대결을 피할 수 없게 되자, 호열의 말투가 투박하게 변했다. 서로 적의를 드러낸 이상, 대우해 줄 필요가 없었기 때문이다.

호열의 말투와 행동이 변하자, 독고신검과 혜정 대사는 한 차례 서로를 응시한 후 미미하게 고개를 끄덕였다. 피할 수 없는 싸움이라면, 이기는 싸움을 해야만 했기 때문이다. 그에 독고신검과 혜정 대사는 서로 간에 약간 간격을 벌리며 호열의 다음 행동을 주시했다.

일촉즉발.

두 사람과 호열과의 거리는 이 장이 안 되었는데, 잘못하면 손도 써보지 못하고 순식간에 끝날 수도 있는 거리였다. 그에 점점 긴장감이 고조되면서 혜정 대사와 독고신검은 천천히 뒤로 물러섰다. 호열의 움직임이 빠르다는 것을 경험했기에 자연스럽게 취한 행동이었다. 비록 두 사람이 먼저 움직이면 더없이 좋은 기회가 될 수도 있었지만, 두 사람은 혹시나 하는 마음에 우선은 안전거리를 두는 것이 좋다고 판단한 것이다.

호열은 두 사람이 뒤로 물러서자 순간 먼저 움직일까도 생각해 보았지만 꾹 참고 지켜보았다. 어차피 본격적인 싸움은 두 사람과의 대결이 아닌, 아직 아무런 행동도 취하지 않고 있는 혁무량과의 결전이라 생각되었기 때문이다.

호열과 어느 정도 거리를 두었다 판단한 혜정 대사와 독고신검은 본격적으로 공격을 준비하기 시작했다. 이미 호열의 무위가 자신들의 상상을 초월한 상태라는 것을 알고 있기에, 두 사람은 자신들이 가장 자신있는 무공으로 승부를 가릴 생각이었다.

팽팽하던 분위기를 깨고 가장 먼저 움직인 사람은 독고신검이었다.

"하앗!"

"아미, 타… 불……!"

독고신검은 패혈천왕공을 극성으로 끌어올림과 동시에 호열을 향해 빠르게 쇄도해 들어가며 패혈무극도법의 제일초인 쾌를 시전했다. 또

한 혜정 대사는 처음부터 대승반야선공을 기반으로 독고신검의 뒤를
따라 천수여래장과 대반야장을 시전했다.

쉬이이이익~

콰르르릉.

호열은 독고신검과 혜정 대사가 빠르게 쇄도해 들어오자, 우측으로
피함과 동시에 어의망을 시전해 몸을 보호했다. 그러면서 두 사람이
교차하는 지점을 향해 어의광을 시전하여 분산하도록 유도하는 차분함
을 보였다.

독고신검은 갑자기 자신의 미간을 향해 무엇인가가 파고드는 느낌
을 받고서 깜짝 놀라 우측으로 몸을 틀었다. 느낌은 있는데, 눈에 보이
지 않아서 도저히 막을 방법이 없었던 것이다. 하지만 독그신검이 피
하면서 그 뒤를 바짝 따라오던 혜정 대사가 졸지에 어의광을 정면으로
맞이하게 되었다.

"흐헛!"

팍! 파팍!

"크억!"

"이런! 이이익, 받아라~!"

슈아아아아앙~

갑자기 들려온 혜정 대사의 신음 소리.

독고신검은 자신의 회피로 인해 혜정 대사가 대신 공격받았다는 것
을 알 수 있었다. 그에 호열을 향해 크게 고함을 침과 동시에 도와 하
나가 되어 날아갔다. 아니, 도와 하나가 되어 날아간 것은 독고신검의
의지였다.

신도합일.

하지만 일반적인 신도합일이 아니었다. 일반적으로 신도합일이란 신검합일과 같은 의미로 알려져 있다. 다만 시전자가 검을 사용하는지, 아니면 도를 사용하는지에 따라 다른 것이 전부였다.

그러나 지금 독고신검이 시전한 신도합일은 완전히 다른 것이었다. 독고신검이 직접 도를 잡고 신형을 날린 것이 아니라, 독고신검의 의지와 도가 하나가 되어 호열을 향해 날아가는 완벽한 신도합일이었던 것이다. 일종의 어도술이나 이기어도와 같은 것이라 치부할 수 있으나 분명하게 다른 것은 도에 공력을 실어 날리는 것이냐, 의지를 담아 날리는 것이냐라 할 수 있었다.

독고신검은 호열을 향해 날아가는 도에서 시선을 떼지 않고 온 정신을 집중했다. 한순간 도에서 의지를 놓는다면, 호열을 향해 날아가는 도가 산산조각날 수도 있었기 때문이다.

호열은 자신을 향해 쇄도해 들어오는 도를 향해 빠르게 어의광을 시전했다. 뒤로 물러서기에는 도의 움직임이 너무도 빨라, 자칫 꼬리를 잡힐 수도 있다 판단한 것이다.

팍! 파파파팍! 파팍~!

“헉! 이런……!”

어의광에 적중된 도는 움직임이 멈추던가, 아니면 다른 방향으로 움직였어야 했다. 그러나 어의광에 적중될 때 살짝 꿈틀거리는 것을 제외하고는 일정한 속도로 쇄도해 들어왔다. 이에 호열은 더 이상 어의광을 시전하지 않고 힘으로 맞서기로 했다.

“좋다, 어디 파고들 수 있으면 그렇게 해봐라! 어의붕~!”

콰르르르르릉~

슈아아아앙~

팟! 파파파팟! 파파팟~!

"컥! 크으으~."

"홋, 좋았어! 그럼 이제……."

독고신검의 공격은 어의붕에 의해 막혔다. 처음에는 뚫고 들어갈 듯 보였지만, 어의붕에 의해 완전히 잠식되면서 독고신검의 으지가 끊긴 것이다.

그에 호열은 승리의 미소를 입가에 지어 보였다. 독고신검의 공격이 무위로 돌아간 틈을 이용해 공격을 시도할 생각이었기 때문이다.

파지직! 쾅~!

파팍! 파파파팍~!

"흐헛! 흐으음~."

막 독고신검을 공격하려던 호열은 뜻밖의 상황에 의해 생각을 접을 수밖에 없었다. 독고신검의 의지가 끊긴 도는 내부의 균형이 무너지면서 폭발한 것이다.

도가 폭발하면서 산산조각난 파편이 호열을 향해 파고들었다. 다행히 어의망을 시전하고 있었기에 아무런 피해를 입지 않았지만, 심적으로 큰 충격을 받을 수밖에 없었다. 자칫 순간적으로 방심을 했었다면, 그 순간이 끝이었단 생각이 들었기 때문이다. 이에 호열은 자신을 주춤거리게 만든 독고신검을 매서운 눈초리로 쳐다보았다.

독고신검은 자신의 도가 산산이 부서지는 것을 지켜보면서 침음을 삼켜야만 했다. 그리 좋은 도는 아니지만, 평생을 함께했던 애도였기 때문이다.

'진작에 진유정의 패천도를 가지고 오는 것이었는데…….'

쓸쓸한 마음을 뒤로하고, 독고신검은 천천히 오른손을 들어 올리며 패혈천왕공을 손에 주입했다. 그러자 오른손은 금방 붉은색으로 변하기 시작했으며, 그것은 독고신검의 오른손을 완전히 감싸며 완벽한 도의 형태를 띠었다.

의형수도.

심검 혹은 심도의 다른 경지라 할 수 있으나 분명한 것은 독고신검 자체가 인간병기가 되었다는 것이다.

호열은 독고신검의 변화를 지켜보면서 살짝 고개를 끄덕였다. 독고신검의 무위가 어느 정도인지 짐작되었기 때문이다.

'대단하군. 저 정도면 혜정보다도 우위에 있다 할 수 있겠구먼. 아니지, 거의 현원덕호와 쌍벽을 이룰 수 있겠는데…….'

나름대로 독고신검을 판단한 호열은, 그동안 혜정과 대등하거나 밑으로 생각했던 자신의 잘못된 판단을 반성했다. 그러면서 역시 무인은 서로 겨루어보아야 진정한 실력을 알게 된다는 진리를 다신 한 번 되새기는 계기가 되었다.

독고신검은 그동안 갈망하며 각고의 노력으로도 오르지 못했던 패혈무극도법의 마지막 경지인 심(心)의 단계를 깨달은 상태였다. 비록 얼마 전까지는 어떠한 진전도 보지 못하고 있었으나 혁무량을 만나고 난 후 조금씩 대자연의 기운을 느끼기 시작하면서 깨닫게 된 것이다.

독고신검은 천왕신보(天王神步)를 빠르게 밟으며 호열을 향해 신형을 날렸다. 호열을 공격함에 있어서 거리를 벌리는 것보다 접근전이 유리하다는 것을 혜정 대사로부터 들었던 것이 기억난 것이다.

"흥!"

'혜정이 나에 대해 자세히 알려준 것 같군. 그러나 예전의 내가 아니다!'

독고신검의 쇄도에 코웃음을 치며 호열도 마주 부딪쳐 갔다.

슈아아아앙~

"하아앗!"

"어의붕~!"

쾅! 콰르르르~

"허억! 이이익~!"

"홋! 받아라~!"

찌직! 찌지지지지직~

"좋군, 좋아~!"

호열은 독고신검과 싸우면서 오랜만에 흥이 나는 것을 느꼈다. 마치 자신과 대결하는 듯한 착각이 들었던 것이다.

독고신검의 의형수도는 호열이 시전하는 어의광이나 어의망, 그리고 어의붕과 같은 형식의 무공이었다.

공력이 극한에 달하게 되고, 그런 경지에 오르게 되면 인간으로서는 쉽게 느낄 수 없는 대자연의 숨결을 느끼게 된다. 대자연의 숨결을 느낀다는 것은, 자신의 공력과 대자연의 기운이 서로 공생하게 되는 경지였다.

대자연과의 공생.

바로 심의 경지였으며, 대자연을 마음으로 느끼고 이용할 수 있는 경지였다.

독고신검은 지금 대자연의 숨결을 느끼며, 그것에 자신의 의지를 부여해 호열을 공격하고 있는 것이다. 즉, 독고신검은 공령검(空靈劍)의 초입에 들어서 있는 것이며, 바로 현원덕호가 들어섰던 경지였다.

자네는 황금 기둥을 보았는가……?

 자네는 황금 기둥을 보았는가……?

독고신검은 자신의 모든 역량을 총동원한다 해도 호열을 이길 수 없을 것 같다는 느낌을 받자 순간적으로 분노가 치밀어 올랐다. 사실 독고신검의 이런 느낌은 오랜만에 혁무량을 만났을 때도 있었다. 그러나 혁무량은 워낙 독고신검이 존경하는 인물이었고, 그렇기에 쉽게 인정하고 넘길 수 있었다. 더구나 예전에도 넘지 못하는 거대한 산이었는데, 자신이 성장하는 동안 혁무량이 그냥 머물러 있는 것은 말이 안 되었다.

그러나 호열은 달랐다. 쉽게 인정할 수 없었던 것이다. 그동안 쌓아 올린 자신의 명성과 무림이 아닌 황궁이라는 출신에 반감이 들었던 것이다. 더욱이 한인이 아닌 조선인이라는 것은 용납이 되지 않았다.

"이것도 받아보아라. 본좌의 평생 공부가 이것에 담겨 있다."

"후후, 평생의 공부라. 못 받을 것도 없다."

"흥! 하아압~!"

오른손에 국한되던 강기가 온몸으로 확산이 되더니, 이내 독고신검의 전신을 감싸기 시작했다. 마치 붉은 태양이 하늘이 아닌 지상에 있는 것처럼 보일 정도로, 독고신검은 붉은 태양이 되어 호열을 향해 쇄도해 들어갔다.

호열은 독고신검의 공격에 코웃음을 치며 어의붕으로 마주쳤다. 그러나 독고신검과는 달리 호열은 기다란 창처럼 검봉을 만들었는데, 어의붕을 극한까지 시전하면서 생긴 현상이었다. 하지만 호열도 유사시를 대비하고 있었는데, 이미 전신을 어의망으로 보호하고 있었던 것이다. 그렇기에 안전에 대한 자신이 있었고, 그것은 어의붕으로도 충분히 막을 수 있는 자신감으로 이어졌다.

"후아압~!"

콰아아아앙~

찌지지지직! 찌지지익~!

"크으으으으~."

찌직! 찌지지직~

독고신검은 자신을 향해 조금씩 접근하는 푸른색 검봉을 보면서 치를 떨었다. 상대를 죽이지는 못한다 해도, 충분히 생명에 위협을 줄 정도는 된다 생각했었다. 그러나 위협을 주기는커녕, 오히려 위협을 받고 있는 형편이 된 것이다.

이에 독고신검은 어이가 없었다. 자신의 인생에 회의가 들었고, 고작 자신의 경지가 이 정도였나 하는 자괴감마저 들었다. 하지만 물러날 수는 없었다. 죽으면 죽었지, 자존심마저 버릴 수는 없었던 것이다.

호열은 이를 악물며 버티는 독고신검의 얼굴을 보면서 살짝 고개를 끄덕였다. 최소한 무인으로써 지녀야 할 정신은 있어 보였던 것이다. 그에 호열은 더 이상 시간을 끌지 않기로 했다. 최소한 그렇게 하는 것이 독고신검을 배려해 주는 것이라 생각한 것이다.

"좋은 무공이다. 그러나 본인의 검을 막는 데는 아직 멀었다. 하아압~!"

찌지지지지직~!

"커흑! 끄으으으으으~."

"아미타불! 반야신장(般若神掌)~!"

콰우우우우웅~

혜정 대사는 호열이 독고신검에게 집중하자, 얼른 배후로 돌아가 회심의 공격을 퍼부었다. 비록 지금까지 쌓아 올린 명성을 저버리는 비열하기 그지없는 행동이었지만, 한 명의 악인을 처리함에 있어서 그러한 것은 충분히 감수할 수 있다 생각한 것이다. 더구나 이미 처음부터 독고신검과 연수를 한 상황이기에, 혜정 대사로서는 하등 거리낄 것이 없었다.

"응? 누… 혜정……?"

호열은 갑자기 생각지도 못한 공격이 배후에서 오자 깜짝 놀랐다. 순간적으로 혁무량이 공격한 것이 아닌가 생각되었기 때문이다. 그러나 다행히 상대는 혁무량이 아니라 혜정 대사였고, 다소 내상을 입기는 하겠지만 막을 수 있다는 생각에 안심을 하였다. 하지만 자신의 실책을 인정하지 않을 수 없었다. 조금만 신경을 썼더라면 이처럼 쉽게 공격당하지는 않았을 것이기 때문이다.

'제길, 너무 방심했군.'

아무리 독고신검을 공격하고 있다 해도, 그것은 어디까지나 방어를 위주로 한 공격으로 쉽게 거둘 수 없는 상황이었다. 그에 호열은 혜정 대사의 공격을 알면서도 어의망에 의존해 몸으로 때울 수밖에 없었다.

콰! 콰아아앙~!

"크윽! 흐으음."

"받아라, 하아압!"

"아미타불, 대윤회겁륜장(大輪廻劫輪掌)! 보리옥룡인(菩提玉龍印)!"

"제길! 두 번이나 당할 것 같으냐!"

혜정 대사의 공격에 어의망이 크게 흔들리면서 내상을 입은 호열은, 얼른 어의섬을 시전하며 공격권 밖으로 피했다. 하지만 독고신검과 혜정 대사가 자신들의 공격을 피하기 위해 움직이는 호열을 두 눈 뜨고 지켜만 볼 정도로 하수는 아니었다.

"어림없다!"

"대력금강지(大力金剛指)! 무상겁지(無相劫指)~!"

호열의 회피에 독고신검이 먼저 움직이며 뒤를 따랐고, 혜정 대사는 호열이 이동할 범위에 대해 지법으로 먼저 점하며 활동 영역을 묶고자 했다.

"흥! 정말 두 사람의 손이 잘 맞는군. 하지만~!"

호열은 혜정 대사의 행동에 대해 분노가 치밀어 올랐다. 자신을 궁지로 몰고 가고자 하는 것은 좋으나 마치 독고신검의 뒤에 숨어서 암수를 노리는 것 같아 보기에 좋지 않았던 것이다.

하지만 혜정 대사로서는 최선을 다하고 있는 상태였다. 정면으로 호열과 맞설 수 없음을 절실하게 느끼고 있기에, 차선책으로 독고신검의 조력자 역할을 충실히 하고 있는 것이다.

호열은 혜정 대사가 공격하는 것을 무시하며 독고신검의 공격을 피했다. 어의파나 어의멸이 아니면 끝을 낼 수 없다는 생각에, 다소 무리를 하는 한이 있어도 시간을 벌기 위해선 어쩔 수 없는 선택이었다. 아쉽게도 두 사람에게 선공을 빼앗긴 상황이라 호열로서는 선택의 여지가 없었으며, 혁무량이 언제 끼어들지 알 수 없는 상황이라 좀처럼 무리를 하지 않는 호열에게 혜정 대사의 공격을 무시하게끔 강요를 한 것이다.

퍽! 퍼퍼퍽~!

"큭! 제길, 두고 보자! 어의… 파~!"

쿠우우우웅~

지직! 찌지지직.

혜정 대사의 공격이 아무리 호열에게 큰 위협이 되지 않는다고 해도, 어의망을 뒤흔들어 놓기에는 충분했다. 하지만 무리를 한 덕에, 호열은 어의파를 시전할 수 있는 시간적 여유를 얻을 수 있었다. 그것이 비록 찰나의 시간이라고 해도, 호열에겐 천금만금보다 더 귀중한 시간이었다.

어의파가 시전되기 시작하면서, 호열이 서 있는 공간의 주변으로 공기의 파동이 일어났다. 더불어 마치 뇌전이 치는 것처럼, 수많은 전류가 발생되기 시작했다.

"흐으음."

"아미타불~."

독고신검은 호열의 갑작스러운 변화에 당황한 얼굴이 되었지만, 혜정 대사는 오히려 차분한 가운데 빈틈을 찾고자 했다. 이미 혜정 대사는 호열의 무공을 경험한 적이 있었기에, 어의파가 완전해지기 전에 기습을 해야 한다는 것을 알고 있었던 것이다.

"독고 시주, 지금 저자를 공격해야 하네. 지금이 공격하기 가장 좋은 기회네. 어서~!"

"알겠소. 하아앗~!"

혜정 대사의 말에 독고신검은 크게 고개를 끄덕여 보인 후 호열을 향해서 빠르게 신형을 날렸다. 혜정 대사의 말이 없었다고 해도, 독고 신검 역시 현 상태가 기회라는 것을 알 수 있었던 것이다.

"제길! 좋다, 오너라~!"

"끄아아아앗!"

"천수여래장! 수미불면장~!"

꾸우우우우웅~

쾅! 쾅쾅, 콰아앙~! 쾅! 콰르르르, 콰아앙~

"크어어어어~."

"커흑! 끄으으으~."

"헉!"

"죽어~!"

쾅! 콰쾅! 콰아앙!

"치잇~!"

"부처님의 자비를, 불주연사(佛珠連射)~!"

호열은 독고신검의 공격과 혜정 대사의 장공을 막는 데 총력을 기울였다. 아무리 독고신검보다 우위에 있다고 하지만, 저돌적으로 파고드는 독고신검의 공격은 호열이 막기에 정신이 없게 했던 것이다. 더욱이 혜정 대사의 장공 역시 무시무시한 위력을 담고 있어서 정신을 분산시켜야 했기에, 여간 까다로운 것이 아니었다.

순식간에 몇 합의 교환이 이루어졌다. 비록 손과 발이 직접적으로 교차되지는 않았지만, 서로가 서로를 놓치지 않기 위해 신경전을 벌이며 싸움에 임했다. 하지만 몇 합이 교환되면서 밀리는 쪽은 독고신검과 혜정 대사였다. 그에 혜정 대사는 모종의 결단을 내려야 했는데, 그것은 바로 백팔번뇌주(百八煩惱珠)였다.

혜정 대사는 독고신검의 뒤를 쫓다가, 어느 순간 호열을 향해 신형을 날리며 목에 걸려 있던 백팔번뇌주를 집어 던졌다.

파삭! 파파파팟~!

"허억!"

팡! 파파파팡! 파팡~!

"큭! 좋다, 어디 끝까지 해보자! 흐으아아앗~!"

쿠궁! 쿠우우우웅~

쾅! 콰르르르, 콰아앙~

"크허억~."

"큭! 끄으으윽."

"헉, 헉! 흐으음~."

휘이이이잉~

쿵! 쿠르르르룽~

세 명의 격돌로 인해 발생한 여파로 공기가 요동을 쳤고, 그로 인해 때 아닌 광풍이 절벽 아래로 불었다. 그로 인해 바닥에 쌓여 있던 낙엽들이 허공으로 솟구쳤고, 덩달아 지진이라도 난 듯 땅이 뒤틀리기 시작했다.

"헉헉! 허으윽! 허억, 흐으음."

"여, 역시 예전보다 실력이… 늘었구먼. 커흑! 아, 아미타불……."

독고신검은 자신의 두 팔이 사라지는 것을 직접 목격할 수 있었다.

잘린 것이 아니라, 완전히 사라진 것이다. 마치 공기 중에 떠다니는 미세한 먼지처럼, 호열의 공격에 의해 미세하게 분해가 되며 바람에 실려 날아갔다. 더구나 팔이 사라진 곳에서는 피조차 나오지 않았다. 단지 불에 그슬린 것처럼 검은색으로 변해 있었다.

그러나 혜정 대사는 독고신검과 달리 내상만 입었다. 독고신검처럼 정면에서 어의파를 감당하지 않았기에, 그 피해가 최소화된 것이다. 하지만 실상은 독고신검이 최선을 다해 어의파를 막아서며 대항을 했기 때문에 생각보다 큰 피해를 입지 않았던 것이다.

"헉헉, 홍! 운이 좋군."

"끄으아아아~."

"크흑! 석사세존이시여, 미천한 육신에 자비의 힘을 주소서. 대반야신장(大般若神掌)~!"

독고신검은 호열의 비아냥거리는 듯한 말에 혼미해지려고 하던 정신을 추스를 사이도 없이 온몸을 무기로 호열에게 부딪쳐 갔다. 이에 혜정 대사도 자신의 목숨을 담보로 한 최후의 일격을 준비했다.

대반야신장.

소림사 심법 중 가장 위력적인 것은 반야신공(般若神功)이었다. 하지만 반야신공은 소림사에서 창안된 무공이 아니었다. 누가 만들었는지 모르는 무공이었다. 단지 달마대사가 서장에서 중원으로 들어올 때 소장하고 있었던 것이다. 그만큼 반야신공은 소림사에서 차지하는 비중이 상당한 심법이었지만, 수많은 세월이 흐르는 동안 아무도 궁극에 이르지 못했다. 너무도 오묘하고 깊은 뜻이 담겨져 있어서 그런지, 삼 성 이상의 경지에 오른 인물이 없었던 것이다.

그에 소림사에선 반야신공을 대체할 만한 심법을 창안하게 되었는

데, 그것이 바로 대승반야선공(大乘般若禪功)이었다. 하지만 대승반야
선공에도 취약점이 있었는데, 극한으로 끌어올릴 경우 과도한 심력 소
모로 인해 시전자의 진원진기를 사용하게 되는 것이다. 그만큼 파괴력
면에서 위력적이긴 했지만, 진원진기의 고갈로 인해 목숨을 잃어버릴
수도 있었다. 그나마 운이 좋다면 공력 상실이었다.

"뭐, 뭐야? 아직도야……?"

"이런! 그만! 독고 아우, 혜정 대사……!"

목숨을 도외시한 독고신검과 혜정 대사의 공격에 호열만 놀란 것이
아니라, 계속 상황을 주시하고 있던 혁무량도 놀랐다. 설마 독고신검
과 혜정 대사가 자신들의 목숨을 걸고 돌진하리라고는 생각도 못했었
기 때문이다.

"어의파~!"

쿠아아아앙~

쾅! 콰앙! 콰아아아아앙~

"안 돼~."

"끄아아아아~."

"아… 미… 타… 부울……."

슈우우우웅~

"크헉! 끄으으으~."

저적! 쩌저적~

두두툭, 쿵! 쿠쿵~

"아~."

혁무량은 독고신검과 혜정 대사의 상태를 확인하고는 안타까움이
가득 담긴 침음을 흘려야만 했다. 현실이 아니길 바랐지만, 그것은 혁

무량의 바람일 뿐이었다.

호열을 향해 빠르게 쇄도해 들어가던 독고신검은, 호열이 시전한 어의파에 의해 들어갈 때보다 더욱 빠르게 튕겨 나갔다. 하지만 이미 온몸이 만신창이가 된 상태였으며, 정신 역시 혼미해져 기절하기 직전이었다.

그러나 독고신검보다 더욱 큰 불행은 혜정 대사에게 일어났다. 자신의 진원진기를 끌어내 마지막 공격을 강행했지만, 남은 것이라고는 찢어진 도포 자락뿐이었다. 이미 혜정 대사의 영혼은 육체에서 이탈한 상황이었고, 그나마 육신도 바람에 서서히 허물어져 버렸다. 가루가 되어 바람과 함께 사라진 것이다.

혁무량은 아직 정신을 놓치지 않고 있는 독고신검의 몸을 끌어안으며 눈물을 흘렸다. 처음부터 자신도 함께 나섰으면 일어나지 않았을지도 모를 불행이라 생각되자, 혁무량의 눈에선 자신의 의지와는 상관없이 회한의 눈물이 흐른 것이다.

"혀, 형님……."

"아우, 왜 이런……."

"혁, 혁! 저, 전 그저……."

"아……."

혁무량은 독고신검이 힘겹게 뭐라고 말을 하려는 것 같자 귀를 기울였으나 독고신검의 입에선 탁한 소리조차 새어 나오지 않았다. 그저 입만 벙긋벙긋거리며, 무엇인가를 말하고자 애쓰는 모습만 혁무량의 눈에 들어왔다.

"아우, 아직도 호승심에서 벗어나지 못했었던가?"

"으어어……."

"아직도 세상에 미련이 남았는가……?"

"으으……."

"아우, 분노를 버리게. 회한을 버리게."

"……."

"인생이 무엇이던가? 우리 인생에 대해 많은 이야기를 나누었지 않은가. 인생무상(人生無常), 공수래공수거인 것을……."

"으으어… 커흑! 끄으으으, 크윽! 혀, 형님, 죄송합…… 끄응~."

"아~."

혁무량의 말에 독고신검의 눈이 크게 커지면서 제 빛을 찾더니, 이내 밝고 투명한 눈빛으로 변하며 혁무량을 향해 살짝 눈웃음을 지어 보였다. 마치 혁무량의 말대로 세상에 아무런 미련이 없다는 것을 입이 아닌 눈을 통해 말하는 것 같았다. 하지만 이내 독고신검의 목은 힘없이 옆으로 꺾였다.

사르르르르~

"아……."

혁무량의 품에 안겨 있던 독고신검의 육신이, 혜정 대사처럼 서서히 가루로 변하면서 허물어져 내렸다.

혁무량은 독고신검의 육신이 완전히 사라질 때까지 움직이지 않고 독고신검의 눈이 있던 곳을 계속해서 응시하고 있었다. 다지막 독고신검의 눈빛이 혁무량의 정신을 공황 상태로 만들어놓은 것이다.

바람에 독고신검의 영혼이라도 깃든 듯 석고상처럼 굳어 있는 혁무량의 전신을 몇 바퀴 돌더니 하늘을 향해 방향을 틀었다. 세상의 모든 인연을 훌훌 털어버리듯, 바람이 되어 영원히 사라진 것이다.

호열은 혁무량의 행동을 주시하며 침음을 삼켰다. 급박한 상황에서 최선을 다한 것이지만, 독고신검과 혜정 대사의 죽음은 다소 충격적이었다. 비록 서로 간의 의견 차이 때문에 반목한 상대들이었지만, 고독감을 채워주던 존재들이 사라졌다는 것은 좋은 느낌이 아니었다.

'인생이란 저런 것인가? 어차피 영원히 살지 못하는 존재인데, 무엇을 위해 아등바등거리며 사는 것인지…….'

호열은 혜정 대사와 독고신검의 죽음을 보면서 인생이 너무도 허무하다는 것을 느낄 수 있었다. 어찌 보면 인생을 회고할 수 있는 가장 귀중한 시간을 놓친 것이다. 아니, 독고신검과 혜정 대사로서는 호열에게 빼앗긴 것이라 할 수 있었다.

인생에 있어서 마지막 순간.

그것이 단 몇 마디조차 할 수 없는 찰나의 시간이라고 해도, 가장 극적이고 고귀한 시간인 것이다. 그 마지막 시간만큼은 가장 소중한 시간이며, 자신의 존재를 세상에 마지막으로 남길 수 있는 시간이었다. 그 이후의 시간은 더 이상 없기에…….

혜정 대사와 독고신검의 죽음.

삼풍 진인 장삼봉과 천승검 현원덕호가 죽은 이상, 이제 무림의 전설이었던 삼성이마의 유일한 생존자는 천마 혁무량뿐이었다.

한 시대를 풍미했던 전설의 기인들.

서로가 같은 시대에 태어나 만날 수 있었던 것을 기뻐했으면서도, 생각과 이념의 차이를 극복하지 못한 불행한 기인들이었다.

이제 삼성이마의 마지막 전설인 혁무량이 독고신검의 눈빛을 기억 속에 영원히 간직하며 천천히 일어섰다.

쓰으으윽.

"흐으음."

“……”

마음을 정리했는지, 호열을 향해 돌아선 혁무량의 시선은 너무도 맑았다. 지금까지 보아왔던 그 어떤 눈보다 맑고 깨끗했다. 마치 갓 태어난 갓난아기의 눈보다도 맑게 느껴졌다.

하지만 호열은 물러설 생각이 없었다. 혁무량에게 약간의 변화가 느껴지기는 했지만, 그것은 호열의 생각에 큰 영향을 미치지 못했다.

“혁무량, 당신도 본인의 앞을 막을 생각이오?”

“허허. 굳이 막을 필요는 느끼지 않지만, 어차피 한 번은 겨루어야 할 상대가 아니던가?”

“…그렇군. 어차피 당신과 한 번은 겨뤄야 하겠군.”

“운명이라고 해야겠지.”

“운명……?”

“그렇네, 운명이지. 어쩌면 숙명이라고 해야 할지도.”

“흐으음……”

호열은 혁무량의 말에 고개를 끄덕이면서도, 무언가 다른 의미가 깔려 있다는 느낌을 받았다. 그에 의문이 담긴 눈빛으로 혁무량을 쳐다보았으나 혁무량은 호열을 향해 살짝 의미심장한 미소를 지어 보이는 것이 전부였다.

“숙명이라면, 굳이 피하지 않겠소.”

“피하고자 해도 피할 수 없는 것이 숙명이네. 그래서 지금 이곳에 우리 두 사람이 동시에 서 있는 것이 아니겠는가?”

“괴변이라 할 수 있으나 결과가 이러니 당신 말이 옳다고 봐야겠지.”

“허허~.”

“…….”

“우리가 처음 만났을 때, 아마도 자네에게 이런 말을 했던 것 같은데, 혹시 기억하는가……?”

“……?”

“황금 기둥.”

“…기억하오.”

호열은 혁무량의 말에 기억을 더듬다가, 이내 들었던 기억이 있어 고개를 끄덕였다. 황금 기둥에 대한 언급은 혁무량뿐만 아니라 호열의 인생에 있어서 가장 기억에 남는 인물의 입에서도 나온 말이기에 기억하지 않을 수 없었다.

“그럼 묻겠네. 자네는 황금 기둥을 보았는가……?”

“…아직 보지 못했소.”

“그렇다면 그 말이 지니는 의미가 무엇인지 혹시 아는가……?”

“모르오.”

“허허, 정말 세상은 알다가도 모르는 일 천지일세. 어찌 황금 기둥의 의미조차 모르는 자네를, 그들이 두려워할 수 있는지…….”

“그들……?”

“…….”

호열은 혁무량의 말에 의문을 노골적으로 드러냈다. 무슨 의도를 가지고 말을 하는지 모르겠지만, 자신이 모르는 무엇인가가 인생에 끼어든 느낌을 받았기 때문이다.

그들.

호열은 혁무량이 말한 ‘그들’ 이 누굴까 생각해 보았지만, 아무리 생각해도 알 수가 없었다. 더구나 아무리 기다려도 혁무량의 말은 더 이상 이어지지 않고 있어 궁금증은 증폭되고 있었다.

"너무 알려고 하지 말게. 지금 말하는 것 모두, 자네가 황금 기둥을 보게 된다면 저절로 풀릴 것이네."

"…무슨 의도로 본인에게 그런 말을 하는지 모르겠지만, 더 이상 할 말이 없다면 시작하는 것이 어떻겠소?"

"허허, 그렇게 하세. 이제 주어진 시간도 그리 많지 않으니……."

"……?"

'주어진 시간? 그건 또 뭐야……? 에잇! 도대체 무슨 말인지 알아들을 수가 없네. 그나저나 황금 기둥이라… 황금 기둥, 언젠가는 알게 되겠지.'

호열은 혁무량의 말에 더 이상 신경 쓰지 않고 정신을 가다듬었다. 어쩌면 호열의 인생에 있어서 가장 위험하고, 가장 힘든 싸움이 될 수도 있었기 때문이다. 독고신검과 혜정 대사와는 차원이 다른…….

제11장

잘 가시오, 훠무량. 나의 유일한 친우여……

 잘 가시오, 혁무량. 나의 유일한 친우여…….

호열은 혁무량을 본격적으로 대하게 되자, 어찌 된 일인지 삼풍 진인 장삼봉과 겹쳐지는 듯한 느낌을 받았다. 분명 삼풍 진인은 도가의 고수였고, 혁무량은 그 누구나 알고 있는 마교의 고수였다. 그 둘은 절대 같은 선상에서 볼 수 없는 인물들이었는데, 호열의 눈에는 전혀 그렇게 보이지 않고 있었던 것이다.

'만류귀종인가……?'

생각은 생각일 뿐, 호열은 천천히 어의심기를 극성까지 끌어올렸다. 그런 후 어의공령검의 마지막 초식, 어의멸(瘀意滅)을 시전하기 시작했다. 어차피 일반 초식으로 상대할 수 없었기에, 자신의 최고 무공으로 결판을 낼 생각이었다.

쿠궁! 쿠우우우웅~

"허허, 대단하군."

혁무량은 호열의 변화를 지켜보며 자신도 모르게 탄성을 뱉어냈다. 호열의 주위로 모여드는 기운이 너무도 거대했던 것이다. 도저히 인간의 몸으로 만들어낼 수 없는, 마치 세상의 모든 기운이 호열에게 집중되는 것 같았다.

하지만 혁무량 역시 마냥 감탄만 하고 있을 수 없기에, 크게 심호흡을 한 후 서서히 천마태령공(天魔太靈功)을 운기하였다.

혁무량의 손에 의해 탄생한 천마태령공.

하지만 지금까지 세상에 모습을 드러낸 적이 없는 심공이었다.

혁무량은 극한까지 끌어올려진 천마태령공을 서서히 천마태령검(天魔太靈劍)으로 이끌기 시작했다. 그러자 혁무량의 몸이 서서히 하늘로 떠오르기 시작하더니, 이내 삼 장까지 오른 후 급격히 영향력을 확장하기 시작했다.

쿠우우우웅~

"흐으음."

호열은 어느새 자신의 앞에 오연한 자세로 서 있는 혁무량을 보면서 침음을 삼켰다. 결코 자신에게 뒤지지 않는 모습이었다. 비록 본질적인 위력에서 차이가 나겠지만, 호열이 보기에 자신의 어의멸보다 혁무량의 천마태령검이 더욱 안정적으로 보였다.

쿠구구구궁~

찌지지직! 찌직! 지지직~

"……."

"……."

서로를 바라보는 혁무량과 호열은, 한동안 아무런 말 없이 각자의 영역을 넓히는 데 신경을 집중했다. 그러자 호열의 어의공령검과 혁무량의 천마태령검이 서로 부딪치게 되었고, 그 여파로 인해 공기가 찢어지는 소음이 발생했다.

그러나 그것은 극히 일부분의 변화였고, 갑자기 크게 요동친 대기로 인해 땅바닥이 꿈틀대더니 갈라지기 시작했다. 또한 절벽어 금이 가면서 조금씩 큰 바위들이 떨어지기 시작하며 호열과 혁무량의 공령검 위에 떨어져 가루로 변했다.

"하늘이 자네에게 힘을 주었지만, 이 세상에서는 자네의 힘을 쓸 수가 없다네. 힘을 주었다면 응당 사용할 수 있게 해주어야 하건만, 세상은 그것을 허용하지 않고자 하네."

"……."

"순간의 깨달음으로 인해 숙명을 받게 되었지만, 그것을 후회하지 않네. 인간이 신의 뜻을 알 수 없듯, 인간의 삶 역시 신의 마음대로 할 수 없음이다. 하아앗~!"

"무슨 말인지 모르겠지만, 당신은 지금까지 만난 사람들 중 가장 강한 자임은 인정하오. 어의… 멸~!"

콰우우우우웅~

콰광! 콰쾅~! 쾅! 콰아아아아앙~

호열과 혁무량은 서로를 향해 빠르게 움직였으며, 부딪쳤다가 떨어지기를 수없이 반복했다. 하지만 그때마다 지축이 흔들리고 천둥 소리보다 더 큰 굉음이 절벽을 울렸다.

호열과 혁무량과의 격돌.

마치 인간들의 싸움이 아니라 신들의 혈전처럼 보였다.

콰쾅! 콰아아앙! 쾅! 쾅쾅~! 콰아아아앙~

"크윽!"

“허으윽~!”

콰아앙! 쾅쾅! 콰아아앙~!

“흐아아아앗!”

“허으으윽!”

콰아아앙!

찌지지직! 찌직! 찌이이이이익~

끊임없이 서로를 향해 부딪쳐 가던 호열과 혁무량의 신형이 한순간 허공에서 오 장을 격하고 멈추었다. 하지만 두 사람이 떠 있는 곳의 중심에선 번개가 번쩍이고 천둥이 치며 격렬히 진동하고 있었다.

기와 기의 격돌.

어의공령검과 천마태령검이 본격적으로 힘겨루기에 들어간 것이다. 두 사람의 이마에선 그동안 볼 수 없었던 핏대가 꿈틀거리듯 선명하게 튀어나왔으며, 등줄기를 비롯한 곳곳에서 경련과 함께 땀이 흘러나왔다.

“헉! 허억!”

‘이, 이대로는 안 되겠다. 계속해서 어의멸을 시전할 수 없으니, 무리를 해서라도 빨리 끝내야겠다.’

더없이 완벽해 보였던 어의멸이, 자신과 비슷한 위력을 지닌 천마태령검과 격돌하면서 조금씩 균열이 생기기 시작했다. 이에 깜짝 놀란 호열은 조기에 승부를 맺으려 하는 것이었다.

비록 다른 사람들의 눈에는 큰 결점으로 보이지 않을 것이나 어의멸에 균열이 생긴다는 것은 대자연과의 공생에 문제가 있다는 것이다. 약간의 문제라 해도, 생사의 갈림을 결정지을 수 있는 위력이 있었다.

“우아아아아앗!”

“……”

‘허허. 인간 세상의 일은, 인간들에 의해 결정지어져야지……’

쿠아아아아아앙~

쾅! 콰과콰콰, 콰아앙~!

“커흑! _끄으으으으_~.”

“_끄어어어억_~.”

휘이이이잉~

쿵! 쿠쿵~!

“_으으으_~.”

“_끄으으_.”

콰르르르르~

콰당! 콰다다당~

호열과 혁무량과의 격돌로 인해 곳곳이 파괴되고 균열이 가 있던 절벽이, 큰 격돌로 인해 뒤흔들리면서 무너지기 시작했다. 대결이 벌어지는 동안 절벽이 무너지는 것을 막아주던 기운들이 갑자기 사라지며 일어난 일이었다.

힘의 균형이 깨진 순간 무너지기 시작한 절벽은, 그 후로 약 일 다경이 흐르는 동안 허물어졌다. 예전의 모습을 찾아볼 수 없을 정도로, 완벽하게 허물어진 것이다.

대결로 인해 서 있을 힘조차 없던 두 사람에겐 갑자기 무너져 내린 절벽은 마른하늘에 날벼락처럼 느껴졌다. 더구나 호열에게 있어서 허물어진 절벽은, 도저히 치료할 수 없는 치명적인 상처를 만들었다.

호열은 운이 없게도 절벽 중간으로 떨어졌는데, 기운이 허한 가운데 땅으로 떨어진 호열의 위로 무너진 돌덩어리들이 무차별적으로 떨어져 내린 것이다. 피하고 싶었지만, 몸이 움직여지지 않아 피할 수도 없었다. 그나마 다행인 것은, 큰 돌들이 주변에 먼저 떨어지고, 그것들이 기둥 역할을 하면서 호열이 숨을 쉴 수 있는 공간을 만들어준 것이다. 비록 바위에 직통으로 맞아 두 다리와 가슴에 깊은 상처를 입고 말았지만.

하지만 호열과는 반대로 혁무량이 떨어져 내린 곳은 절벽의 한쪽 모서리 부분이라, 땅으로 떨어질 때 받았던 충격 이외에는 아무런 피해도 입지 않았다. 다만 붕괴로 인해 생긴 먼지가 자욱하게 깔리면서 사물을 분간하는 데 힘이 들었지만, 뿌얀 먼지가 가라앉기 시작하면서 주변을 둘러볼 여유도 생겼다.

"크흑! 아직 살아 있었던가? 그나저나 어디에……?"

"끄으으으~."

"응? 어디……? 이런! 저곳은……!"

혁무량은 가슴의 상처를 한 손으로 누르며 호열을 찾았다. 그런데 호열의 신음 소리가 들린 곳은 바위들이 수북이 쌓인 곳 아래였다.

호열은 몸의 반이 바위에 깔려 있었다. 이미 큰 상처를 입었는지, 호열이 깔려 있는 바닥엔 핏물이 흥건하게 흘러나와 있었다.

혁무량은 간신히 몸을 일으켜 세운 후 고통으로 신음하는 호열의 곁으로 천천히 다가갔다.

"쿨럭! 흐으음."

"……."

"후훗! 혁무량, 당신은 그래도 살아 있구먼."

"흐으음."

"커흑! 제기랄! 이런 말도 안 되는, 끄으으으~."

호열은 자신의 처지가 도무지 믿어지지 않았다. 분명 혁무량과의 대결에서 승기를 잡지는 못했지만, 밀리지 않는 싸움이었다. 아니, 마지막 격돌을 할 때는 확연히 우세를 점한 상태였다. 조금만 더 밀어붙였다면 충분히 승리를 취할 수 있었던 것이다. 하지만 땅에 떨어지자마자 바위에 짓눌린 신세가 될 줄은 꿈에도 몰랐다.

오히려 호열 자신이 혁무량을 도와준 것이나 마찬가지였다. 호열의 공격을 받고 혁무량이 날아간 곳이 낙석으로부터 가장 안전한 장소였으니…….

너무 안타깝고, 억울했다. 더불어 가장 소중한 사람들의 얼굴이 주마등처럼 눈앞을 스쳐 갔다.

"큭! *끄으*……."

"움직일 만한가……?"

"큭큭, 지금 이 모습을 보면서 그런 것을 물어보는 것이오?"

"그렇군."

"큭큭큭~."

조금씩 시야까지 어두워지는 것 같았다. 눈앞에 있는 혁무량의 모습조차 흐릿하게 보이기 시작한 것이다. 웃음밖에 나오지 않았다. 정말 운이 너무도 없었던 것이다.

'제길! 내가 돌에 깔려 죽을 줄이야…….'

정신마저 흐릿해지는 상황이 되자, 웃을 기운도 없었다. 그저 얼마 되지 않는 짧은 삶이었지만, 진정으로 자신이 원해서 살았던 삶은 몇 년도 되지 않았다. 아니, 이제부터 진정으로 꿈꿔왔던 삶을 살아보고자 했다.

어려웠던 유년 시절, 그리고 인생의 전환점이 되었던 삼황과의 만남.

또한 황제의 강압에 의해 어쩔 수 없이 행했던 모든 것들.

비록 다른 사람들이 본다면 호사에 명예, 그리고 권력까지 손에 쥔 화려한 삶이라 할 수 있었다. 그러나 그중에서 정말 호열이 원한 것을 이룬 것은 소호 공주밖에 없었다. 호열로서는 정말 회한으로 점철된 삶이라 할 수 있었다.

호열은 서서히 자신이 죽어가고 있음을 느낄 수 있었다. 그에 처음엔 분노가 일었고, 그 다음엔 회한과 후회, 그리고 체념과 남겨진 사람에 대한 그리움과 안타까움으로 변해갔다. 그러나 더 이상 세상에 대한 미련이 부질없음을 깨달은 호열은, 편안한 마음으로 자신의 죽음을 받아들이기로 했다.

'그래, 이렇게 죽는다 해도 허망한 삶을 살지는 않았다. 누구를 원망하고, 누구를 향해 분노를 하겠는가. 이 모든 것이 인생이고, 자만에 빠졌던 내 잘못인 것을……'

드드드드드드.

"…응?"

이제 죽는구나 하는 생각에 나름대로 삶을 정리하던 호열은, 갑자기 돌들이 부딪치는 소음이 들리며 무겁게 짓누르던 것들이 사라짐을 느꼈다. 그에 힘겹게 눈을 뜨고 보니, 조심스럽게 바위들을 들어 올리는 혁무량의 모습이 들어왔다.

"끄으응, 하아앗!"

쾅! 콰콰가아앙~

"컥! 끄으으음. 휴~."

"……?"

호열은 혁무량이 도대체 무엇을 하려고 하는지 묻고 싶었으나 정말

입술이 떨어지지 않았다. 눈 뜨는 것조차 힘들었던 것이다.

힘들게 공력을 운기해서 그런지, 혁무량의 입가에 핏물이 흘렀다. 하지만 혁무량은 전혀 개의치 않고 상세를 다스린 후 호열의 옆에 무너지듯 앉았다.

"이제 살 만한가……?"

"……."

"자네가 돌에 깔려 죽을 수는 없지 않겠는가. 그래서 돌을 치웠네."

"으으……."

'고맙소.'

"자네와 많은 대화를 나누고 싶었는데, 정작 이렇게 마주하게 되니 자네에게 시간이 없군."

혁무량은 한참 동안 호열의 얼굴에서 시선을 거두지 않았다. 그저 무엇인가를 말할 듯하면서도, 이내 입을 꾹 다물고 호열을 주시할 뿐이었다. 그러다 무엇을 결심했는지, 이미 정신을 잃어버린 호열을 억지로 일으켜 세운 후 장심을 명문에 천천히 가져다 댔다.

'이 결정으로 인해 어떤 일이 일어난다고 해도, 결코 후회하지 않는다. 그리고 그들이 원하는 것이 아니더라도 상관없다. 무엇이 옳고, 무엇이 그른 것인가? 아직 정해지지 않은 것이 미래가 아니던가. 그런데 굳이 겁내고 무서워하며 피해보고자 할 필요가 있을까? 모든 것이 결정되어지지 않았는데…….'

혁무량의 전신에서 눈부실 정도의 백광이 피어오르기 시작하더니, 이내 혁무량과 호열의 전신을 뒤덮기 시작했다.

일각, 이각…….

반 시진, 한 시진…….

　　호열과 혁무량의 전신을 감싼 백광은 거의 이틀 동안 찬란한 빛을 발한 후 순식간에 사라졌다. 마치 신기루를 보는 것처럼, 감쪽같이 자취를 감춘 것이다.

　　백광이 사라지고 난 후 이각이 흐르자, 그동안 감겨져 있던 혁무량의 눈이 힘겹게 떠졌다. 하지만 혁무량의 눈빛은 너무도 맑고 고요했다. 마치 잔잔한 호수를 보는 것처럼, 세상의 모든 것을 포용하고도 남을 눈빛이었다.

　　'이제 끝난 것인가? 허허, 이것이 인생인 것을……'

　　고요한 시선으로 한동안 호열의 모습을 살펴보던 혁무량의 눈이 천천히 감겼다. 영원히 떠지지 않을 것처럼…….

　　호열은 어둠 속에서 한줄기 빛이 자신을 감싸는 것을 느끼며, 이것이 죽음인가 하는 생각이 들었다. 그러나 차갑기만 한 어둠보다는, 포근한 느낌이 너무도 좋았다. 그러면서 죽는다는 것이 그리 나쁜 것도 아니라는 생각이 들었다.

　　하지만 정신이 조금씩 맑아지고, 상황이 자신이 생각했던 것이 아니라는 느낌을 받았다. 포근한 느낌 속에서 몸에 활력이 돌아오는 것을 느낀 것이다.

　　의문이 들었다. 왜 이런 현상이 일어나는 것인지 짐작하지 못한 것이다. 그러나 백광이 사라지고, 주변의 기운이 느껴지기 시작하면서 모든 상황이 한눈에 들어왔다. 그리고 자신이 살아 있다는 것을 확실하게 인지하게 되었고, 그 원인이 바로 혁무량에게 있음을 알 수 있었다.

　　'왜? 무엇 때문에……?'

호열은 혁무량의 행동이 이해되지 않았다. 자신을 살리기 위해선 혁무량의 모든 것을 내놓아야 했을텐데, 혁무량은 알면서도 자신을 살린 것이다. 그리고 호열이 정신을 차리고 혁무량을 보았을 땐, 이미 혁무량의 기운은 미약하게 변해 느낄 수조차 없을 정도로 희미해져 있었다.

"왜 그랬소? 자신이 죽는다는 것을 몰랐단 말이오……?"

"……."

"말해 보시오. 분명 무슨 의도가 있어서 나를 살린 것이 아니오?"

"허허~."

"자신이 죽는다는 것을 알면서도 살려냈다면, 그에 합당한 이유가 있을 것 아니오. 그렇지 않고 누가 자신의 생명을 내놓을 수 있겠소."

"그렇게도 알고 싶은가?"

"그렇소. 당신은…… 휴~ 말해 보시오. 진정 당신이 내게 원하는 것이 무엇인지."

"아무것도 없네. 자네의 인생인데, 무엇을 원하겠는가. 그저 그렇게 하고 싶어서 했을 뿐이네."

"그것이 지금 말이 된다고 생각하시오?!"

호열은 혁무량의 대답에 순간 욱하는 무엇인가가 가슴 밑에서부터 치밀어 오르는 것을 느꼈다. 답답했다. 무엇인가가 자신의 목을 꼭 틀어쥐고 놓아주지 않는 것 같았다.

"그렇다면 내 의지라고 생각해 주게."

"당신의 의지……?"

"그렇네."

'의지라…….'

호열은 혁무량의 말이 이해가 될 듯하면서도 무언가 미진한 구석이 있음을 알 수 있었다. 그러나 더 이상 물어볼 수가 없었다. 이미 혁무량의 몸은 싸늘하게 식어가고 있었기 때문이다. 살려보고 싶었지만, 이미 완전히 허물어져 버린 상태였기에 그럴 수도 없었다. 아직 완전히 숨이 끊어지지 않은 것은, 미약하나마 대자연의 숨결이 혁무량 주변에서 떠나지 않았기 때문이었다.

"허흑! 쿨럭, 크으으으~."

"괜찮… 습니까?"

"훗, 후후. 갑자기 자네에게 존대를 받으니 이상하구먼."

"흠. 그, 그건……."

"괜찮네. 그나저나 이왕 마지막 가는 마당에 소원 한 가지 들어줄 수 있겠나?"

"소원? 무, 무슨……?"

호열은 혁무량의 갑작스러운 말에 눈을 동그랗게 뜨고 의문이 가득 담긴 눈빛으로 반문을 했다. 하지만 혁무량은 호열의 모습이 보기 좋은지 가볍게 미소를 지어 보이다가, 이내 힘겹게 숨을 들이켰다.

"크흑, 흐흠. 휴~."

"……."

"훗, 그렇게 볼 것 없네. 그냥 자네가 좋게 느껴지기 시작해서 해본 소리라네. 본좌에게 남아 있는 시간이 그리 많지 않은 상황에서, 자네의 눈빛을 보니 순간적으로 이런 생각이 들더군."

"……?"

"웃기게 들릴지 모르겠지만, 짧은 시간이나마 자네와 친하게 지냈으면 어떠할까 하는 생각이 들었네. 왜 그런지 모르겠지만, 자네의 마음이 내키지 않으면 못 들은 것으로 하게. 쿨럭! *끄으으음.*"

"…본인은 부모님 외의 사람이 머리 위에 앉는 것을 싫어하오. 그러니 본인의 입에서 혀, 흐흠. 형님이란 소리를 듣고자 한다면, 그것은 당신이 죽는다고 해도 이루어지지 않을 바람이오."

호열은 혁무량이 마지막 소원으로 자신의 입에서 형님이란 칭호를 듣고자 한다는 생각이 들었다.

"오히려 그것은 내가 싫네."

"그럼 무슨……?"

"혹시 자네는 친우를 사귄 적이 있는가?"

"친우……?"

"그렇네."

"…아직……."

호열은 혁무량의 물음에 쉽게 대답할 수가 없었다. 가만히 생각해 보니, 아직 자신에게 친우라고 부를 만한 사람이 없었던 것이다.

"허허, 세상을 살면서 어찌 친우 한 명조차 사귀지 못했는가? 쿨럭! 끄으응~."

"그, 그것은 개인적인 일이오. 그리고 굳이 친우를 사귈 생각도 없었소!"

호열은 혁무량의 말에 얼굴이 붉게 달아올랐다. 정말 자신이 생각하기에도 어딘가 세상을 잘못 살아온 것이 아닌가 하는 생각마저 들 정도였기 때문이다. 하지만 지금까지 살아오면서 마음 편하게 친우를 사귈 정도로 한가하지 않았다고 생각했기에, 호열은 오히려 혁무량에게 윽박 지르듯 언성을 높였다.

"허허, 그렇구먼. 하지만……."

"……."

"세상을 살면서 친우 한 명조차 사귀지 못했다면, 그것은 실패한 삶일 수도 있지 않은가?"

"그, 그건……."

호열은 혁무량의 말에 순간 욱 하는 심정이 되었지만, 뭐라고 반박할 말이 떠오르지 않았다. 어떻게 생각해 보면, 혁무량의 말에도 일리가 있었기 때문이다.

"허허, 자네도 내심 그렇게 생각했나 보구먼."

"일리가 있는 말이긴 하오. 하지만! 세상엔 본인의 친우가 될 만한 사람은 없었소. 지금까지는……."

"그럼 나를 친우로 생각해 줄 수 있겠는가?"

"뭐요? 다, 당신을……?"

"그렇네. 자네와 나이 차이가 많이 나니 얼핏 자네가 손해일 수도 있겠지만, 그래도 자네의 생명을 구해주지 않았는가. 어떤가, 우리 친우로 지내봄이……."

"흐으음……."

"……."

"조, 좋소. 내 평생에 있어서, 혁무량 당신이 유일한 친우요."

"허허, 유일한 친우라. 고맙군, 정말 고마우이. 크흑! *끄으으으응*~."

사르르르르.

마치 호열의 대답을 기다리고 있었기라도 하듯, 호열의 입에서 친우란 말이 떨어짐과 동시에 혁무량의 고개가 천천히 아래로 떨궈졌단다. 하지만 혁무량의 감겨진 눈과 굳게 닫혀진 입술에 살짝 미소가 어려 있는 것처럼 보였다.

"헉! 혀, 혁무량~!"

"……."

"아……."

'겨우 그 말을 듣기 위해서 힘겹게 버틴 것이오? 겨우 친우란 소리를 듣기 위해서? 아~'

호열은 혁무량을 보면서 자신도 모르게 눈물이 흘렀다. 부모님이 돌아가신 이후, 처음으로 흘러내리는 눈물이었다. 처음으로 마음이 맞는 지기를 만났는데, 이제 더 이상 그 지기의 얼굴을 볼 수 없게 된 것이다.

이것은 호열에게 있어서 또 다른 의미의 아픔이었다. 부모님과의 이별이나 사랑스러운 아내와의 이별과는 다른, 하지만 가슴 한구석이 휑하니 뚫린 기분이었다.

"이렇게 허무하게 갈 것이면, 왜 친우를 맺은 것이오? 왜……?"

호열은 아무런 대답도 없는 혁무량을 한참 동안 바라보다, 이내 하늘을 향해 고개를 치켜들었다.

"좋은 곳으로 가기를 바라겠소. 아니, 먼저 가서 좋은 자리를 만들어 놓기 바라오. 나도 언젠가는 갈 것이니……."

마치 혁무량이 하늘로 올라가는 모습을 보는 것처럼, 호열의 입에선 따스한 미소가 자리를 잡았다.

"응? 이 느낌은 뭐지……? 이, 이건……?"

팟! 파팟~!

휘이이이이잉~

"아~."

호열은 갑자기 주변에서 막대한 기가 급속하게 모여드는 것을 느꼈다. 그에 무슨 일인지 확인해 보고자 주변을 두리번거렸으나 그 발원지를 찾을 수가 없었다. 그러나 이미 상당량의 기운이 호열과 혁무량을 중심으로 모여든 상황이었고, 갑자가 하늘에서 눈을 뜰 수조차 없는 강렬한 빛이 떨어져 내리더니, 이내 호열과 혁무량의 전신을 감싸기 시작했다.

호열은 자신의 눈앞에 펼쳐지기 시작한 광경을 이해할 수가 없었다. 이런 광경은 처음 보는 것이었다.

'이것이 무슨 일이지? 도대체 무슨…… 호, 혹시 이것이 황금 기둥……?'

호열은 자신의 주변에서 벌어지는 이해 못할 상황에 대해 생각하게 되었고, 그와 더불어 자신을 감싼 빛이 황금색임과 동시에 하늘까지 길게 이어지고 있음을 확인할 수 있었다.

'아… 이것이 정말 황금 기둥이란 말인가? 그런데 어떻게 이곳에……?'

"응? 뭐, 뭐야? 저, 저건 설마……?"

호열은 하늘을 향해 고개를 치켜들고 있다가, 갑자기 옆에서 이상한 기운이 감지되자 깜짝 놀랐다. 그에 얼른 시선을 돌렸는데, 그곳에는 도저히 눈으로 보고서도 믿어지지 않을 놀라운 일이 일어나고 있었다.

이미 싸늘한 시신이 되어 있는 혁무량의 몸에서 또 한 명의 혁무량이 모습을 드러내고 있었다. 생전의 모습 그대로였는데, 다만 온몸에서 백색의 서기가 발산되고 있다는 차이점이 있었다.

호열은 자신의 눈앞에서 웃는 얼굴로 바라보고 있는 것이 혁무량의 영혼임을 알 수 있었다.

"친우, 이렇게 다시 보게 되는군."

“그, 그렇군.”

“자네도 보이는가, 황금 기둥이?”

“…….”

호열은 혁무량의 질문에 대답 대신 고개를 끄덕여 보였다. 그에 혁무량의 입가엔 지금보다 더 큰 미소가 지어졌다.

“자네가 황금 기둥을 볼 수 있게 되어서 기쁘네.”

“그럼 황금 기둥이란……?”

“그렇네. 선계와 지상을 연결해 주는 다리라네.”

“아~.”

호열은 혁무량의 대답에 감탄사가 절로 나왔다.

선계.

상상 속의 허황된 세계로만 여기고 있었는데, 이렇게 그 실체를 보게 되니 저절로 탄성이 나온 것이다.

쿠구구우우웅~

“……?”

“허허, 선계의 문이 열리는구면.”

“흐으음.”

“혁무량, 그대의 선계 진입을 환영하오.”

“허억! 사, 삼풍 진인……?”

호열은 갑자기 들려온 목소리에 깜짝 놀라 하늘을 향해 고개를 치켜들었다.

하늘 끝.

황금 기둥의 끝이 활짝 열리며, 그 안에서 한 명의 선인이 얼굴을 드러내고 있었는데, 자세히 보니 몇 년 전에 보았던 삼풍 진인 장삼봉이었다.

"허허, 역시 진인도 선계에 올랐구려."

"오래전부터 기다리고 있었소. 어서 오르시구려."

"알겠소. 곧 오르겠소이다."

"그리고…… 임 공, 오랜만에 보는구려."

"흐으음, 그런 것 같소."

호열은 정신이 하나도 없었다. 마치 꿈을 꾸고 있는 것 같았는데, 아무리 해도 꿈에서 깨어날 수가 없었다. 꿈이라고 생각해 보았지만, 분명 자신의 눈앞에서 벌어지고 있는 것은 꿈이 아니었다.

"그동안 잘 있었느냐?"

"크큭, 그놈. 드디어 선계의 끝을 보는구나."

"허허허~."

"허억! 사, 삼황……?"

"그렇다, 이놈아. 네 녀석 때문에 우리가 얼마나 골머리를 앓았는지 아느냐?"

"화… 황……."

"그렇지 않아도 네게 무거운 짐을 지워준 것 같아 걱정을 했는데, 이렇게 장성한 모습을 보니 반갑구나."

"비, 빙황……."

"허황도군께서 너를 인정해 주셨다. 그러니 네가 선계와 연을 맺고 싶으면, 언제든지 오를 수 있게 되었다. 물론, 오랜 세월이 흐른 후가 되겠지만."

"아~ 뇌황……."

호열은 삼황의 모습을 일일이 확인하면서 무거운 신음이 입 밖으로 흘러나왔다.

세상을 혼탁하게 만들 수 있는 마기.

삼황의 암계로 인해 떠안게 된 마기 때문에 몇 번의 죽을 고비를 넘겼는지 생각도 나지 않았다. 만나기만 하면 가만두지 않겠다고 몇만 번을 다짐하던 호열이었지만, 막상 그 당사자들이 눈앞에 나타나자 백지가 된 것처럼 앙금이 깨끗이 사라졌다. 그저 그리운 얼굴들을 다시 보게 되자 미소만 남게 되었던 것이다.

"허허, 우리 다시 보자꾸나. 네가 오르기를 기다리고 있으마."

"아……."

뇌황의 마지막 말이 호열의 영혼에 울린 후 삼황의 모습은 호열의 눈앞에서 사라져 버렸다. 그와 더불어 삼풍 진인의 모습도 보이지 않았다. 다만 지금까지 조용히 있던 혁무량의 영혼이 약간의 잔떨림이 있은 후 서서히 하늘로 오르고 있었다.

"친우, 먼저 가서 좋은 자리를 잡아놓겠네. 세상의 모든 인연이 정리되거든, 그때 웃으며 다시 만나세."

"…잘 가시오, 혁무량. 나의 유일한 친우여……."

휘이이이이잉~

콰르르르르.

팍!

혁무량의 모습이 황금 기둥 끝에 이를 때, 호열의 입에선 작은 음성이 새어 나왔다. 하지만 혁무량은 이미 황금 기둥 끝에 도달해 있었다. 그러나 마치 호열의 중얼거림을 들은 것처럼, 혁무량의 영혼이 휘황찬란한 빛을 내뿜으며 답해주고 있었다.

그러나 찬란한 빛도 이내 황금 기둥 끝으로 모습을 감추었으며, 그

때까지 호열을 감싸고 있던 황금빛 기둥이 순간적으로 엄청난 빛을 사방에 뿌려대더니 순식간에 사라져 버렸다.

“아…….”

황금 기둥이 사라진 후 절벽에 남은 것은 호열뿐이었다. 이미 영혼이 빠져나간 혁무량의 시신도 사라진 뒤였다. 절벽을 아무리 뒤진다고 해도, 혁무량과 독고신검, 그리고 혜정 대사의 시신을 찾을 수 없었다. 마치 그동안 있었던 모든 것이 꿈처럼 느껴질 정도였다.

하지만 호열은 이 일이 모두 현실임을 알고 있었기에, 홀가분한 마음으로 절벽을 나설 수 있었다. 혁무량의 도움으로 모든 상처가 깨끗하게 치료된 상태였다.

하느님께서 생각하시는 도(道)란 무엇입니까?

 형님께서 생각하시는 도(道)란 무엇입니까?

　현원덕호의 죽음 이후, 무림에는 일대 지각 변동이 일어났다. 현원세가와의 혈전에서 패배한 연합맹이 혼란을 맞은 것은 당연한 일일 수 있으나 싸움에서 승리한 현원세가와 마교에서 무림인들을 혼란스럽게 만드는 일이 일어났다.

　현원세가에 패한 후 항주에 자리를 잡은 연합맹은 모든 것이 꿈처럼 느껴졌다. 아니, 꿈이길 바랐다. 하지만 절대 꿈일 수 없었기에, 하늘이 원망스럽고 자신들의 무능함에 분노가 일었다. 그러나 현실을 도피할 수는 없기에, 몇몇 뜻있는 영수를 중심으로 다시 힘을 모으자는 논의가 벌어졌다.

　그러나 이런 논의는 그리 오래가지 않았다. 또다시 현원세가와 맞붙고 싶은 문파가 없었던 것이다. 더불어 몇몇 이들을 중심으로 분열이 일어나기 시작했는데, 독고 맹주를 비롯해 담현 방장과 연정 장문인 등 그동안 연합맹을 영도했던 영수들이 대부분 큰 부상을 당하거나 사망한 이후, 실질적으로 연합맹을 이끌 만한 사람이 없었기에 분열은 더욱 가속화되었다.

하지만 몇몇 영수를 중심으로 현원덕호를 죽인 운영을 새로운 맹주로 추대하자는 분위기가 젊은 영재들을 중심으로 빠르게 확산되었다.

모든 혈겁의 원흉인 현원덕호를 맞아 단독으로 물리친 희대의 영웅.

모든 이목은 순식간에 운영에게 집중이 되었다.

그러나 운영은 연합맹에 아무런 미련이 없었다. 아니, 오히려 호열에게 암계를 사용한 영수들에 대한 분노 때문에 떠나고 싶었다. 이에 운영은 자신을 연합맹 맹주로 추대하려는 움직임에도 불구하고 마음을 정리한 후 모든 것을 접고 연합맹을 떠나기로 했다.

담현 방장과 연정 장문인은 운영이 연합맹을 떠났다는 소식을 접하고서는 더 이상 아무런 말을 할 수가 없었다. 이 모든 것이 자신들의 잘못에서 벌어진 일이었기 때문이다. 그러나 구심점 역할을 해줄 운영이 떠나 버린 연합맹은 망연자실할 수밖에 없었다.

혼란의 극치.

운영이 떠난 후 연합맹은 한동안 새로운 맹주로 누구를 추대할 것인지에 대한 논의로 몸살을 앓아야만 했다. 한때 예전으로 회귀하자는 주장이 대두되기도 했지만, 아직 주적이라고 할 수 있는 현원세가가 건재하고 마교의 공격 역시 언제 있을지 모르는 상황에서 단합만이 살아남을 수 있는 유일한 방법임을 모르는 사람이 없었다.

이십여 일 정도의 진통을 겪으며, 새로운 맹주에 관한 논의가 활발하게 이루어졌다. 어느 정도 논의가 이루어지면서 맹주로 대두된 인물이 몇 명 있었다. 그들 중 무림인들이 가장 긍정적인 반응을 보인 사람들은 제갈 부맹주와 적혈마검 독고성준, 그리고 매화검선 호영검이었다. 하지만 결국 부맹주였던 현검선생 제갈현이 연합맹 맹주로 최종 추대가 되었고, 독고성준과 호영검이 각각 부맹주 직위에 올랐다. 세 명 모두 맹주로 추대되어도 하등 문제될 것이 없는 사람들이라, 뒷마무리를 확실히 하고 서로 간에 결속을 다진다는 차원에서 내려진 결정이었다. 그러나 이 일로 인해 예전 무림맹과 패혈맹을 구분하게 되는 결과를 초래하게 되었고, 연합맹의 잠재적인 불안 요소가 되었다.

더불어 기존 연합맹의 잔재를 처리함과 동시에, 그들의 공을 치하하는 자리가 벌어졌다. 그 속에서 논의된 것이 바로 현원덕호와의 대결에서 승리한 유운검선 정운영과 독고 맹주, 그리고 담현 방장과 연정 장문인에 관한 일이었다. 비록 독고 맹주와 담현 방장, 그리고 연정 장문인이 현원덕호를 상대하면서 큰 부상을 입었지만, 그들 세 명이 무림에서 차지하는 비중을 생각할 때 필요한 조치라 할 수 있었다. 더불어 무림의 판도 역시 재고되어야 했는데, 그 과정에서 무림인들 사이에 언급된 인물들을 포함해서 총 일곱 명이었다.

유운검선(流雲劍仙) 정운영(鄭雲嶺).

현원세가의 가주 천룡검(天龍劍) 현원승(玄遠乘).

검마왕(劍魔王) 독고후(獨孤珝).

현불(賢佛) 담현(曇玄) 방장.

진용검선(眞龍劍仙) 연정(緣正) 장문인.

마교의 교주 천마호령(天魔昊鈴) 매천호(挴闡豪).

그리고 마지막으로 비밀의 장막에 싸여 있는 마교의 대종사 천마사후(天魔嗣后) 혁매영(赫苺榮)이었다.

이들 일곱 명을 가리켜 무림인들은 일무삼성삼마(一武三聖三魔)로 칭했으며, 일무는 현원덕호와 홀로 대적해 승리한 유운검선 정운영이었다. 또한 현원덕호를 맞아 피로써 막아낸 독고후와 담현 방장, 그리고 연정 장문인을 가리켜 삼성이라 하였다. 현원덕호 사망 후 현원세가를 맡게 된 현원승과 마교의 교주와 대종사는 삼마로 지칭되었다.

이와 같은 모든 일들을 마무리 지은 후 제갈 맹주를 중심으로 새롭게 출범한 연합맹은, 남창에 머물러 있는 현원세가가 다시 공격하기 전에 전열을 가다듬기 위해 각고의 노력을 아끼지 않았다. 각 문파로 분리되어 있던 문인들을 통합해서 관리하게 되었고, 서로 간의 원만한 의사소통을 위해 잦은 만남이 이루어졌다. 그만큼 연합맹은 무림에서 살아남고자 최선의 노력을 다하고 있었다.

연합맹이 새롭게 결속을 다지는 시간에, 현원승은 세가를 위해 모종의 결심을 해야만 했다. 아무리 연합맹을 물리쳤다고 해도, 현원세가는 현원덕호의 죽음으로 충격에 빠질 수밖에 없었기 때문이다. 정신적인 지도자를 잃은 것은, 그만큼 큰일이었다. 하지만 현원덕호를 대신해서 현원세가를 이끌어왔던 현원승의 건재로 인해, 분열 직전에 처해 있는 연합맹보다 상황은 좋은 편이었다.

본격적으로 현원세가를 이끌게 된 현원승은, 더 이상 싸움을 수행하는 데 무리가 있다는 판단을 내렸다. 그에따라 연합맹의 잔당을 소탕하기 위해 항주로 향하는 것이 아니라, 본가가 있는 태원으로 돌아가는 방안을 택하게 되었다.

비록 연합맹이 분열 조짐을 보이고 있지만, 그것은 어디까지나 조짐일 뿐 현실화되지 않고 있었기 때문이다. 차라리 분열이 되었다면 공격을 강행했겠지만, 또다시 연합맹과 사생결단을 치를 수 있을 정도의 여력이 현원세가에 남아 있지 않았다.

현원승은 남창에서 물러난 후 태원으로 향하는 도중에 수많은 문파를 찾아갔다. 그중에는 무당파도 있었고, 소림사도 있었다. 더불어 남궁세가와 하북팽가 등 수많은 문파의 본가를 찾아 철저히 파괴한 것이다.

천 년의 역사를 자랑하던 소림사 전각들 대부분이 불에 탔고, 선조들의 숨결이 배어 있는 무공비급들이 사라졌다. 하지만 그 어떤 곳도 현원세가의 검을 막을 수 없었다. 항주에서 이러한 소식을 들은 문파들은 처절한 복수를 다짐하며 힘을 결합시키고자 노력하였다.

그러나 또다시 힘을 모은다는 것은 쉽지 않았다. 직접적인 피해를 입은 곳에선 두말할 필요 없이 동참을 하였지만, 별다른 피해를 입지 않은 문파들은 눈치를 살피며 자신들의 이득을 저울질하기 바빴던 것이다.

수많은 전리품을 챙기고 태원 본가에 도착한 현원승은, 군인들을 쉬게 한 후 곽 총관과 염상백을 조용히 자신의 방으로 불렀다.

"그동안 수고 많았네."

"아닙니다, 가주님."

"당연한 일을 한 것뿐입니다."

"그렇게 말해 주니, 여간 고마운 것이 아니구먼. 흠! 본좌가 긴히 곽 총관과 우승상을 보자고 한 것은, 향후 본 가의 진로에 대해 같이 고민을 해보았으면 하는 생각에서네."

"본 가의 진로라니요?"

"곽 총관도 이미 그에 대한 고민을 하고 있는 것으로 아는데, 그렇지 않은가……?"

곽 총관은 현원승의 말에 순간 뜨끔했으나 이내 평정삼을 유지하고는 깊게 허리를 숙여 보이며 시인했다.

"죄송합니다, 가주님. 하지만 소인이 생각했었던 것은 실현 가능성이 없는 일이라, 가주님께 언급하지 않았던 것입니다."

"실현 가능성이 없는 일이라? 그렇다고 해도 한번 듣고 싶구먼."

"흐으음."

현원승의 말에 곽 총관은 난감한 표정을 지었다. 상황이 이렇게 된 이상 말을 해야만 하는데, 자신의 생각이 너무도 허황된 일이라 말하기가 곤란했던 것이다. 더구나 자칫 현원세가의 정통성이 훼손될 수도 있고, 원만한 관계를 유지하고 있는 타타르 국과 마찰이 생길 수도 있어 조심스러웠다. 하지만 말을 해야겠기에, 곽 총관은 우선 옆에 있는 염상백에게 양의를 구하고 시작하기로 했다.

"우선 우승상께 죄송하다는 말부터 해야겠습니다. 제 말을 듣고서 판단하시겠지만, 이런 생각을 하게 된 점에 대해서 다시 한 번 죄송합니다."

"무슨……?"

"그냥 제 설명을 다 들으신 후 판단하십시오. 흠! 그럼 가주님, 소인이 생각했던 것을 말씀드리겠습니다."

"그렇게 하게. 어서 듣고 싶구먼."

"감사합니다. 사실 소인은 본 가의 현 상황이 갈림길에 서 있다고 생각합니다. 이대로 중원에 남아 있느냐, 아니면 다른 곳으로 이동을 하느냐입니다. 흠! 먼저 남는 것에 대해서 설명을 드리면, 지금은 본 가의 힘에 대항하지 못하겠지만, 향후 몇 년이 지나지 않아 연합맹은 급성장을 하게 될 것입니다. 만약 본 가가 행한 일에 대한 반발로 결집력이 강화되었다면, 어쩌면 올해 안에 또다시 혈전이 벌어질 수도 있습니다. 지금 중원의 모든 이목이 본 가에 집중되어 있고, 본 가는 그들에게 표적이 되었습니다. 승리에 대한 전리품이긴 하지만, 그것은 엄연히 주인이 있었던 것이고 모든 무림인들이 꿈에서조차 갈망하던 무가지보이니까요. 따라서 본 가를 공격하는 데 총력을 다할 것이고, 그 인원은 상상할 수조차 없을 정도가 될 것입니다. 어쩌면 마교도 끼어들 수 있을 것입니다. 그렇게 된다면, 본 가는 패하게 될 것입니다. 그들은 이번의 실패를 거울삼아 더욱더 강한 결집력을 보일 것이기 때문입니다."

"흐으음……."

"그리고 다른 하나는, 바로 중원을 떠나 초원으로 이동하자는 것입니다."

"지금 초원이라 했습니까?"

"그렇습니다. 중원이 아닌 초원에서 새롭게 시작하는 것입니다."

"초원이라……."

현원승은 곽 총관의 말에 고개를 끄덕여 보였다. 사실 초원으로 이동하는 것이 어떨까 하는 생각은 현원승도 했었기 때문이다.

"그러나 문제가 있습니다. 사실 우승상께 죄송한 말이지만, 소인은 타타르 국이 아닌 오이라트 국으로 본 가가 가야 한다고 생각합니다."

"뭐, 뭐요? 오이라트요~!"

"오이라트? 본좌는 타타르 국으로 생각했는데……?"

곽 총관의 말에 염상백은 의자에서 일어서며 놀랍고 불쾌한 표정으로 곽 총관을 쳐다보았다. 그러나 처음 자신을 향해 양해를 구한 일도 있어서 다시 앉아 끝까지 들어보기로 했다.

"타타르 국으로 간다면 좋기는 하나, 올해 명나라의 대대적인 원정이 있을 것입니다. 그렇게 되면 본 가는 자리를 잡기도 전에 전쟁의 한복판에 서게 될 것이고, 그렇게 되면 본 가의 미래는 보장할 수 없습니다. 그리고 다른 이유가 있는데, 그것은 이참에 본 가가 오이라트 국에 자리를 잡고, 본 가의 정당성을 주장하는 것입니다. 그렇게 되면 불편한 관계에 놓여 있는 타타르 국과의 관계 개선도 가능할 것이고, 다시한 번 초원의 영광을 재현할 수 있을 것입니다."

"흐으으음."

"아~."

현원승과 염상백은 곽 총관의 설명에 고개를 끄덕였다. 일견 타당성이 있어 보였던 것이다. 더구나 염상백은 타타르 국에 이롭게 될 수도 있다는 생각이 들었고, 그에 더 이상 곽 총관을 추궁하지 않았다.

현원승은 곽 총관과 많은 이야기를 주고받았다. 그리고 그 중간에 낀 염상백 역시 타타르 국에 이롭도록 조정을 하는 데 적극 참여를 했다. 어차피 타타르 국이 아닌 오이라트 국으로 정해진 이상, 염상백은 아쉬움을 빨리 접고 취할 수 있는 이득에 대해서 생각할 수밖에 없었다. 또한 현원승도 염상백과 최대한 많은 것을 협조하는 것이 서로 이로웠기 때문에, 오이라트 국으로 이동한다고 해도 타타르 국과 긴밀한 협조를 하는 데 적극적일 수밖에 없었다.

세 명의 깊은 숙의 끝에, 현원세가의 이동에 대한 전반적인 안건이 다루어졌다. 그중 가장 큰일은, 바로 현원승이 태상가주로 오르고, 소가주인 뇌전검(雷電劍) 현원득(玄遠得)이 가주로 취임한 것이다.

현원승의 나이 벌써 백십 세였다. 더구나 현원득도 육십일 세라 세대 교체가 단행될 시점이기도 했다. 하지만 이것은 현원승의 결단이 무엇보다 크게 작용했는데, 새로운 곳에서 새로운 사람이 일을 추진하는 것이 옳다며 곽 총관과 여러 장로를 설득한 것이다.

현원승의 적극적인 지지로 인해, 곽 총관의 의견이 적극 반영되면서 현원세가의 이동 계획이 빠르게 진행되었다. 그렇게 해서 이월 중순에 이동을 시작하는 것으로 결론이 났고, 그에 따른 전반적인 일들을 단계적으로 진행시켰다. 비록 너무 이른 감이 있었지만, 연합맹과 무림인들이 행동을 시작하기 전에 움직이는 것이 이롭다는 판단이 들어 서두른 것이다.

하지만 염상백은 현원세가의 일이 마무리되자 살아남은 사천 명의 청랑군을 대동하고 먼저 타타르 국으로 출발했다. 미리 부니야시리 황제에게 현원세가의 일을 보고해야 했기 때문이다. 더불어 영락제의 친정 소식도 전하며, 그에 대한 대비도 해야 했다. 그러나 이미 현원승과 그 일에 대한 숙의가 있었기에 크게 마음을 졸이지는 않았다. 다만 어떻게 부니야시리 황제를 비롯한 타타르 국 대신들을 설득하느냐가 관건이었다.

현원승은 염상백에게 십 년이란 시간을 약속했다. 십 년 후에 현원승은 오이라트 국을 장악한 후 타타르 국을 돕겠다는 약조를 염상백에게 전한 것이다.

염상백은 현원승의 약조를 믿었다. 전장에서 함께한 시간동안, 현원승이 어떤 인물인지 직접 경험했기 때문이다. 그에 염상백은 몇 년의 시간동안 굴욕을 참을 수 있었다. 또한 그것을 부니야시리 황제에게 강요해야 했다. 그것만이 영락제의 정복욕을 막을 수 있는 유일한 방법이기에…….

연합맹은 겨울이 지나가고 날씨가 풀리면서 대대적으로 결전의 준비를 서둘렀다. 이미 겨울부터 준비를 하고 있었기에 구체적인 작전을 세우는 것 외에는 별다른 일이 없었으나 마교와의 관계 개선에 대해선 신경을 쓰지 않을 수 없었다.

연합맹은 이번 현원세가를 공격함에 있어서 마교와 잠정적인 동맹을 맺었다. 사실 반대하는 여론이 만만치 않았으나 현원세가에서 자행한 짓이 너무 커서 동맹 쪽으로 기울어졌다.

연합맹은 마교와의 동맹과 더불어, 낭인무인들까지 끌어들이기 위해 결단을 내려야만 했다. 그것은 각 문파의 무가지보를 획득할 경우, 그것을 일정 부분 공동 소유로 하겠다는 뜻을 공표한 것이다.

폭탄선언이었다. 제갈 맹주의 선언에 전 무림인들이 놀라움을 감추지 못했는데, 각 문파의 장문인들과 가주들이 동의를 표하자 수많은 무림인이 연합맹에 동참을 하기 시작했다. 그들 중에는 강호초출과 낭인들이 상당했지만, 오랜 세월 은거를 하던 기인들도 많이 포함되었다.

이렇게 커져 버린 연합맹의 힘은, 남창에 있었을 때보다 훨씬 강력해지고 거대해졌다. 그리고 날씨가 풀리기 시작할 때, 연합맹의 진격이 시작되었다. 복수를 위해서, 명성을 위해서, 그리고 무가지보를 위해서…….

생각보다 빠르게 이동을 해서 그런지, 연합맹이 태원에 도착했을 땐 사월 초입에 막 들어서고 있었다. 이미 마교에선 현원세가 주변을 물샐틈없이 경계를 서고 있었는데, 마교가 모습을 보인 이후 어떤 진법이 펼쳐진 상태인지 모르지만 출입하는 사람이 한 명도 없었다. 모두 이상한 생각이 들었지만, 연합맹이 도착할 때까지 숨죽이고 경계만 설 뿐 일절 다른 행동을 하지 않았다.

충격!

격분!

그리고 허탈······.

힘들게 진법을 뚫고 현원세가에 진입한 연합맹과 마교의 문인들은 도무지 이해할 수가 없었다. 단 한 명도 없었던 것이다. 하다못해 가축들도 없었다. 너무도 깨끗하게 비워져 있었다.

한동안 연합맹과 마교에서는 현원세가의 행방에 대하여 깊은 논의가 이루어졌다. 그러나 결론이 나올 수 없었다. 상식적으로 이해할 수 없는 일이라, 아무도 상황을 설명할 수가 없었다.

가능성이 있다면, 마교가 경계를 펴기 전에 이미 모든 문인들이 떠나고 없었다는 것이다.

이 의견에 모두들 수긍했다. 하지만 일각에서는 무림지보를 노린 마교에서 현원세가를 공격하여 몰살시킨 후 감쪽같이 위장한 것이 아니냐는 소문이 퍼졌다. 마교에서는 있을 수 없는 일이라며 불쾌한 심사를 노골적으로 드러냈고, 연합맹에서도 현원세가와 마교와의 결전에 대해 부정적으로 생각하는 사람이 많았다. 아무리 마교의 힘이 강성하다고 해도, 현원세가를 공격하는데 세상의 이목까지 속일 수 있을 정도는 아니었기 때문이다.

그럼에도 연합맹을 비롯한 무림인들의 아쉬움은 상당히 컸다.

현원세가와 함께 사라진 무가지보.

이제는 어떻게 찾아야 할지 난감해지게 된 것이다. 현원세가가 움직일 곳은 조금만 생각해도 알 수 있을 정도로 뻔했다. 그렇기에 더욱 분노가 일었지만 돌아오는 것은 허탈감밖에 없었다. 현원세가를 찾아 초원으로 갈 수는 없었기에······.

현원세가가 사라진 이후, 연합맹과 마교는 서로 일정한 인원을 남겨

두고 뒤돌아서야만 했다. 그러나 동맹을 맺은 것은 변함이 없어서, 연합맹에서는 마교의 중원 진입에 대해 언급하지 못했다. 이로써 마교는 중원으로 진입을 시작하게 되었고, 연합맹에서는 마교와의 마찰이 없는 한 지켜보아야 할 입장에 놓였다. 마교에서도 더 이상 연합맹과의 마찰을 원하지 않았기에, 예전처럼 자신들의 영역 하에 놓인 상태라 해도 연합맹과 관련이 있는 문파에는 손을 뻗치지 않았다. 일정 부분 공생 관계가 형성이 된 것이다. 하지만 이러한 평화가 언제까지 갈 것인지에 대해서는 아무도 장담을 하지 못했다.

사월이 되자, 무림뿐만 아니라 온 나라가 큰 혼란에 휩싸였다.
황제의 친정.
영락제가 직접 정로군을 이끌고 타타르 국을 공격한다고 공포된 이후, 백성들은 또다시 전쟁이 시작되는 것이 아니냐는 불안에 떨었다. 그러나 대부분의 사람들은 이번이야말로 불안했던 북쪽 지방을 평정할 수 있는 기회로 여겼다.
영락제의 친정에 동원된 병력은 무려 사십만에 이르렀다. 그중 오만 명은 기병이었고, 보급에 오만 명이 뒤따랐다. 즉 보병은 삼십만 명이었지만 금의위와 동창이 합세를 하여 전력 보강이 이뤄진 최고의 원정군이었다.
백성들의 우려와는 달리, 타타르 국 원정은 네 달 만에 영락제의 승리로 끝났다. 비록 중간에 큰 전투도 벌어지고 고비사막을 넘으면서 몇 번의 위기도 있었지만, 영락제는 타타르 국 황제인 부니야시리의 항복을 받아내는 데 성공을 거두었다.
그러나 그뿐이었다. 황제를 단죄한 것도 아니고, 타타르 국의 영토를 정복한 것도 아니었다. 그저 항복을 받아내고, 더 이상 북방에서 소란을 피우지 않겠다는 약조를 받은 것뿐이었다.

사실 영락제는 완전한 정복을 원했지만 상황이 여의치 않았다. 비록 부니야시리에게 항복을 받아냈지만, 그것을 유지하기 위한 힘이 부족했던 것이다. 자칫 친정을 하는 와중에 불미스러운 일이 일어날 수도 있었기에, 영락제는 완전한 정복은 다음으로 미루고 북쪽 국경을 정비하는 선에서 군사들을 뒤로 물려야 했다.

*   *   *

호열이 절벽에서 벗어나 장사에 도착했을 때, 이미 천명회는 북경으로 이동한 후였다. 하지만 만리표국을 완전히 옮긴 것이 아니었기에, 호열은 소호 공주도 북경으로 따라갔음을 알 수 있었다. 그에 호열은 더 이상 망설이지 않고 북경으로 향했다.

북경에 도착한 호열은 어렵지 않게 소호 공주를 만날 수 있었고, 끊임없이 눈물을 흘리는 소호 공주를 달래느라 많은 노력을 기울여야만 했다. 하지만 소호 공주의 눈물은 좀처럼 그칠 줄을 몰랐다.

북경에서 오랜만에 평화로운 생활을 보내던 호열은, 바로 옆에 장백검문의 분타가 있음을 듣고서 찾아가 볼까 하는 생각이 들었지만, 그냥 모른 척하기로 하고 조재현과 호대령 등 수하들과 함께 장백산으로 향하고자 계획을 세웠다.

발전하는 북경에서 살아볼까 하는 생각도 들었지만, 얼마 지나지 않아 황궁이 완공되면 황제가 올 것이 분명하기에, 호열은 괜히 껄끄러운 마음에 북경을 떠나 장백산으로 돌아가기로 결정한 것이다.

소호 공주는 호열의 뜻에 적극 동참하였다. 그렇지 않아도 건문제와 함께 있는 것이 불편하기도 했지만, 무엇보다 자신으로 인해 건문제의 행보에 피해가 생길 수도 있다는 생각에 호열의 뜻에 동의한 것이다. 비록 장백산이 북경과 멀리 떨어져 있다고 해도, 숨 막히는 중원보다는 훨씬 좋을 것 같았다.

조재현과 호대령 등 수하들 역시 호열의 뜻에 따라 장백산으로 가는 데 동의했다. 거기엔 소호 공주의 수발을 들던 조향과 규화가 포함되었는데, 나중에 규화는 호열의 명에 의해 북경과 장백산을 오가며 건문제와 소호 공주와의 연락책을 맡게 되었다.

*   *   *

연합맹을 떠난 운영의 발길은 자연스럽게 북경으로 향했다. 그러나 북경으로 가는 길목에 무한을 들렀을 때, 마침 무한엔 선혜 공주가 잠시 머물러 있었다.

사실 선혜 공주는 동창을 통해 연합맹과 현원세가의 일을 상세하게 보고받고 있었으며, 그중에 가장 이목이 집중된 것은 바로 운영의 행보였다. 그래서 운영이 연합맹을 떠나 북경으로 향하고 있으며, 그 일정 중에 무한으로 향할 것 같다는 보고가 올라오자 부리나케 무한으로 달려온 것이다. 물론 명목은 잠시 동창의 일을 관리한다는 것이었지만.

선혜 공주와 또다시 대면하게 된 운영의 마음은 예전과 많이 달라져 있었다. 예전엔 선혜 공주를 받아들일 공간이 없었지만 자신이 믿었던 정의가 세상 사람들이 믿고 있는 정의와는 상당한 차이가 있다는 것을 알고는 조금씩 마음을 비우게 된 것이다.

그에 운영은 선혜 공주의 구애에 응하게 되었다. 선혜 공주는 급한 마음에 바로 운영과 혼인식을 올리려 하였으나 나라의 사정이 여의치 않아 뒤로 미루어질 수밖에 없었다. 바로 영락제의 북벌 친정이 공포된 것이다. 그에 운영과 선혜 공주는 영락제가 친정에서 무사히 돌아온 후 성대하게 혼인식을 하기로 했다.

상황이 이렇게 되자, 운영은 장백산에 있는 부모님을 모시고 와야 했다. 그런데 운영의 말에 선혜 공주가 함께 가겠다고 떼를 쓰는 바람에, 운영은 선혜 공주와 함께 우선 금릉으로 가야 했다.

금릉에 도착한 운영은 한동안 선혜 공주와 꿈같은 시간을 보낼 수 있었다. 어떻게 갔는지 모를 정도로 시간이 흘러, 어느덧 가을을 넘어 겨울 초입에 들어섰다. 영락제는 친정을 마치고 보름 전에 금릉으로 돌아와 있었는데, 운영은 아직 영락제와 대면하지 못하고 있었다.

그렇게 겨울이 지나가고 새해가 밝았으며, 새싹이 돋아나는 봄이 찾아왔다.

운영은 그동안 일절 부르지 않고 있던 영락제와 처음으로 대면을 하게 되었다. 사적인 만남이었지만, 워낙 공주의 혼례 자체가 공적인 일이라 대신들이 대전에 빽빽하게 자리하고 있었다.

운영은 영락제를 대하자 처음엔 긴장을 하였지만, 시간이 지나면서 자연스럽게 긴장감이 사라지기 시작했다. 아니, 오히려 이따금씩 영락제를 압도하는 분위기도 만들어졌는데, 영락제는 그런 운영의 변화를 반기는 듯 만면에 웃음을 지었다.

영락제와의 첫 대면은 운영의 생각보다 길었으며, 아주 성공리에 마칠 수 있었다. 그해 가을 정도에 선혜 공주와 혼인식을 올릴 수 있게 되었으며, 그에 따라 선혜 공주와 함께 부모님을 모시러 장백산으로 향하게 되었는데, 시일이 그리 넉넉한 편은 아니었다. 최소한 팔월 말에서 구월 초까지는 금릉으로 돌아와야 했기 때문이다.

"저 산이 장백산인가요?"
"그렇소."
"정말 아름답군요. 아니, 웅장해 보여요."
"하지만 겨울엔 그 어느 곳보다 매서운 바람이 부는 곳이오."
"그렇군요."
선혜 공주는 운영의 설명을 들으면서 마차 밖으로 고개를 내밀었다. 시원한 바람이 불어와 무더운 공기를 식혀주었다.
운영과 선혜 공주의 행렬은 그리 요란하지 않았다. 비록 공주와 부마 예정자의 이동이었지만, 예전에 선혜 공주 밑에 있던 금의위 삼십 명만 호위를 위해 따라왔을 뿐이었다. 물론 선혜 공주의 시중을 들기 위해 궁녀들 몇 명이 포함되었지만, 일국의 공주가 움직인다고 볼 수 없을 정도였다. 그저 돈 많은 부호나 고관 자제의 나들이 정도에 지나지 않았다.
운영은 장백산에 오르자마자 바로 부모님을 찾아갔다. 예전 호열을 처음 만났던 곳에 가보고 싶었으나 그보다는 우선 선혜 공주를 부모님께 소개시켜 주어야 했기 때문이다.
갑작스러운 운영의 등장과 함께 꽃보다 아름다운 선혜 공주의 인사를 받은 유검(流劍)은 정신이 하나도 없었다. 유검의 부인은 아들 운영이 돌아온 것은 기뻤지만, 그와 함께 온 장정들은 위축감이 들게 만들어 오금마저 저릴 정도였다.
하지만 운영을 통해 자세한 상황을 설명받은 유검 내외는, 운영이

명황제의 공주와 혼례를 치른다는 말에 입이 함지박보다 더욱 커질 수밖에 없었다.

부마도위.

유검 내외가 이 말을 모를 수 없었다. 너무도 기쁜 마음에, 유검은 장한 아들의 어깨를 크게 두드려 주었고, 부인은 아들의 장성한 모습에 기쁨의 눈물을 흘려야 했다.

그렇게 마을엔 갑자기 찾아온 운영으로 인해 잔치가 열렸으며, 그 잔치는 삼 일 동안 치러지며 온 동네 인심을 풍족하게 만들었다. 물론 잔치 비용은 선혜 공주가 인심을 후하게 써야했다.

"끄응!"

"힘이 드시오?"

"예, 조금 힘드네요."

"이제 다 왔소."

"그럼 이곳인가요?"

선혜 공주는 운영의 따뜻한 미소에 환하게 웃어 보인 후 이마에 흐르는 땀을 소매로 닦으며 허리를 쭉 폈다.

"그렇소. 이곳에서 형님을 처음 만났지."

"그렇군요. 이곳이 바로 그곳이군요……."

선혜 공주는 회상에 잠긴 운영의 설명을 들으면서 주변을 쭉 돌아보았다. 그러나 그리 특이한 곳을 찾을 수 없었다. 있다면 넝쿨에 반쯤 가려져 있는 동굴뿐이었다.

"이곳도 많이 변했구려. 내가 이곳을 떠날 땐 그래도 이렇게 풀이 무성하지는 않았는데……."

“당연하지요. 벌써 몇 년이 지났을 텐데요.”

“그렇소. 팔 년, 벌써 팔 년이 흘렀구려.”

“팔 년이라, 꽤 긴 시간이네요.”

“흐으음…….”

운영은 선혜 공주의 말에 고개를 끄덕였다. 자신이 생각하기에도 긴 시간이었다. 하지만 사나이가 무엇인가를 이루기에는 부족한 시간이 기도 했다. 어찌 보면 고향에 빨리 온 것일 수도 있고, 선혜 공주를 만나지 못했다면 더 늦어질 수도 있었다. 이런 생각을 하자, 운영은 어쩌면 자신이 행운아일 수도 있다는 생각이 들었다. 기연도 너무 엄청난 기연을 만났었기 때문이다.

처음 호열과의 만남.

호열로부터 유운검법의 진수를 배웠던 일.

장백검문의 현운 장문인.

그리고 선혜 공주.

운영은 선혜 공주의 어깨를 감싸며 한동안 회상에 잠겼다. 하늘은 정말 너무도 파랬다.

‘응? 이곳에 누가……?’

회상에 잠겨 있던 운영은, 자신이 있는 곳으로 몇 명이 올라오고 있음을 감지했다. 혹시 산적인가 하는 생각이 들었지만, 그들 중 한 명은 구파일방의 장문인과 비교해도 손색이 없는 수준이라 호기심이 동했다. 그에 운영은 선혜 공주의 어깨를 감쌌던 손을 내리고, 사람들이 올라오기를 조용히 기다렸다.

스스슥.

“이거, 정말 이 길인 것 맞나?”

"에잉! 이곳까지 길을 터놓으라니, 이게 말이 된다고 생각하는가?"

"그럼 도 형이 직접 주군께 말해 보게. 부당하다고."

"그, 그거야……."

"자, 그렇게 있지 말고 어서 올라가세. 목표한 곳이 어디인지 확인해야 할 것이……."

"응? 누구……?"

한창 불만을 표하며 걸음을 옮기던 도형곡은, 풀이 갈라지면서 낯선 남녀가 자신을 보고 있자 당혹감이 들었다. 아무리 주변을 살피지 않았다고 해도, 자신의 눈앞에 상대가 나타날 때까지 몰랐다는 것은 치욕일 수도 있었다.

"뭐야? 왜……?"

"흐으음."

"……."

처음 도형곡의 행동에 의문을 제기하던 호대령과 남대린은, 도형곡의 앞에 서 있는 남녀를 확인하고는 침음을 흘릴 수밖에 없었다. 하지만 마냥 서 있기만 해서는 정체를 확인할 수가 없기에 호대령이 한 발 앞으로 나서며 말을 걸려고 했다. 그런데…….

"호, 혹시 정… 대협?"

"응? 본인을 아시오?"

"조 검주, 아는 사람이오?"

"예, 예전에 한번 뵌 일이 있습니다."

"그렇군요. 그럼……."

호대령은 갑자기 뒤쪽에서 조재현이 나서자 혹시 아는 사람일지도 모른다는 생각에 뒤로 물러서며 조재현에게 자리를 양보했다.

"본인을 본 일이 있다고요? 본인은 금시초문인데……?"

"아마 생각나지 않을 수도 있겠군요. 너무 오래된 일이니……."

"……?"

"그러고 보니 정 대협 옆에 계신 분은 혹 선혜 공주님이 아니십니까? 어떻게 공주님께서 이곳까지……?"

"응? 본녀를 아나요? 본녀는 그대를 본 일이…… 아! 호, 혹시 철혈검… 주……?"

"……."

조재현의 말에 깜짝 놀라던 선혜 공주는, 상대가 자신을 알고 있다는 생각이 들자 누굴까 하며 생각하던 중 과거 소호 공주의 옆에 서 있던 조재현의 모습이 생각났다. 그에 자신도 모르게 손가락을 가리키며 말하자, 조재현은 망설임없이 고개를 끄덕이며 확인시켜 주었다.

"다, 당신이 어떻게……?"

"그런데 어떻게 공주님께서 이곳에 오신 것입니까? 그리고 정 대협과 함께요?"

"그것은……."

"영매, 이제부터는 내가 말하겠소."

"알겠습니다. 그럼 소녀는 뒤에 있을게요."

"……?"

조재현은 선혜 공주와 운영의 대화가 이해되지 않았다. 아직 두 사람의 관계를 짐작하지 못하고 있었기 때문이다.

"영매의 말을 들으니, 혹시 그대는 철혈검문과 관계가 있소?"

"하하, 관계가 있지요. 그럼 정 대협은 철혈검문과 관계가 없습니까?"

"응? 그 무슨……?"

“제가 알기론 주군의 하나밖에 없는 동생으로 알고 있는데…….”

“헉, 그것을 어찌…… 아! 호, 혹시 팔 년 전 그…….”

“하하, 이제야 저를 기억해 주시는군요. 맞습니다. 팔 년 전, 그때 그 조재현입니다.”

“아~.”

운영은 조재현의 말에 절로 탄성이 흘러나왔다. 그러면서 자신도 모르게 조재현에게 다가가 손을 내밀었는데, 조재현은 아무런 거부감 없이 운영의 손을 잡아주었다.

“그동안 어떻게 지냈습니까? 그리고 형님은요? 혹시 형님의 소식을 들을 수 있습니까?”

“하하, 하나씩 물어보십시오.”

“이런, 죄송합니다. 너무 반가운 마음에 그만 결례를 했습니다.”

“아닙니다. 이해합니다.”

“고맙습니다. 그런데… 형님께선……?”

운영은 조재현을 향해 조심스럽게 호열에 관해 물어보았다. 자신이 들은 소문이 있었기에, 혹시나 하는 마음에 물어보면서도 조바심이 났다.

하지만 조재현은 운영의 질문에 활짝 웃어 보이며 손가락으로 한 방향을 가리켰다.

“하하, 주군께선 당연히 이곳에 계시지요. 저쪽입니다. 저곳에 주군께서 머물고 계신 장원이 있습니다.”

“아~ 그럼 형님께서…….”

“같이 가시지요. 마침 저희도 이곳에 잠시 들렀다가 돌아갈 생각이었습니다.”

“그, 그렇게 하겠습니다. 영매, 같이 가도록 합시다.”

“예.”

선혜 공주는 운영과 조재현의 대화를 들으면서 호열이 강호의 소문과는 다르게 살아 있음을 알 수 있었다. 또한 호열이 살아 있음으로 해서 소호 공주 역시 함께 있다는 것을 직감적으로 느낄 수 있었고, 오랜만에 소호 공주의 얼굴을 보고 싶은 마음에 흔쾌히 운영의 뒤를 따랐다.

조재현의 뒤를 따라간 운영의 눈앞에, 지어진 지 얼마 되지 않아 보이는 장원이 보였다. 장원의 정문 위에 철혈장(鐵血莊)이란 현판이 걸려 있었는데, 마치 용이 꿈틀거리는 것처럼 웅장해 보였다.

조재현의 안내를 받으며 장원 안으로 들어간 운영은, 자신의 앞에 오연히 서 있는 남녀를 볼 수 있었다.

호열과 소호 공주였다.

이미 호열은 운영이 조재현 등과 함께 오고 있음을 알 수 있었고, 그에 소호 공주와 함께 마당에 나와서 운영을 맞은 것이다.

“오랜만이구나.”

“…오랜만입니다, 형님. 살아 계셨군요.”

“그럼 넌 이 형이 죽을 줄 알았느냐? 그깟 광천뢰 몇 개에?”

“아닙니다. 이렇게 형님이 살아 계실 줄 알았습니다.”

“……”

“……”

호열과 운영은 한동안 서로의 얼굴을 쳐다볼 뿐 이렇다할 말이 없이 서 있었다. 그렇게 일각이 흘렀을 때, 두 사람의 표정을 살피던 선혜 공주가 호열을 향해 살포시 고개를 숙여 보인 후 뒤로 물러났다.

선혜 공주가 뒤로 물러나자, 소호 공주 역시 기다렸다는 듯 호열의 뒤로 물러섰다. 그러자 선혜 공주가 소호 공주에게 걸어갔고, 소호 공주는 선혜 공주의 의도를 파악하고는 호열을 향해 눈짓을 했다.

호열은 소호 공주의 눈짓에 살며시 미소를 지어 보이며 고개를 끄덕여 주었다. 그에 소호 공주 역시 입가에 미소를 지음과 동시에 고개를 끄덕여 보인 후, 자신을 향해 다가오는 선혜 공주의 손을 잡고서 안으로 들어갔다. 소호 공주가 선혜 공주를 이끌고 간 곳은 아담하게 만들어진 호수 한쪽에 지어진 장원이었는데, 그곳에는 예쁜 여아가 이리저리 뛰어놀고 있었고, 조향의 손엔 포대에 싸여 있는 아기가 얼굴을 삐죽 내밀고 있었다.

경민(敬珉)과 얼마 전에 세상 빛을 보게 된 은교(殷敎)였다.

소호 공주와 선혜 공주가 사라지고, 조재현 등도 자신들의 일을 하기 위해 다시 장원 밖으로 나간 후였다. 이제 마당에 남아 있는 사람은 호열과 운영, 그 둘이 전부였다.

호열과 운영은 서로 이따금씩 미소를 지어 보이며 서 있었다.

"정말 햇빛이 좋구나."

"그렇습니다, 형님. 정말 좋은 햇빛입니다."

"그래, 정말 그렇구나. 우리 잠시 걸을까?"

"예, 형님."

운영은 호열의 말에 고개를 끄덕이며, 벌써 일 장 정도 앞서 걸어가고 있는 호열의 뒤를 따랐다.

"형님께선… 제가 보고 싶지 않으셨습니까?"

"그럴 리가 있겠느냐. 단지… 내가 찾기보다는 네가 장성해서 찾아오길 기다렸을 뿐이다. 생각했던 것보다 이른 감이 있지만······.”

“흐으음.”

운영은 호열의 말을 듣고는 침음을 흘렸다. 대번에 무슨 의미가 내포되어 있는지 알 수 있었던 것이다.

“이렇게 찾아왔습니다, 형님.”

“그래, 그럼 네가 원하는 것을 모두 이루었느냐?”

“…반밖에 뜻을 이루지 못했습니다.”

“허허, 반이라······.”

“하지만 나머지 반이 전부라 할 수 있습니다. 그러니 뜻을 이루지 못했다고 말씀드려야 하나요. 제 반은 이미 다른 사람의 소유라 그리 말하지 못했습니다.”

“허허······.”

호열은 운영의 말뜻에서 선혜 공주를 사랑하는 마음을 읽을 수 있었다. 그에 고개를 크게 끄떡이며 환한 미소를 지었다.

“······.”

“······.”

“녀석, 그동안 몰라보게 성장했구나.”

“과찬이십니다, 형님. 그런데······ 행복해 보이십니다.”

“그렇게 보았느냐? 잘 보았다. 요즘 행복이 무엇인지 조금씩 알아가고 있단다.”

호열은 운영의 말에 저절로 소호 공주와 경님, 그리고 은교의 얼굴이 떠오르자 환한 얼굴로 답해 주었다.

어느덧 장원을 반을 돈 호열과 운영의 발걸음은 후원에 도달해 있었다. 두 사람의 시야엔 후원에서 담소를 나누고 있는 소호 공주와 선혜 공주의 모습이 보이고 있었다. 그녀들은 어색한 느낌이 들지 않을 정도로, 예전의 천진난만했던 시절로 돌아간 듯 보였다.

"흐음, 형님. 형님께서 생각하시는 도(道)란 무엇입니까?"

"도…? 글쎄……. 네가 생각하는 도는 무엇이더냐?"

"아직 모르겠습니다, 형님."

"그러냐? 아직 너도 너만의 도를 찾지 못했구나."

"저만의 도라 하시면……?"

"나 또한 그 해답을 찾고 있는 중이라, 네게 뭐라고 설명해 줄 수는 없구나."

"아~."

"만약 네가 먼저 그 해답을 찾게 되면, 이 형에게도 알려주려무나. 인생지도(人生之道)…… 사람이 태어나 살아가는 일생동안에 이루어야 할, 인생에 있어서의 도가 무엇인지 말이다."

"인생의 도라……."

호열의 말을 음미하던 운영은, 자신도 모르게 하늘을 향해 고개가 들려졌다. 하늘은 오늘따라 유난히 맑고 푸르렀다. 아니, 철혈장에서 보는 하늘이라서 그런지, 더욱 청명하게 보였다. 마치 대자연의 숨결이 모두 철혈장을 비추는 듯 호열의 얼굴엔 세상을 달관한 듯한 미소가 자리를 잡고 있었다.

대미(大尾)

호열지도를 마무리 지으며

출판사와 호열지도를 처음 계약한 것이 2001년 12월 12일이었으니, 어줍잖은 글을 쓴 것이 벌써 만 4년이 되었습니다. 그동안 힘든 일도 많았었지만, 매 권마다 마감 지었을 때의 벅찬 희열이 생각이 나네요. 한 번도 마감날짜를 정확히 지킨 적이 없었는데도 왜 그리 힘이 들었는지…….

첫 작품이라 애착도 많이 갔지만, 제 인생이 있어서 호열지도가 차지하는 비중은 상당할 것 같습니다. 우선 이 책을 쓰면서 결혼도 했고, 예쁜 공주님도 얻었습니다. 물론 제 자신을 돌아보는 계기도 되었음은 말할 필요도 없고요.

처음엔 취미로 시작한 일이 다섯 권을 넘기면서 저 자신도 모르게 일이 되어 버렸습니다. 그러면서 글을 쓴다는 것이 얼마나 힘든 일인지 알게 되었고, 그만큼 흰머리가 늘어갔습니다. 물론 그 과정 중에 많은 생각을 하게 되었는데, '과연 이 일을 시작한 것이 잘한 일일까?' 하는 것이었습니다. 이러한 질문은 마감을 지은 지금 이 순간도 하고 있고, 앞으로 글을 쓰는 한 이러한 질문은 스스로에게 계속하게 될 지도 모릅니다.

모든 일이 그렇겠지만, 힘들다고 돌아가기만 한다면 끝을 볼 수 없을 것입니다. 물론 그 과정이 힘들겠지만 후회는 하지 않을 것입니다.

사회가 불안해서 그런지 후배들이 자신들의 진로를 걱정하는 상담을 많이 하게 됩니다. 그럴 때마다 후배들에게 해주는 말이 있는데, '후회는 아무리 빨라도 늦고, 시작은 아무리 늦어도 빠르다.' 란 말입니다. 그만큼 후회하지 않는 삶을 살라고 말하는 것이지만, 정작 이런 말을 해주는 제 자신이 그동안 후회를 많이 하고 있었습니다.

재미있어 쓰게 되는 것이 아니라 마감 날짜를 맞추기 위해서 어쩔 수 없이 쓰게 된 글.

왜 이렇게 글을 써야 하는가?

왜 이렇게밖에 쓰지 못할까?

하지만 이렇게 완결을 하고 후기를 쓰면서 새삼 느끼는 것이 있습니다. 세상은 후회의 연속에서 발전하는 것이라고.

인생에 후회가 없다면 도전이 없었던 것이고, 도전이 없다면 발전이 있을 수 있을까요? 이제는 후배들에게 또 다른 말도 해줄 수 있을 것 같습니다. 한번쯤 후회할 수도 있는 일을 해보라고요.

인생에 있어서 무엇인가에 도전한다는 것은, 그만큼 희열이었습니다. 이미 잘 닦여진 길을 가기보다는 비포장도로를 가는 것도 좋다는 생각이 듭니다.

이런 생각을 하다보니, 어느덧 글쓰는 재미가 새롭게 생겨나는 것 같습니다. 아마도 당분간 쉴 수 있는 시간이 생겨서 그런지도 모르지만 완결을 냈다는 것이 여간 기분 좋을 수 없습니다.

글을 쓰는 동안 알지 못했던 느낌, 완결을 지은 후에야 알게 되었거든요. 이제는 글쓰는 것이 일이 아니라 일상생활에 지친 제 삶의 활력소가 될 것 같습니다.

물론 제가 글을 다시 쓴다고 하면 얼굴을 붉힐 사람이 옆에 있지만, 충분히 이해해줄 것이라 믿습니다.

부모님, 그리고 동생 내외.

사랑스러운 아내 기순과 예쁜 공주님 경민이.

제가 사랑하는 사람들이 모두 행복했으면 좋겠습니다.

구 선 모 拜上.